MONDES ARABES

série dirigée par Farouk Mardam-Bey

HANAN EL-CHEIKH

La Maison de Schéhérazade

contes traduits de l'arabe (Liban) par Stéphanie Dujols

ACTES SUD/Sindbad
L'ORIENT DES LIVRES

Pour Schéhérazade et ses sœurs.

PROLOGUE

Je ne me souviens plus exactement si j'avais huit ou dix ans quand j'ai entendu pour la première fois les mots *"Alf layla wa layla"* – "les mille et une nuits" –, mais je me rappelle en avoir écouté une adaptation radiophonique qui m'avait littéralement subjuguée : la clameur et le grouillement des souks et des bazars, les sabots des chevaux, le grincement de la porte d'un cachot, la radio qui semblait trembler sous les pas d'un démon, et puis le fameux chant du coq solitaire qui ouvrait chaque épisode, auquel répondaient tous les coqs de notre quartier.

J'appris qu'une fille de ma classe avait *Alf layla wa layla*. Je me précipitai chez elle pour scruter ces quelques volumes posés dans une vitrine à côté d'une défense d'éléphant ciselée. Les livres étaient reliés en cuir et leur titre, gravé en lettres d'or. Je demandai à mon amie si je pouvais en toucher un. Elle me répondit que son père fermait toujours la vitrine et gardait la clé dans sa poche ; il disait que si on lisait ces histoires jusqu'au bout, on risquait de tomber mort. Naturellement, à cette époque, ni moi ni ma camarade n'étions conscientes que si son père ne voulait pas que les femmes de la maison lisent *Alf layla wa layla*, c'était à cause de son contenu explicitement érotique.

Les années passant, mon obsession pour l'œuvre s'émoussa – de fait, je cherchais désespérément à échapper au monde qu'elle évoquait. Mais Schéhérazade finit par retrouver son chemin jusqu'à moi. Un jour, je me dis qu'il fallait que je comprenne pourquoi, alors que la plupart des Arabes considéraient le récit-cadre des *Mille et Une Nuits* comme un vulgaire cliché, les universitaires y voyaient une œuvre de génie et l'une des pierres angulaires de la littérature arabe.

Page après page, je fus émerveillée par la persévérance de Schéhérazade à vouloir rester prisonnière du roi pour lui révéler ce qu'elle avait en tête. Je compris que l'art était son arme. L'art à son sommet, dans cette façon d'inventer à l'infini des histoires magnifiques. Plus je lisais, plus j'admirais la simplicité, la platitude, presque, du style que j'avais tant critiqué par le passé. La spontanéité de cette langue me touchait; la langue de gens qui n'utilisaient pas le dictionnaire, mais exprimaient leur sentiments dans toute leur véracité, leur crudité, leur trivialité, leur intensité, tant dans la louange que dans l'élégie ou la diffamation. Dans ces voix reposaient les principes du réalisme magique, du flash-back, du recours au surréel pour expliquer l'ordinaire – toutes choses dont j'avais cru à tort que *Les Mille et Une Nuits* étaient dénuées.

Cette fois, ma lecture de l'œuvre prenait un caractère personnel : j'avais ouvert la portière d'un carrosse qui me ramenait au cœur de mon héritage arabe, et de la langue arabe classique, après une longue absence. J'étais stupéfaite de voir à quel point nos ancêtres avaient façonné nos sociétés, nous montrant comment vivre notre vie quotidienne à travers ces histoires foisonnant de réflexions et de règles éthiques et sociales, fruits de l'expérience – loin de la religion –, et de sentiments profonds et naturels à l'égard de tout être vivant. La portée des *Mille et Une Nuits* fut si forte, si tangible, que les sociétés arabes se sont construites autour d'elles. Les noms de ses personnages se sont logés dans notre langue, se transformant en proverbes, en adjectifs, en tournures de phrase. J'étais en admiration devant la complexité du monde dépeint dans ces récits, où les relations entre les humains, les djinns et les bêtes, réelles et imaginaires, étaient permises. Les codes de conduite et le cérémonial courtois, si soigneusement énoncés, me faisaient sourire. Mais en tant qu'écrivaine arabe, ce qui m'enchanta réellement fut de découvrir que dans ces sociétés lointaines et oubliées, les femmes étaient loin d'être passives et effarouchées ; elles affichaient beaucoup de volonté, d'intelligence et d'esprit, tout en reconnaissant à chaque instant que leur attitude était la seconde nature des faibles et des opprimés.

Quand je finis d'adapter ces dix-neuf récits pour la scène et pour ce livre, je remerciai Schéhérazade de m'avoir entraînée dans des mondes innombrables. Et lorsque je refis surface dans notre siècle, il m'apparut qu'en un sens le père de ma camarade avait raison de dire que lire les *Mille et Une Nuits* jusqu'au bout, c'était risquer la mort ; car le lecteur pouvait se trouver hagard, sans vie, quand la fin du livre l'arrachait à la sublime vivacité de tous ces univers. J'espère que, comme moi, vous vous délecterez du voyage.

SHAHRAYÂR ET SHAHZAMÂN

Jadis, il y a fort longtemps, vivaient deux rois qui étaient frères. L'aîné, qui s'appelait Shahrayâr, régnait sur les provinces de l'Inde et de l'Indus. Le cadet, Shahzamân, était roi de Samarcande.

Shahrayâr était un chevalier si redoutable que même les bêtes féroces le craignaient ; mais c'était aussi un homme juste et bon qui prenait soin de ses sujets comme la paupière protège l'œil. En retour, le peuple lui vouait une adoration et une obéissance absolues.

Un matin au réveil, Shahrayâr sentit que son jeune frère lui manquait terriblement. Il s'aperçut que cela faisait dix ans qu'il ne l'avait pas vu ! Il s'empressa d'envoyer quérir son vizir – qui était père de deux filles, Schéhérazade et Doniazade –, et lui dit de partir sur l'heure à Samarcande pour lui ramener son frère.

Ce fut un long voyage. Après des jours et des nuits, quand le vizir entra dans Samarcande, le roi Shahzamân le reçut avec le plus grand faste et fit égorger des moutons en son honneur. Comme il s'enquérait de son frère, Shahrayâr, le vizir le rassura :

— Il se porte à merveille, cependant il brûle d'envie de revoir votre cher visage.

Plein de joie, le roi s'écria en enlaçant le vizir :

— Le même désir m'habite ! Nous ne nous sommes pas vus depuis si longtemps !

Sur ce, il ordonna à sa suite de se mettre en état de partir. Tout fut prêt en un clin d'œil : les tentes, les chevaux, les chameaux, et même les moutons que l'on égorgerait en route.

On battait le tambour pour annoncer le départ. Shahzamân se hâta vers les appartements de son épouse pour lui faire ses adieux. Mais quelle ne fut pas son épouvante lorsque, s'approchant de son alcôve, il la trouva dans les bras d'un garçon de cuisine ! Sa vue s'assombrit, tout se mit à tourner autour de lui comme une tornade.

"Quoi, ma femme me trompe ? La femme du roi de Samarcande le trompe ? Et avec qui ? Un autre roi ? Non. Un général des armées ? Point du tout ! Elle le trompe avec un marmiton !" Dans sa fureur, il saisit son sabre et, sans regret, trancha le cou de son épouse et du garçon, avant de les traîner par les talons jusqu'en haut du palais pour les jeter dans le fossé. Ensuite, il se dépêcha de rejoindre la caravane, et il ordonna que l'on se mette en route.

Tout au long du voyage, le visage de Shahzamân resta figé de stupeur et de détresse. Tous les paysages qu'ils traversèrent, la campagne, les fleuves, les forêts, ne purent le distraire de son tourment ni lui faire oublier son infortune. Quand le convoi royal arriva enfin au palais de Shahrayâr, les deux frères tombèrent dans les bras l'un de l'autre. Ils restèrent longtemps enlacés, puis échangèrent quelques nouvelles, et le roi de l'Inde installa son cadet dans le pavillon réservé aux hôtes.

Les jours passant, Shahrayâr remarqua que son frère s'émaciait de plus en plus. Il se dit que sans doute il se languissait des siens et de son royaume. Songeant à un moyen de le divertir, il en vint à lui proposer :

— Que dirais-tu d'une partie de chasse? Nous resterons dix jours dans la forêt à traquer le cerf, et ensuite, si tu le souhaites, tu rentreras chez toi, dans ton royaume.

Shahzamân poussa un lourd soupir.

— J'aimerais tant t'accompagner, mon frère... Mais je ne peux pas, j'ai dans l'âme une blessure qui m'en empêche.

L'autre insista :

— Justement, une bonne partie de chasse te changerait les idées et adoucirait ta peine.

— De grâce, fit Shahzamân, pars sans moi, que Dieu te protège. Je resterai là à attendre ton retour.

Ne souhaitant pas importuner son frère, Shahrayâr prit congé de lui et partit à la chasse avec sa cour.

Shahzamân resta seul dans le palais à errer de pièce en pièce, de galerie en galerie, s'asseyant puis se relevant, marchant puis s'arrêtant, tentant vainement d'échapper à lui-même et de chasser la vision qui le hantait. Quand il entendait gazouiller un oiseau, il ouvrait la fenêtre en se disant : "S'il pouvait m'emmener bien haut dans le ciel, à mille lieues de mon tourment..."

Plus tard dans la matinée, il entendit tout à coup un grand portail s'ouvrir sur les jardins du palais. Il vit surgir l'épouse de son frère, se balançant comme une biche, avec ses yeux noirs ombrés de khôl, entourée de vingt servantes, dont dix – gloire au Créateur! – étaient aussi blanches que des fleurs de jasmin, tandis que les dix autres, corpulentes et charpentées, étaient noires comme l'ébène – leurs lèvres brunes étaient si charnues qu'on eût cru qu'elles avaient été attaquées par un essaim d'abeilles.

Tendant l'oreille, Shahzamân se posta de façon à pouvoir épier sans être vu. En bas, les jeunes femmes chantaient, riaient, batifolaient en se dandinant. Puis, s'approchant d'une fontaine sous sa fenêtre, chacune commença à se dévêtir avec indolence, sans gêne ni pudeur, croyant que personne ne les voyait. La vue du roi se brouilla et il faillit lâcher un hoquet de surprise quand il s'aperçut que les dix servantes noires n'étaient autres que des hommes déguisés en femmes. Leurs sexes étaient tendus comme des lances et leurs croupes étaient fermes et rebondies, telles des tables où l'on eût pu sans crainte poser des tasses et des soucoupes.

Shahzamân se demandait ce que l'épouse de son frère pouvait bien faire au milieu d'une si curieuse assemblée. Parfaitement à son aise, tranquille, elle riait aux éclats avec les uns et les autres. Soudain, elle se mit à héler : "Mas'oud… Mas'oud…" Un autre homme noir sauta par-dessus le mur et tomba sur elle comme une noix de coco eût chuté d'un palmier. Incrédule, Shahzamân se frotta les yeux et manqua cette fois pousser un cri de stupeur.

Renversée sur le dos, l'épouse du roi Shahrayâr écarta les cuisses sous son esclave et leva les jambes jusqu'à avoir les pieds au ciel. À ce moment-là, comme si c'était un signal, les dix esclaves noirs et les dix servantes blanches se mirent deux par deux, et, faisant cercle autour de la reine et de son amant, ils commencèrent eux aussi à faire l'amour. Leurs cris d'extase montaient jusqu'à la fenêtre derrière laquelle Shahzamân était tapi. Se couvrant le visage avec les mains, il s'en éloigna un instant, mais, ne pouvant s'empêcher de regarder à nouveau, il vit la reine, Mas'oud, les servantes et les hommes recommencer ce qu'ils venaient de faire, et puis encore, et encore, jusque vers midi... Alors ils se lavèrent à l'eau de la fontaine en s'éclaboussant gaiement les uns les autres, avant de renfiler leurs vêtements. Les dix hommes redevinrent des servantes, et tout le monde s'engouffra dans le palais derrière l'épouse du roi Shahrayâr, comme si de rien n'était. Quant à Mas'oud, il sauta par-dessus le mur comme il était venu, et disparut.

S'étant assuré qu'il n'y avait plus personne aux jardins, Shahzamân s'écria :

— Ah, mon frère Shahrayâr ! Toi qui règnes de long en large sur la terre, toi, le guerrier intrépide, le puissant chevalier, pieux et loyal, voilà que ta femme ne semble trouver son bonheur qu'avec ce Mas'oud entre les cuisses, entourée de tes servantes et de tes esclaves, et dans ton propre palais... Tous ces gens-là se jouent de toi, mon frère. Ils te prennent pour une potiche ! Quels temps sordides... Quel monde abject où un roi vaut un gueux !

Lorsque Shahrayâr rentra de sa partie de chasse, son frère l'accueillit avec chaleur et enjouement. Shahrayâr ne manqua pas de remarquer que ses joues avaient repris des couleurs et que son regard brillait d'un bel éclat. Vint l'heure de se mettre à table ; Shahzamân se jeta sur la nourriture et mangea comme un glouton. Shahrayâr poussa un profond soupir.

— Tu sais que je me suis fait du souci pour toi, mon frère… Comme je suis heureux que tu aies retrouvé ta vigueur et ton goût de la vie ! Mais raconte-moi donc ce qui te rendait si malheureux à ton arrivée, et comment tu as pu guérir de cette mélancolie.

— Mon âme était blessée, s'exclama Shahzamân, et un feu dévorait mon cœur ! Me croiras-tu si je te dis qu'avant de me mettre en chemin pour ton royaume, j'ai trouvé ma femme dans les bras d'un garçon de cuisine ? Secoué par la rage, je leur ai tranché la tête avec mon sabre et j'ai jeté leurs corps en bas du fossé comme deux cafards morts.

Sidéré par ce qu'il venait d'entendre, Shahrayâr s'emporta :

— Quelle infamie ! Quelle horreur ! Que Dieu nous préserve de la fourberie et de la perfidie des femmes… Comme tu as bien fait de tuer cette traîtresse qui t'a causé tant d'affliction ! Elle était comme un serpent caché sous du foin, guettant le moment de mordre la main qui la nourrissait. Et tu as tout aussi bien fait de te débarrasser de ce garçon de cuisine qui a osé déshonorer son roi ! Dieu m'est témoin, si cela m'était arrivé, j'aurais bel et bien perdu la raison, et ce serait des centaines, non, des milliers de femmes que j'aurais fauchées avec mon sabre ! Mais laissons là cette funeste histoire, mon frère, et réjouissons-nous que tu aies pu t'en relever.

Seulement, il ne tarda pas à se reprendre :

— À la vérité, tu ne m'as pas dit comment tu as réussi à surmonter cette épreuve pendant que j'étais à la chasse…

Shahzamân hésita, avant de bafouiller :

— De grâce, épargne-moi de répondre à cette question.

Son frère insista :

— J'aimerais vraiment comprendre comment tu as pu t'en remettre en dix jours. N'est-ce pas un miracle, quand on sait que d'ordinaire un homme blessé dans sa virilité met des siècles à en guérir ?

Le roi de Samarcande garda le silence. Alors l'autre s'entêta :

— Allons, explique-moi, je t'en supplie !

Shahzamân baissa longuement la tête, avant de lâcher :

— Pardonne-moi, Sire, je crains en parlant de te plonger dans des affres bien pires que celles dont j'ai souffert.

Ces mots ne firent qu'exciter la curiosité de Shahrayâr :

— Comment cela ? Je ne comprends rien à ce que tu me racontes. Vas-tu me dire enfin de quoi il retourne ?

— Bien, articula son frère. Par où commencer ? Comment te dire… Voilà : bien malgré moi, j'ai été témoin de ton infortune. Le matin même où tu es parti à la chasse, je regardais par la fenêtre pour me repaître de la beauté de tes jardins, quand j'ai vu ta femme s'y pavaner en compagnie de vingt servantes – dix blanches et dix noires. Soudain elles se sont dévêtues, et il m'est apparu que les dix servantes noires n'étaient autres que des hommes déguisés en femmes, qui se sont couchés sur les servantes et leur ont fait l'amour, maintes et maintes fois. Quant à ta femme, elle a appelé à tue-tête un dénommé Mas'oud. C'est là qu'un homme noir a sauté dans tes jardins, par-dessus le mur d'enceinte, et s'est jeté sur son corps.

— Dans mes jardins ? fit Shahrayâr, abasourdi.

— Oui, répondit Shahzamân, sous ma fenêtre. Et ils se sont mis aussitôt à faire l'amour, comme s'ils ne voulaient pas perdre une seconde. En mon for intérieur, j'ai songé : "Mon frère a beau être le maître du monde, il est victime d'une épreuve terrible, bien plus terrible que la mienne. Car si ma femme m'a trahi avec un garçon de cuisine, j'étais le seul à le savoir, tandis que lui, le pauvre, sa femme le trompe en plein jour, dans les jardins de son propre palais, devant les servantes et les esclaves !" Alors je me suis dit que je n'étais pas si mal loti, et j'ai recommencé à manger, à boire et à revivre comme avant.

Shahrayâr bouillonnait de fureur ; ses yeux lançaient des éclairs.

— Non, grommela-t-il, non, je ne croirai pas un mot de ce que je viens d'entendre, sauf à le voir de mes propres yeux !

Shahzamân répondit :

— Alors songeons à un stratagème. Pourquoi ne pas annoncer une autre partie de chasse ? Nous quitterons la ville avec le cortège et reviendrons au palais incognito, à la faveur de la nuit. Nous dormirons dans ma chambre ; au matin, tu verras par toi-même ce que je t'ai décrit.

Shahrayâr acquiesça au plan de son frère et ordonna à son vizir de préparer une seconde partie de chasse. La nouvelle se répandit dans le palais comme une traînée de poudre, et le cortège ne tarda pas à s'ébranler au son des cors et des tambourins. Le soir même, les deux rois revinrent déguisés dans la ville et se glissèrent dans les appartements de Shahzamân.

Shahrayâr ne put fermer l'œil de la nuit. Il resta là à se retourner et à se trémousser dans son lit comme s'il était couché sur un tapis de braises, jusqu'à ce que le soleil darde ses premiers rayons dans les jardins du palais. Tendant l'oreille, il n'entendit que le pépiement des oiseaux et le murmure de l'eau dans la fontaine. Il pensa : "Mon frère devait délirer. Son imagination le travaille." Mais soudain, on entendit le grand portail s'ouvrir. Les deux frères se précipitèrent vers la fenêtre et se mirent aux aguets. Shahrayâr vit sa femme, entourée de vingt servantes, dix blanches et dix noires, se pavaner entre les arbres, puis s'approcher de la fontaine sous la fenêtre. Là, elles commencèrent à se déshabiller, sans aucune crainte ni pudeur, et les dix servantes noires se changèrent en autant de mâles. Chacun se choisit une servante qu'il se mit à enlacer et à embrasser. Quant à la femme de Shahrayâr, elle cria : "Mas'oud, Mas'oud!" Et voilà que cet homme noir sauta par-dessus le mur en beuglant :

— Que me veut encore cette traînée?

Pointant du doigt son sexe en érection, il fanfaronna :

— Je te présente Saad al-Dîn Mas'oud* !

La femme de Shahrayâr rit tellement qu'elle en tomba à la renverse. Sans cesser de glousser et de badiner, elle se hâta d'ouvrir ses cuisses, alors il se coucha sur elle et lui fit l'amour. À ce moment-là, les dix autres hommes

---

* Littéralement, "Heur de la religion, le Bienheureux". *(Toutes les notes sont de la traductrice.)*

chevauchèrent les servantes et leur firent tout ce que Mas'oud faisait à la femme du roi.

Shahrayâr faillit rugir comme un lion auquel on eût planté une flèche dans l'œil. En un éclair, il descendit au jardin, dégaina son sabre et trancha la tête de sa femme et celle dudit Mas'oud. Les gémissements de plaisir laissèrent place à d'horribles plaintes, des cris d'effroi, des appels au secours, des sanglots. Dans la foulée, Shahrayâr fit voler toutes les têtes autour de lui. On eût dit un paysan qui, pris de folie, se fût mis à abattre les arbres de son champ. L'une après l'autre, les têtes dégringolaient dans la poussière. Quand il eut fini, il lâcha son sabre et se traîna à quelques pas de là. Ôtant son manteau souillé de sang, il le jeta par terre, s'assit sur un rocher, et enfouit sa tête dans ses mains.

Le lendemain, se plantant au centre de son palais, Shahrayâr clama d'une voix tonitruante :

— Moi, le roi Shahrayâr, décrète que j'épouserai chaque soir une vierge dont seule la mère a baisé la bouche, et qu'au matin je sommerai mon vizir de la tuer. Ainsi j'échapperai à la perfidie et à la scélératesse des femmes, car je sais que sur toute la surface de la terre, il n'en est pas une qui soit fidèle.

Sur ce, s'installant sur son trône, il enjoignit son vizir, le père de Schéhérazade et de Doniazade, de lui amener une première vierge. Le ministre se hâta de lui trouver une princesse, que le roi épousa et déflora dans la nuit, avant de l'envoyer à la mort au matin.

Le deuxième soir, le vizir lui amena la fille d'un général des armées. Il passa la nuit avec elle, avant d'intimer à son vizir l'ordre de la tuer. Le troisième soir, ce fut la fille d'un grand marchand.

Bientôt, le nombre de filles se mit à diminuer dans le royaume. Partout on entendait des mères pleurer et se lamenter sur le sort du fruit de leurs entrailles, et des pères fulminer contre tant d'injustice et de sauvagerie. La grogne montait. Tous priaient le créateur des cieux et de la terre de frapper le roi Shahrayâr de toutes les maladies mortelles imaginables.

Mais nuit après nuit, le bain de sang se poursuivait. Alors un jour, Schéhérazade, la fille aînée du vizir, songea à un stratagème. Elle alla trouver son père et lui dit :

— Mon père, j'ai une idée... Il faut que tu me maries au roi Shahrayâr. Soit je réussirai à sauver les filles du royaume, soit je périrai comme les autres avant moi.

Le vizir n'en crut pas ses oreilles. Une fille intelligente comme Schéhérazade, si pleine de sagesse, si cultivée, passionnée de littérature, de philosophie, d'histoire. Une fille aux manières si raffinées et à l'âme si noble...

— As-tu perdu la tête, mon enfant ? Qu'est-ce qui te prend de vouloir épouser ce roi ? As-tu oublié qu'il m'ordonne de tuer chaque matin celle qu'il a prise pour femme la veille ? Veux-tu que je t'arrache à la vie de ma propre main ? Tu sais bien que je ne peux enfreindre aucun de ses ordres !

Mais Schéhérazade s'obstina :

— Il faut que tu me maries au roi, même si cela doit me conduire à la mort.

Le vizir voulut comprendre le secret de son extravagance, espérant trouver quelque parade pour la faire changer d'avis.

— Me diras-tu quelle folle entreprise te pousse à courir ainsi à ta perte ?

— De grâce, le supplia Schéhérazade, conduis-moi au roi sans me poser de question.

Alors son père se fâcha tout rouge :

— Souviens-toi, ma fille, que l'imprudence est la mère de toutes les disgrâces ! et que l'irréflexion mène à la ruine ! Si tu ne reviens pas à la raison, je crains que tu finisses comme cet oiseau aux mains des singes…

— Qu'est-il donc arrivé à cet oiseau ? fit Schéhérazade.

— Un jour, raconta le vizir, une bande de singes vit une luciole briller dans la nuit. Croyant avoir trouvé une braise, ils s'ingénièrent en vain à s'en servir pour faire du feu. Un oiseau vint à passer par là. Il leur dit qu'il ne s'agissait pas d'une braise et leur expliqua ce qu'était cet insecte, mais les singes lui tournèrent le dos avec dédain. Un homme les trouva sur son chemin. Il dit à l'oiseau : "Je te conseille de laisser tomber ces têtes butées, sans quoi tu pourrais le regretter amèrement. Peut-on changer la direction du vent ou rendre la vue aux aveugles ?" Mais l'oiseau s'obstina à vouloir convaincre les singes. Alors, à bout de patience, l'un d'eux l'attrapa avec sa patte et le frappa à mort contre le sol.

Schéhérazade regarda son père.

— Cette histoire remarquable ne me fera pas revenir sur ma décision. Si tu ne m'amènes pas auprès du roi, j'irai toute seule et lui dirai que tu te refuses à donner à ton maître une épouse de mon rang…

Baissant la tête, le vizir réfléchit longuement, avant de lâcher :

— Tu es donc résolue à l'épouser, mon enfant ?

— Oui, mon père.

— Souviens-toi toujours, ma fille, que c'est par amour pour toi que j'ai essayé de t'en empêcher.

— Je sais, répondit Schéhérazade, pleine de pitié pour son père qui ignorait ce qu'elle avait en tête.

C'est ainsi que, la mort dans l'âme, le vizir se traîna jusqu'au palais du roi Shahrayâr, qui lui dit :

— M'as-tu préparé ce que je t'ai demandé pour ce soir ?

Le vizir s'inclina et baisa le sol à ses pieds.

— Oui, Sire, fit-il. Ce sera ma fille Schéhérazade.

Décontenancé, le roi balbutia :

— Mais… comment ? Tu es le premier à savoir quel sera le sort de ta fille demain matin. Par Celui qui a élevé les cieux sans piliers, je jure que si ta main hésite au moment de la mettre à mort, je te tuerai aussi !

— Sire, j'ai tout fait pour l'en dissuader, mais elle persiste à vouloir vous épouser ce soir même.

Aussi stupéfait que flatté, le roi ordonna à son vizir de préparer Schéhérazade et de la lui amener à la tombée du jour.

Le vizir revint vers sa fille et lui demanda de s'apprêter. Au moment de quitter ses appartements, il ajouta :

— Que Dieu ne me prive pas de toi.

Schéhérazade fit venir sa petite sœur, Doniazade.

— Ma chère sœur, lui dit-elle, écoute-moi bien. Ce soir, je vais aller chez le roi Shahrayâr. Une fois que je serai là-bas, je demanderai qu'on aille te chercher. Quand le roi en aura fini avec moi, je veux que tu me demandes de te conter une histoire distrayante. Alors je raconterai quelque chose qui peut-être entraînera mon salut et celui des autres filles du royaume.

Le soir, tout abattu, le vizir revint trouver sa fille pour la conduire dans les appartements du roi. Avant de la laisser, il chuchota une dernière fois à son oreille :

— J'implore le Seigneur de ne pas me priver de toi.

Aussitôt qu'il la vit, le roi entraîna Schéhérazade vers l'énorme et terrible lit qui avait été témoin des derniers instants de tant de filles du royaume. Alors qu'il défaisait les boutons de sa robe, elle se mit à sangloter. Le roi s'étonna :

— Qu'as-tu donc à pleurer, Schéhérazade ?

— Je pense à ma petite sœur, Doniazade. Je voudrais tant lui dire adieu avant le lever du jour.

Le roi ordonna qu'on aille la chercher. Les deux sœurs s'étreignirent longuement, puis Doniazade se glissa sous le lit en attendant que le roi eût satisfait son désir. Quand plus rien ne bougea, elle s'éclaircit la gorge, avant de dire :

— Si tu ne dors pas encore, ma sœur, j'aimerais que tu me racontes une de tes histoires pour passer le temps, d'autant que je ne sais pas ce qui t'arrivera demain matin.

— Si Sa Majesté m'y autorise, répondit Schéhérazade.

À vrai dire, le roi attendait l'aube sans parvenir lui non plus à trouver le sommeil.

— Je n'ai rien contre, fit-il.

Alors, pleine de joie, Schéhérazade entama son histoire : "On raconte, Sire, ô sage et bienheureux roi, qu'un pauvre pêcheur…"

LE PÊCHEUR ET LE GÉNIE

On raconte, Sire, ô sage et bienheureux roi, qu'un pauvre pêcheur avait juré mille fois que, quoi qu'il arrive, il ne jetterait jamais son filet dans la mer plus de trois fois par jour. Ce soir-là, il attendit comme de coutume que la lune se levât, puis s'enfonça lentement dans l'eau avec son filet, le lança, et patienta. Au moment de le retirer, il sentit une résistance. Il se mit à chanter :

Viens, gros poisson
Te voilà dans mes filets
Demain, un honnête homme
Endormi tout là-haut
Dans son lit bien chaud
T'achètera
Et tu lui rempliras la panse.

Mais défaisant son filet, il se rendit compte qu'il avait pêché une charogne d'âne. Il s'écria :

— Un âne ? Ô triste sort, n'as-tu rien d'autre que cela à m'offrir ? Te plaît-il de voir un pêcheur accablé et ses enfants le ventre creux ?

Secouant la tête de consternation, il jeta son étrange pêche de côté, puis nettoya son filet d'une main, en se bouchant le nez de l'autre, avant de le lancer à nouveau dans la mer. Il attendit un moment, puis entreprit de le retirer. À sa grande surprise, il était encore plus lourd que la première fois, à tel point qu'il dut planter un pieu sur la grève, y enrouler la corde de son filet et faire un nœud bien solide, avant de se dévêtir et de s'enfoncer dans l'eau pour haler le filet de toutes ses forces jusqu'à la rive. Mais au lieu d'y voir frétiller une belle prise, quelle ne fut pas sa déception d'y trouver un vieux coffre de bois rouillé, plein de sable et de vase. Il se mit à hurler :

— Maudit sort, n'as-tu pas fini de jouer avec mes nerfs ? Pourquoi m'envoies-tu un cercueil ? À moins que tu me nargues en m'offrant du sable en guise de pitance ?

Et il donna un violent coup de pied dans la caisse.

Quand il eut retrouvé son calme, il lava le filet et l'essora. Au point du jour, il fit sa prière – en se prosternant deux fois –, puis, levant les mains et les yeux au ciel, il ajouta :

— Seigneur, aie pitié de moi. Tu es bien placé pour savoir que je ne sais rien faire d'autre que pêcher et que ce filet est mon seul gagne-pain. Tu sais aussi que chaque jour, je ne le jette que trois fois dans la mer. Celle-ci sera donc la dernière, car je crois au destin, qui donne à chacun sa part.

Une main sur le cœur, il lança le filet en murmurant :

— *La troisième fois est toujours la bonne...*

Mais lorsqu'il le tira sur la rive, il fut étonné d'y trouver un aspersoir de cuivre jaune à long col. Il se dit : "Qu'à cela ne tienne, je le vendrai au marché aux cuivres pour acheter du blé." Seulement, il ne parvint pas à le soulever. Se penchant au-dessus de l'objet, il le secoua pour comprendre ce qu'il y avait à l'intérieur. Il remarqua alors que son bec était fermé par un cachet de plomb portant un sceau où étaient gravés des mots.

Tirant un canif de sous sa ceinture, il s'escrima à faire sauter le bouchon, puis pencha l'aspersoir, mais rien n'en sortit. Interloqué, il fourra ses doigts dedans pour vérifier qu'il était vide. C'est là que, tout à coup, une colonne de fumée s'en éleva et se répandit dans l'atmosphère en s'épaississant, couvrant tout le sol et la mer autour de lui. Puis elle se mit à monter, monter, jusqu'à atteindre les nuages. Les yeux écarquillés, il vit la fumée se changer en un brouillard obscur qui se dispersa avant de se concentrer à nouveau pour se métamorphoser en un génie dont la tête touchait le ciel et les pieds, le rivage. Le pêcheur voulut prendre la fuite, mais il resta cloué au sol, médusé par cette tête aussi énorme qu'un tombeau et ces yeux saillant comme deux lanternes. Sa bouche était grande comme une caverne ; on y voyait une paire de canines semblables à des tenailles et des dents pareilles à des rochers tranchants. Ses narines ressemblaient à des clairons. Quant à ses oreilles, on eût dit celles d'un éléphant. Les genoux plaqués l'un contre l'autre, le pêcheur grelottait ; ses dents s'entrechoquaient ; son corps se dérobait. Mais soudain, le génie s'écria :

— Salomon, Salomon, grand prophète de Dieu, de grâce, pardonne-moi ! J'ai bien retenu la leçon, plus jamais je ne te tiendrai tête ! Je serai ton esclave, je t'obéirai au doigt et à l'œil !

L'entendant gémir ainsi et le voyant trembler lui aussi comme une feuille, le pêcheur s'enhardit à lui dire :

— Qu'est-ce que tu racontes, génie ? Tu divagues ? Tu ne sais pas qu'il y a plus de mille huit cents ans que notre prophète Salomon est mort ? Dis-moi plutôt qui tu es et ce que tu faisais dans cet aspersoir.

— Réjouis-toi, fit le génie, réjouis-toi !

Le pêcheur frétilla de joie. "Ouf, enfin une bonne nouvelle", songea-t-il.

Mais l'autre ajouta :

— Réjouis-toi, car je vais te tuer.

— Me tuer ? s'exclama le pêcheur. Moi qui t'ai tiré des profondeurs de la mer et libéré de cette bouteille !

— Allons, fit le génie, fais ton vœu.

À ces mots, la face du brave homme s'illumina.

— Ah, voilà ce que j'avais envie d'entendre. Laisse-moi réfléchir un peu à ce que je pourrais te demander…

Le génie l'interrompit :

— Je veux dire, dis-moi de quelle façon tu préfères mourir, et je te promets d'exaucer ton vœu sur-le-champ.

— Mais que t'ai-je donc fait, ingrat ? Une chose est sûre, c'est que maintenant, je sais pourquoi on dit toujours qu'il faut se méfier de ceux auxquels on a rendu service !

— Si je te raconte mon histoire, tu comprendras pourquoi je veux te tuer.

— Tu peux m'expliquer ce que tu voudras, rétorqua le pêcheur, je ne comprendrai pas !

— Dans ce cas, s'emporta le génie, sache que je ne te ferai pas la grâce de te demander de quelle façon tu souhaites mourir.

— Alors fais vite, dépêche-toi de raconter ton histoire avant que je meure tout bonnement d'épouvante. Je sens déjà que l'âme me glisse dans les tibias.

Le génie raconta :

— Je suis un de ces esprits rebelles qui refusèrent de se soumettre à Dieu et de reconnaître l'autorité de son prophète Salomon. Or celui-ci me tendit un piège : il m'envoya un émissaire qui me mena jusqu'à lui à mon insu. Lorsque je me trouvai devant son trône, il m'ordonna de lui jurer obéissance. Comme je refusai obstinément, il m'enferma dans cet aspersoir, dont il scella le bec avec un cachet de plomb, avant d'y apposer son sceau, où est inscrit le nom de Dieu tout-puissant. Puis il me fit jeter dans les profondeurs de la mer par un des génies qui lui obéissaient. Deux cents ans s'écoulèrent. Je me jurai alors de faire de celui qui me délivrerait l'homme le plus riche du monde. Mais personne ne vint me délivrer, et je restai encore deux cents autres années dans cet aspersoir. Cette fois, je fis mon serment à voix haute, et même d'une voix de tonnerre, pour que les vagues en portent l'écho jusqu'aux peuples de l'ombre et de la terre : à celui qui me sortirait de cette maudite prison, j'offrirais tous les trésors du monde. Cent ans passèrent, puis encore cent autres, et j'étais toujours là, au fond de cet aspersoir. Alors je me mis à gronder, à tempêter, à renâcler, à mugir, et je jurai de tuer celui qui me délivrerait ! Or voilà que tu l'as fait, et naturellement, je ne peux manquer à mon serment.

Le pêcheur faillit s'évanouir. Il bredouilla :

— Pardon, génie, de t'avoir délivré ! J'essayais juste de pêcher quelques poissons pour ne pas mourir de faim.

Si tu me pardonnes, Dieu te pardonnera ; si tu me tues, en revanche, Il te fera périr par la main d'un assassin.

Mais le génie lui coupa la parole :

— Tu n'échapperas pas à la mort ! Allez, dépêche-toi de me dire comment tu veux mourir.

C'est là que, soudain, le pêcheur s'avisa : "Après tout, je suis un être humain, j'ai un avantage sur ce monstre : je suis doué de raison. Je peux l'avoir par la ruse…"

Se tournant vers lui, il fit :

— Génie, je te livre mon corps et mon âme. Tue-moi comme bon te semblera.

Mais à peine l'autre eut-il fait un pas de géant que le pêcheur ajouta :

— J'aimerais juste te poser une question avant de quitter ce monde.

— Que veux-tu savoir ? dit le génie.

— Jure-moi par le Tout-Puissant que tu me répondras avec franchise. Étais-tu vraiment à l'intérieur de cet aspersoir, ou est-ce que tu m'as mené en bateau ?

— Évidemment que j'étais là-dedans !

— Mais comment est-ce possible, il n'y a même pas la place d'y fourrer un seul de tes pieds de titan !

— Alors comme ça, tu ne me crois pas…

— Non ! Je ne te croirai que si je t'y vois de mes propres yeux.

À ce moment-là, le coq se mit à chanter. L'aube se levait. Schéhérazade se tut. Puis lâchant un soupir, elle dit :

— Sire…

On entendit la voix de Doniazade monter de sous le lit :

— Quel beau récit !

— Si le roi me laisse en vie, répondit Schéhérazade, je vous conterai la suite de l'histoire du pêcheur et du génie.

Le roi songea au fond de lui : "Ma foi, je vais la laisser en vie pour entendre la suite, et je la ferai tuer demain."

Les yeux rivés à son visage, transie de peur, Schéhérazade retenait son souffle. D'un moment à l'autre, la sentence pouvait s'abattre sur elle. Doniazade passa la tête à l'air libre, pleine d'effroi et d'agitation. Ces instants durèrent une éternité. Jusqu'au moment où le roi quitta sa chambre, sans convoquer son vizir, et se dirigea vers son trône pour donner des ordres, prononcer des interdictions et vaquer à ses affaires du jour.

Les deux sœurs fondirent l'une sur l'autre, s'enlaçant et pleurant de bonheur. Le subterfuge avait marché – fût-ce pour un jour de sursis. Doniazade effleura le visage de sa sœur, comme si elle n'arrivait pas à croire qu'elle fût encore en vie. Quand, pénétrant dans la chambre, le vizir trouva Schéhérazade dans les bras de sa cadette, il poussa des cris de joie et s'inclina pour baiser le sol en remerciant le Seigneur.

Puis la nuit tomba sur le palais. Shahrayâr revint dans sa chambre et grimpa sur son lit. Schéhérazade s'approcha de lui. Il l'étreignit et lui fit l'amour, tandis que Doniazade attendait sous le lit, aussi patiemment que la veille. Quand plus rien ne bougea, elle s'éclaircit la gorge, avant de dire :

— Ma sœur, si tu ne dors pas encore, raconte-moi ce qui est arrivé au pêcheur avec ce génie.

— Si Sa Majesté m'y autorise, fit Schéhérazade.

Le roi répondit aussitôt :

— Soit, raconte-nous cela.

— Avec grand plaisir, fit Schéhérazade.
Et elle commença :

On m'a rapporté, Sire, ô sage et bienheureux roi, que le pêcheur avait dit au génie : "Je ne veux pas croire que tu aies pu tenir tout entier dans cet aspersoir. Il faudrait que je le voie de mes propres yeux..." Aussitôt, le génie s'ébroua et se convulsa jusqu'à redevenir un nuage de fumée qui s'éleva dans les airs, puis se répandit sur le sable, avant de se condenser pour se glisser petit à petit dans l'aspersoir. Quand la dernière bouffée fut avalée, le génie cria :

— Me crois-tu maintenant, tête de mule ?

Aussi vif qu'un éclair, le pêcheur referma le goulot de l'aspersoir avec le cachet de plomb.

— Au fait, lança-t-il au génie, tu ne m'as pas dit de quelle façon tu souhaites mourir !

Surpris de s'être fait berner, l'autre s'échina vainement à s'extraire de l'aspersoir, puis, n'en pouvant plus, il souffla :

— Mais enfin, pêcheur, tu sais bien que je plaisantais quand je disais ça...

— Tu mens ! répliqua l'homme.

Et il commença à faire rouler l'aspersoir vers la mer.

— Hé oh, s'écria le génie, qu'est-ce que tu fais, pêcheur ?

— Je vais remettre cet aspersoir au fond de la mer. Et puis je me construirai une cabane sur la rive. Ainsi, si un jour un autre pêcheur vient te tirer de là, je le mettrai en garde pour qu'il ne lui arrive pas la même chose qu'à moi. Je veux que tu restes dans les ténèbres de ce flacon jusqu'à la fin des temps.

Le génie se retrancha un moment dans le silence. Puis de sa voix la plus douce et la plus délicate, il dit :

— Je te supplie de ne pas me faire ça...

— Te souviens-tu comment je t'ai supplié de me pardonner, pour que Dieu te pardonne à toi aussi, et comment tu as dédaigné mes suppliques ?

— Je te promets que si tu me libères, je te laisserai tranquille.

— Écoute, je tiens à ma vie, je ne suis pas prêt à la mettre en péril une seconde fois.

— Ouvre-moi cet aspersoir, repartit le génie, et je te couvrirai de richesses que ton esprit ne peut même pas concevoir.

— Assez de fausses promesses. Tu me rappelles l'histoire du roi Younân et du médecin Doubân, tiens ! Je mets ma main à couper que si je te sors de là, il m'arrivera la même chose qu'à Doubân.

— Quelle est donc cette histoire ?

"Il y avait un roi appelé Younân qui souffrait de la lèpre, fit le pêcheur. Personne n'avait réussi à le soigner, jusqu'au jour où un médecin nommé Doubân le guérit sans lui faire boire une seule goutte de remède ni l'enduire de la moindre pommade. Le roi tint à honorer cet homme qui lui avait redonné un corps lisse et pur comme s'il avait effacé à la gomme toute trace de la maladie ; il le combla d'argent et de présents, dont une toge d'un tissu très précieux incrusté de pierreries, comme seul en portait son grand vizir. Voyant cela, le vizir se mit à trembler de peur : le roi n'allait-il pas lui préférer ce Doubân et le prendre pour conseiller et confident ? Sans attendre, il alla dire au roi de se méfier de son médecin.

— Qui sait, il cherche peut-être à vous assassiner, ou à vous faire tomber dans un piège qui vous conduirait à la mort – à Dieu ne plaise !

Mais le roi avait bien compris que son vizir était jaloux. Il lui rappela comment ce sage homme l'avait sauvé de son mal.

— C'est justement ce qui m'inquiète, Sire, répliqua le vizir. Parce qu'il vous a soigné par la magie, la sorcellerie, sans même vous toucher. Comment pourrait-on avoir confiance en lui ? Comment être sûr qu'il n'utilisera pas ses dons pour vous nuire ?

Il parvint ainsi à convaincre le roi, qui convoqua Doubân et lui déclara :

— Je veux m'arracher à tes griffes avant qu'il ne soit trop tard. J'ai décidé de te trancher la tête.

Le médecin se dit qu'il regrettait d'avoir guéri cet homme… Mais il songea aussi qu'à présent les regrets ne servaient à rien, alors il supplia le roi :

— Est-ce ainsi que vous me récompensez de vous avoir guéri ?

— Tu m'as guéri par la magie et la sorcellerie ! s'écria le souverain. Qui sait si un jour tu ne me tueras pas de la même manière ?

L'homme l'adjura :

— Si vous m'épargnez, Dieu vous épargnera ; si vous me tuez, Il vous tuera de même."

Interrompant son récit, le pêcheur se pencha vers l'aspersoir pour dire au génie :

— As-tu bien entendu ce que le médecin Doubân a dit au roi Younân ? Et te souviens-tu comment moi aussi je t'ai supplié de me laisser la vie sauve ?

— Oui, pêcheur, grommela le génie, je m'en souviens. Allez, achève ton histoire, je n'en peux plus d'être enfermé dans cet aspersoir !

Alors l'homme se remit à raconter :

"Ayant compris qu'il n'échapperait pas à la mort, le médecin dit au roi :

— Sire, permettez-moi de rentrer chez moi pour me préparer à mourir. Et puis j'aimerais vous offrir un livre extraordinaire que vous conserverez dans votre coffre-fort, avec vos trésors, pour ne pas le perdre. Il s'intitule *Le Grand Secret*. C'est un livre unique, une merveille du monde ! Par exemple, si vous me tranchez la tête et que vous la séparez de mon corps, puis que vous ouvrez le livre à la page six, vous y lirez des secrets prodigieux et pourrez parler avec ma tête, qui répondra à toutes vos questions !

Frémissant d'exaltation et de curiosité, le roi s'exclama :

— Diable, quelle drôle de chose ! Va me chercher ce livre toutes affaires cessantes !

Et il en fut ainsi. Le médecin Doubân revint avec un vieux grimoire à la main et, une dernière fois, il implora le souverain :

— Ayez pitié de moi, Dieu prendra pitié de vous ; ne me tuez pas, sans quoi Il vous tuera...

Le roi s'échauffa :

— Comment veux-tu que je t'accorde ma grâce, alors que je bous d'impatience de voir parler ta tête ?

Et il ordonna que l'on tranche la tête de Doubân. Peu après, celle-ci ouvrit les yeux et demanda au roi d'ouvrir le livre. Il essaya de le faire, mais fut surpris de trouver toutes les pages collées les unes aux autres. En mouillant son doigt avec sa salive, il finit par réussir à ouvrir la première. Il continua ainsi à passer son doigt sur sa langue chaque fois qu'il voulait ouvrir une nouvelle page, jusqu'à arriver à la sixième, qui était parfaitement vierge. Il le dit à la tête.

— Tourne encore quelques pages, fit-elle.

Et le roi de fourrer son doigt dans sa bouche à chaque page, jusqu'à ce que sa vue se brouille et qu'il se mette à trembler de tous ses membres. Il entendit la tête qui disait :

— Voici venue ton heure, ignoble tyran.

Là, le roi s'écroula par terre en se tordant de douleur et il mourut, empoisonné par le grimoire."

Quand il eut fini son histoire, le pêcheur dit au génie :

— Tu vois, si le roi avait laissé la vie sauve à ce brave homme, lui aussi serait resté en vie. Quant à toi, mauvais génie, si tu avais écouté ma supplique au lieu de me menacer de mort, je t'aurais laissé vivre librement sur cette terre. Alors que là, je vais me venger de toi en te jetant à la mer.

— Mon ami, cria le génie, pardonne ma faute et mon ingratitude ! N'oublie pas que la clémence est un trait de noblesse, et que se venger d'une injustice, c'est en commettre une autre. Souviens-toi de cette maxime : *Sois bon envers celui qui t'a fait du mal.* Ne me traite pas comme Imama traita Atiqa !

Le pêcheur répondit :
— Quelle est donc l'histoire d'Imama et d'Atiqa ? Raconte un peu…
— Pas maintenant, fit le génie, je n'arrive plus à respirer dans ce maudit aspersoir. Mais je te promets, pêcheur, que si tu me pardonnes et me donnes une seconde chance, je te laisserai en paix.
— On dirait que tu reviens à de meilleures dispositions, te voilà plus humain… Mais est-ce que tu me jures par le nom du Tout-Puissant que ta promesse est sincère ?
— Je jure par le nom du Tout-Puissant que je ne te ferai aucun mal.
Le pêcheur ouvrit la bouche pour dire quelque chose, mais le génie ne lui en laissa pas le temps :
— Et même, clama-t-il, je te rendrai plus riche que tu ne peux l'imaginer !
Le pêcheur se hâta d'ouvrir le bouchon de l'aspersoir, en se demandant où il allait le mettre. Par prudence, il le fourra dans la poche de son sarouel. Une colonne de fumée s'éleva en s'épaississant jusqu'à se transformer en brouillard, puis en génie. Aussitôt libre, celui-ci donna un coup de pied dans l'aspersoir, qui s'envola dans les airs avant de retomber au milieu de la mer. Pris de panique, le pêcheur urina dans son sarouel. "C'est mauvais signe", marmotta-t-il à part lui, avant de crier au djinn :
— Tu m'as promis, tu as même juré par le nom du Tout-Puissant, de ne pas me jouer de mauvais tour… N'oublie pas ton serment, ni ce que le médecin Doubân disait au roi Younân : "Si vous m'épargnez, Dieu vous épargnera."
Le génie se mit à rire.
— Ramasse ton filet et suis-moi, mon ami.

Ils prirent ensemble le chemin de la montagne. Observant avec ébahissement l'énormité du démon et les traces géantes de ses pas, le pêcheur souriait, incrédule, à l'idée qu'il était en train de marcher avec un génie qui jusque-là vivait enfermé dans un aspersoir. Puis ils descendirent tous les deux au fond d'une vallée très encaissée et s'arrêtèrent devant un lac dont le pêcheur ignorait l'existence.

— Lance ton filet, fit le génie, et voyons ce qui va se passer.

Le pêcheur s'exécuta d'une main hésitante. En son for intérieur, il se demandait comment il allait bien pouvoir faire fortune en pêchant des poissons ! Soudain, le filet fut secoué par de violents sursauts. Mais le pêcheur eut beau tirer dessus de toutes ses forces, il ne bougea pas. Alors le gigantesque démon le poussa gentiment et, s'approchant du filet, il le hala d'un seul doigt. Il y avait là des milliers de poissons multicolores, tels que notre homme n'en avait jamais vu. Pourtant, il ne pouvait s'empêcher de se sentir déçu.

— Excuse-moi, génie, je suis sûr que je n'aurai pas de mal à vendre ces étranges poissons au marché, mais tout de même, je ne vois pas comment ils pourraient me rendre riche jusqu'après ma mort, comme tu me l'as promis.

Le génie s'esclaffa et répondit avec un air de malice :

— Il y en a beaucoup, et comme ils sont de toutes les couleurs, tu peux les vendre le double de leur prix.

Le pêcheur n'eut pas le temps de répliquer : d'un seul coup, les poissons cessèrent de respirer et se pétrifièrent en chatoyant de mille feux.

— Ces poissons ne sont pas des poissons, déclara le génie, ce sont des pierres précieuses et des perles de la mer.

L'autre se jeta sur ces coraux, ces perles de nacre, ces topazes, ces émeraudes, ces saphirs. Il était en train de remuer son trésor quand le génie l'apostropha :

— Pêcheur…

— Hein, fit l'homme en relevant la tête, la bouche encore béante de stupeur.

— Tu vas me manquer !

Là, il frappa la terre avec son pied, et aussitôt, elle se fendit et l'engloutit.

— Toi aussi, tu vas me manquer, cria le pêcheur. Adieu !

Dès que Schéhérazade se fut tue, sa petite sœur s'écria de sous le lit :

— Quelle belle histoire !

Elle lui répondit :

— Cette histoire n'est rien à côté de celle du frère du pêcheur, qui était portefaix, et des trois dames.

Pleine d'ardeur, Doniazade lui demanda :

— Que dit-elle ? Raconte-la-nous, ma sœur, nous ne sommes qu'au milieu de la nuit.

— C'est une très longue histoire, il m'est impossible de la raconter en entier avant que l'aube se lève. Or, comme tu le sais, Sa Majesté ne me laissera en vie que jusqu'au point du jour. Et entamer une histoire sans savoir si je pourrai la finir, cela reviendrait à vous emmener en barque jusqu'au large, puis à jeter les rames dans la mer – ce serait une chose fort inconvenante pour Sa Majesté. Mais s'il plaît

au roi d'écouter l'histoire du frère du pêcheur, qui était portefaix, et des trois dames, et d'ajourner ma mise à mort, je suis prête à vous la raconter du début à la fin.

Le roi ne resta pas longtemps à réfléchir. Il se dit : "Pourquoi pas, d'autant que d'ici au lever du jour, j'ai le temps de mourir d'ennui ! Et puis j'ai très envie d'écouter une autre histoire de cette Schéhérazade. Il faut reconnaître que c'est une conteuse ensorcelante ; on a du mal à s'arrêter de l'écouter. Bien, je vais reporter l'heure de sa mise à mort pour pouvoir entendre ce récit." Et il fit à voix haute :

— C'est d'accord, Schéhérazade, raconte-nous l'histoire du frère du pêcheur, qui était portefaix, et de ces trois dames.

Alors dans le silence de la nuit, Schéhérazade se remit à parler…

LE PORTEFAIX ET LES TROIS DAMES

On raconte, Sire, ô sage et bienheureux roi, que du jour au lendemain le nom de ce pêcheur fut sur toutes les lèvres de Bagdad, car il y avait ouvert une bijouterie grande comme un salon d'apparat, où il vendait des bijoux et d'extraordinaires pierres précieuses de la taille des fleurs et des fruits. Comme il n'avait pas oublié d'où il venait, il employa dans son commerce tous les hommes de sa modeste famille ; tous, sauf son petit frère portefaix, qui déclina son offre en disant :

— Moi, travailler dans cette boutique fréquentée par des riches et des nobles qui sourient à peine une fois par heure ? Et puis, de toute façon, je ne pourrais pas vivre sans le vacarme et la clameur des souks.

Un matin où il était appuyé contre son grand panier, il vit s'approcher une jeune femme drapée dans un châle de brocart, le visage couvert d'une voilette de soie diaphane qu'elle souleva pour lui dire d'une voix sucrée :

— Prends ton panier et suis-moi…

Son visage resplendissait comme l'aube. Des yeux très noirs, de longs cils veloutés, une bouche rieuse. Le portefaix la suivit d'un pas léger, comme s'il prenait le chemin du paradis. Observant sa taille élancée et ses babouches brodées, il murmura : "Quel jour de bonheur !"

S'arrêtant chez le marchand de fruits, la jeune femme choisit des coings de Syrie, des dattes de Bagdad, des grenades de Perse, des pommes du mont Liban, des gousses de tamarin d'Égypte, des figues de Baalbek, des raisins d'Hébron, des oranges de Jaffa, et elle mit tout cela dans le panier du portefaix. Ensuite elle acheta des fleurs : des anémones, des violettes, des lys de Damas, des narcisses, des jonquilles, des giroflées et des fleurs de grenadier, qu'elle tint à porter elle-même. Puis, se tournant vers le portefaix, elle lui dit avec coquetterie :

— Portefaix, prends ton panier et suis-moi.

Il la suivit en remerciant le Seigneur et en chuchotant : "Quel jour de chance ! Un jour au parfum de jasmin !" S'arrêtant devant un autre étal, elle prit des olives de Tunisie, du couscous marocain, des fromages de Naplouse, de la poutargue et de petits légumes au vinaigre d'Égypte, des raisins secs et des pistaches d'Alep, du thym d'Algérie, du basilic du Yémen et des noisettes de Zanzibar. Elle mit le tout dans le panier du portefaix en lui susurrant :

— Portefaix, prends ton panier et suis-moi.

Alors il murmura : "Voilà une bien belle matinée, aussi douce que de la crème !" Et il la suivit comme un homme envoûté.

Elle entra ensuite dans une épicerie où elle acheta de l'eau de rose, de l'eau de fleur d'oranger, des bougies, de l'encens d'Oman, du musc, du safran, du curcuma, des bâtons de cannelle, des clous de girofle, et à nouveau elle mit tout cela dans le panier du portefaix en lui disant d'une voix mélodieuse :

— Portefaix, prends ton panier et suis-moi.

Il marmotta : “Je te suivrai jusqu’au bout du monde, jolie gazelle, et sans te demander le moindre sou.”

À la pâtisserie, elle acheta de la *knafeh**, des *atayef***, des boudoirs, des loukoums, des halvas, des doigts de baklava, du *mshabbak****, des croquants au sésame. Elle posa tout cela sur le dessus du panier avant de chuchoter au portefaix en minaudant :

— Prends ton panier et suis-moi.

Et lui de la suivre en chuchotant à son tour : “Quel jour de rêve…”

Puis la jeune femme s’arrêta chez le boucher et passa sa main ornée de dessins au henné sur l’encolure d’un agneau qui broutait de la luzerne devant la boutique.

— Si j’avais su que vous vouliez acheter un mouton, s’inquiéta le portefaix, je serais venu avec une mule et une charrette.

Elle pouffa de rire et entra dans la boucherie, où elle acheta les meilleures viandes, qu’elle fit envelopper dans des feuilles de bananier avant de les mettre dans le panier. Pour finir, elle se glissa dans une échoppe où rien n’était exposé. Campé derrière son comptoir, le patron lui tendit aussitôt une jarre pleine de vin. Puis la jeune femme reprit son chemin avec ses brassées de fleurs et le portefaix, qui marchait derrière elle en marmonnant : “Comme j’aimerais être une épine sur une de ces roses couchées dans vos bras…” Soudain, elle s’arrêta devant une somptueuse demeure aux piliers majestueux et au jardin luxuriant. Elle frappa trois coups à la porte, et

---

* Dessert sucré-salé, à base de fromage fondant et de semoule ou de cheveux d’ange, cuit dans un grand plateau rond.

** Petites crêpes épaisses, garnies de crème de lait et roulées.

*** Beignets croustillants en forme de spirale plate.

voilà qu'une autre splendide jeune femme vint ouvrir, ravissant le regard du portefaix, qui en oublia celle qui l'avait engagé au marché... Un visage rond comme la lune, des seins galbés comme deux grenades, un ventre plat comme une page de livre ! La chalande se hâta d'aller mettre ses fleurs dans un vase, laissant le portefaix médusé ployer sous le poids de son panier de victuailles.

— Que fais-tu ? s'indigna la jeune beauté qui venait d'ouvrir la porte. Ne vois-tu pas que ce pauvre homme est sur le point de s'écrouler ?

Alors, revenant sur ses pas, la chalande le fit entrer dans un vaste salon aux meubles de bois incrustés de nacre et d'ivoire, avec des poufs et des sièges aux couleurs flamboyantes, et au centre, une fontaine de mosaïque bleue, comme si un bout de ciel était tombé dans la pièce ; le portefaix n'en croyait pas ses yeux. Les deux jeunes femmes entreprirent de vider le contenu du panier, quand soudain la voix d'une troisième femme se fit entendre :

— Te voilà de retour, ma sœur. Sois la bienvenue !

La chalande abandonna ce qu'elle avait dans les mains pour aller tirer une tenture de soie grenat. Une femme apparut, allongée sur un divan, belle comme un soleil éclatant. Si elle ne s'était pas levée et ne s'était pas mise à parler, le portefaix l'eût prise pour un tableau, ou pour une de ces nymphes qui peuplent le paradis, avec ses longs cils frôlant presque ses sourcils et sa bouche de la couleur de ces fraises très rares qu'il avait vues une fois au marché ; sans parler de son sourire ensorcelant, ni de ses dents parfaites qui scintillaient comme une rangée de perles. Lorsqu'elle s'approcha pour voir ce qu'il y avait dans le panier, le portefaix manqua tomber évanoui devant son charme et la douceur de son parfum, qui éveilla tous ses sens. Il poussa un long soupir… Croyant qu'il s'impatientait, les trois jeunes femmes se pressèrent de vider le reste du panier, et la chalande lui donna un dinar. Mais le portefaix resta campé devant elle avec un air hagard.

— Pourquoi ne t'en vas-tu pas ? fit-elle. Est-ce que je ne t'aurais pas donné assez ?

La troisième jeune femme, qui était la maîtresse des lieux, lui tendit un autre dinar. Il ne le prit pas et resta là, comme désemparé. Alors elle finit par lui demander :

— Qu'as-tu donc, portefaix ?

— Pardonnez-moi si je me trompe, fit-il, mais il me semble que vous vivez seules, sans aucun homme, dans cette belle demeure…

— C'est exact, répondit la maîtresse des lieux.

— Quelle étrangeté ! Comment cela se fait-il, alors que Dieu vous a tout donné – beauté, bonnes mœurs, fortune, fruits, viandes, pistaches, noisettes, vin. Ne croyez-vous pas que le bonheur des femmes ne peut être parfait sans la présence des hommes ? De même qu'un homme ne saurait mener une vie accomplie sans la compagnie d'une femme ? Et puis, comme dit le proverbe, *on est toujours mieux à quatre* ! Une table à quatre pieds, n'est-ce pas, est bien plus stable qu'une table à trois pieds.

La dame expliqua :

— Si nous vivons seules, c'est que nous craignons de confier notre secret à quelqu'un qui pourrait le trahir, car cela nous causerait beaucoup de tort. Comme dit le poète :

Garde bien tes secrets
Les confier, c'est les perdre

Si ton cœur ne sait garder ton secret
Comment un autre le pourrait-il ?

— J'ai beau être un simple portefaix, répondit-il, j'ai lu de la littérature et je connais beaucoup de poésie. J'ai appris à dévoiler la beauté et à cacher la laideur. Voyez ce que disait cet autre poète :

Vos secrets sont chez moi
Dans une maison
Dont la clé s'est envolée
Et la porte est scellée.

Les trois jeunes femmes échangèrent des regards suggérant que ces vers leur avaient plu. Sentant naître une sympathie entre lui et elles, le portefaix s'enhardit :

— Pourquoi ne pas me laisser rester avec vous quelque temps ? Je ne demande pas à être votre compagnon, je veux juste être votre serviteur.

Cette fois, les trois femmes se firent des clins d'œil complices, et la maîtresse des lieux déclara :

— Nous nous sommes mises en frais aujourd'hui pour faire toutes ces emplettes, tu en sais quelque chose. Si tu tiens à être des nôtres, tu dois apporter ta contribution, car, n'est-ce pas, *amour sans gain ne vaut pas un grain.*

— Si tu n'as rien à offrir, tu repartiras sans rien ! ajouta la portière.

La chalande intervint :

— Cessez d'importuner ce pauvre homme. Croyez-moi, il n'a pas ménagé sa peine avec moi au marché.

— Voilà tout ce que j'ai gagné aujourd'hui, dit le portefaix en leur rendant son dinar. Ma vraie récompense sera d'avoir passé du temps avec vous.

Les trois jeunes femmes échangèrent à nouveau des regards.

— Non, déclara la maîtresse des lieux, ce dinar est ton dû, et tu es le bienvenu parmi nous.

Alors la chalande dressa une table près de la fontaine, y posant à boire et à manger dans de la vaisselle somptueuse, et invita tout le monde à s'asseoir. Elle se servit un verre, puis offrit à boire aux autres. Le portefaix avala son verre d'un seul trait.

— À ta santé ! lança la portière.

Le portefaix lui prit la main et la baisa, avant de réciter :

Ne partage ta coupe qu'avec un homme de confiance
Un homme au cœur pur et de noble ascendance
Le vin est comme le vent
Une senteur de parfum le bonifie
Une puanteur de charogne l'avarie.

Tous les quatre se mirent à boire verre sur verre. Le portefaix s'amollissait de plus en plus dans son fauteuil, quand tout à coup il se dressa sur ses pieds et se mit à danser en chantant :

Lève ta coupe et badine avec moi
Les mezze sont frais et tout cela me plaît
Foin de la crosse et de l'arène
Adieu le chant de l'épervier

Je veux vivre allongé
Me repaître de plaisirs
Et du son des lèvres sur les cruches

Les filles gloussaient, batifolaient, dansaient avec le portefaix. Le vin aidant, la gêne s'envolait. La chalande dénoua ses cheveux, qui tombèrent sur sa taille, puis, se débarrassant de ses vêtements, elle plongea en négligé dans la fontaine et s'amusa à éclabousser les trois autres. Le portefaix s'y jeta à son tour, suivi des deux autres jeunes femmes. Et tous de s'ébaudir en riant aux éclats. Tantôt les filles le poursuivaient, tantôt c'était lui qui les attrapait, les embrassant et les serrant contre lui. Puis la chalande sortit de l'eau, son négligé plaqué contre ses seins. Le portefaix ne fut pas long à la suivre. Elle le fit asseoir à côté d'elle sur un divan et commença à lui mordiller les oreilles. La portière les rejoignit et se mit à jouer avec ses cheveux. Quant à la maîtresse des lieux, elle le fixait d'un regard brûlant de concupiscence. C'est là que la chalande s'enhardit à s'asseoir sur ses genoux, tandis que lui l'embrassait en l'attirant contre son torse. Pointant son entrejambe du doigt, elle lui demanda d'un air lascif :

— Sais-tu comment on appelle cela, mon chéri ?

— Ton utérus, fit le portefaix.

— Mais non ! dit-elle en lui tirant l'oreille.

— Ta vulve.

— Tu n'as pas honte ? s'écria-t-elle en lui tirant l'oreille encore plus fort et en lui donnant une tape sur la nuque.

— Ton vagin, ton nid, ton puits, ta chatte, ton minou, ta fente, ta cave à œufs !

Elle lui donna des coups de poing, puis une petite gifle, puis une autre plus forte, en répétant :

— Non, non, non !

Le portefaix finit par s'exclamer :

— Comment pourrais-je savoir le nom de cette chose, alors que je n'ai pas encore eu l'honneur de faire sa connaissance ni même de l'entrevoir ? Je vous prie, noble et vertueuse dame, d'avoir l'obligeance de me la présenter.

Se redressant, il observa son entrejambe avec le plus grand sérieux.

— On m'appelle le portefaix, fit-il, et toi, quel est ton nom ?

Les trois jeunes femmes rirent à en tomber à la renverse, surtout la maîtresse des lieux.

— Très honoré de vous rencontrer, portefaix, répondit la chalande. On m'appelle le "basilic du bord des ponts".

Puis la portière s'approcha et, poussant la chalande, elle prit sa place sur les genoux du portefaix.

— Sais-tu comment on appelle cela, mon maître, mon amour ? demanda-t-elle en montrant son entrecuisse.

— Le basilic du bord des ponts ! lança le portefaix.

Mais la portière lui gifla les joues et lui décocha un léger coup de poing, puis un autre plus fort, en s'écriant :

— Non, non, non !

Sans attendre, il lui demanda :

— Alors comment cela s'appelle-t-il ?

— Le "sésame décortiqué", répondit la portière.

Là-dessus, la maîtresse des lieux s'approcha, poussa la portière et se mit à sa place.

— Comment appelle-t-on cela, prunelle de mes yeux ? demanda-t-elle au portefaix en pointant ce qu'elle avait entre les cuisses.

— Le basilic du bord des ponts, le sésame décortiqué ! fit-il aussitôt.

Mais là, elle lui décocha un coup de pied, puis une claque, avant de lui pincer la joue, la poitrine, la main, en disant :

— Non, non, non !

— Mais qu'est-ce donc, madame ? s'impatienta le portefaix.

— L'"auberge du père Joyeux", fit la maîtresse des lieux.

Le portefaix s'esclaffa. Il dit aux trois jeunes femmes :

— L'auberge du père Joyeux... Écoutez, belles dames, j'ai un ami qui m'est aussi cher que vous trois. Or il se trouve qu'il tremble de froid dehors et qu'il aimerait louer une chambre à l'auberge du père Joyeux. Devinez-vous comment s'appelle mon ami ?

Et il montra son membre, avant de se glisser entre la chalande et la portière, et de mettre la maîtresse des lieux sur ses genoux. Ravies de voir qu'il comprenait si bien leur humeur et se prêtait à merveille à leurs jeux, les trois jeunes femmes suggérèrent des noms :

— On l'appelle le bâton, la chose, le pigeon, le léopard, la brochette, le coq...

— Non, non, non ! s'exclama le portefaix, pinçant celle-ci, embrassant celle-là, mordillant la troisième.

Jusqu'à ce que les trois femmes s'écrient d'une seule voix :

— Nous ignorons comment il s'appelle ! Dis-nous donc, ami de génie, quel est son nom !

— On l'appelle le "mulet ravageur" !

Surprises, elles éclatèrent de rire.

— Le mulet ravageur ? Jamais personne n'a entendu pareil nom à Bagdad. Que signifie-t-il ?

— Le mulet ravageur, c'est le mulet dévastateur, le mulet sauvage qui dévore le basilic au bord des ponts, qui se vautre dans le sésame décortiqué et n'en fait qu'une bouchée avec sa grosse langue, et qui galope comme un fou à l'intérieur de l'auberge du père Joyeux !

Les filles se mirent à taper des pieds en se renversant de rire. Décidément, ce coquin de portefaix leur plaisait ! Elles s'affairèrent à lui servir toutes sortes de plats et de sucreries. Mais quand le soir tomba, la maîtresse des lieux se leva tout à coup et lui dit d'un ton ferme :

— Il est temps pour toi de partir. Allons, enfile tes savates et fais-nous voir la largeur de ta carrure.

Le portefaix poussa un soupir de mécontentement.

— Partir ? Autant dire que vous me demandez d'abandonner mon âme ! J'ai une idée : pourquoi ne pas passer tous les quatre une belle nuit blanche ? Je vous promets que je partirai au petit matin.

— Laisse-le rester ce soir, dit alors la chalande à la maîtresse des lieux. Si nous avions demandé un homme lors de la grande nuit du Destin*, le Créateur n'aurait pu nous en trouver un d'aussi sympathique !

— Bon, c'est d'accord, fit la maîtresse des lieux, tu passeras la nuit chez nous, mais à une condition : que

* La nuit où tous les vœux sont exaucés.

tu sois une paire d'yeux sans langue. Quoi que tu voies, quoi que tu entendes, tu tiendras ta langue. Et tu ne poseras aucune question, même si la curiosité te dévore.

— Bien sûr, bien sûr, se dépêcha de dire le portefaix. À partir de maintenant, je suis aveugle et muet.

Et il se mit à tâter leurs seins en faisant :

— Dites-moi ce que c'est, je suis aveugle…

Les filles partirent d'un grand éclat de rire. Mais soudain, la maîtresse des lieux se ressaisit et lui indiqua de la tête une porte menant à l'une des pièces de la demeure. Le portefaix se leva pour aller lire ce qui était écrit dessus : "Qui s'y frotte s'y pique".

— Je jure devant Dieu, déclara solennellement le portefaix, de ne pas me frotter à ce qui ne me regarde pas !

Et il se rassit avec la maîtresse des lieux et la portière, tandis que la chalande allumait des chandelles et faisait brûler de l'encens. Tous les quatre passèrent la soirée à bavarder et à siroter du vin, sans cesser de s'embrasser et de s'enlacer, jusqu'à ce que, brusquement, ils entendent frapper à la porte. La portière se hâta d'aller voir qui était là. Quelques instants plus tard, elle revint en se pâmant de rire.

— Écoutez, chuchota-t-elle, il y a là trois derviches qu'on croirait être des triplés : chacun a l'œil droit crevé et le crâne et les sourcils rasés. Ils disent qu'ils sont arrivés à Bagdad aujourd'hui, qu'ils cherchent un endroit où passer la nuit et qu'ils sont prêts à dormir au jardin ou à l'écurie.

La portière ne pouvait s'arrêter de glousser. Elle reprit :

— Je parie qu'ils arracheraient un rire à une veuve éplorée !

Les trois jeunes femmes échangèrent des regards.

— Bon, finit par dire la maîtresse des lieux, laisse-les entrer, mais à la même condition que pour ce portefaix : qu'ils soient une paire d'yeux sans langue.

— Vous voulez dire un seul œil, rectifia le portefaix.

Et tous s'esclaffèrent. La portière alla chercher les trois derviches, qui étaient bien tels qu'elle les avait décrits. Tout le monde se leva pour les accueillir, et eux s'inclinèrent en disant :

— Nous vous remercions pour votre gentillesse et votre générosité.

Ils se mirent à regarder autour d'eux, ébahis par la beauté de la demeure. Les chandelles qui flamboyaient et les mets disposés sur la table leur arrachèrent des hoquets d'admiration. Ils étaient là à contempler la fontaine quand l'un d'eux aperçut le portefaix écroulé sur le sol, épuisé par tant de vin et de batifolages.

— Je ne sais si cet homme est un Arabe, mais il m'a tout l'air d'être lui aussi un derviche, fit-il.

En entendant cela, le portefaix se dressa d'un bond.

— Asseyez-vous et cessez d'être indiscrets, s'offusqua-t-il. Avez-vous oublié à quelle condition on vous a permis d'entrer ? N'avez-vous pas lu ce qui est écrit sur cette porte : "Qui s'y frotte s'y pique" ?

Courbant la tête avec embarras, les trois derviches soufflèrent :

— Nous vous prions humblement de bien vouloir nous pardonner.

Les jeunes femmes se mirent à rire et leur demandèrent de se serrer la main pour faire la paix. Puis la chalande servit à boire et à manger aux trois derviches.

Quand ils se furent restaurés, ils demandèrent qu'on leur apporte des tambourins, un luth et une flûte de roseau. Ils jouèrent en chantant, et les trois filles les accompagnèrent au chant avec grand enthousiasme, au point que leurs voix recouvraient toutes les autres. Mais soudain, on frappa à nouveau à la porte. La portière se dépêcha d'aller ouvrir et revint en disant :

— Ce sont trois grands marchands de Mossoul… Ils disent qu'ils sont arrivés à Bagdad il y a dix jours. Ils étaient installés dans la meilleure auberge de la ville, jusqu'à ce qu'un négociant les invite à dîner chez lui et fasse venir un orchestre et des chanteuses en leur honneur. Ils ont tant bu et fait la noce que leur tapage a indisposé les voisins, qui ont appelé la police. Les trois marchands se sont enfuis en sautant par-dessus le mur et ne se sont arrêtés de courir qu'en entendant notre tintamarre. Ils aimeraient se réfugier chez nous pour éviter d'être jetés en prison, d'autant qu'ils sont dans un état d'ébriété avancé. Ils ont l'air très fortunés et extrêmement bien élevés. Il y en a même un qui s'est agenouillé pour baiser le sol à mes pieds.

Sentant la fébrilité de l'assemblée, la maîtresse des lieux dit à la portière de les laisser entrer. Celle-ci disparut un instant puis revint avec les trois hommes. Tout le monde se leva pour les accueillir, à part le portefaix, qui s'était rallongé par terre et ne bougeait plus.

— Vous êtes les bienvenus, fit la maîtresse des lieux, mais à une condition…

L'un des marchands demanda :

— Quelle est cette condition, chère madame ?

— Quoi qu'il se passe dans cette maison, vous ne poserez aucune question. Mettez-vous bien ceci en tête : *Qui s'y frotte s'y pique.*

Les trois marchands répondirent en chœur :

— C'est entendu !

Là-dessus, tout le monde s'assit, excepté la chalande et la portière, qui se hâtèrent de servir aux marchands à boire et à manger. Mais ils ne mangèrent rien et ne burent rien. Ils restèrent immobiles, observant les lieux et les gens qui se trouvaient là, et se demandant comment il se pouvait que ces trois derviches soient chacun éborgnés du même œil, et que ces trois splendides jeunes femmes à l'intelligence sans pareille aient choisi de vivre avec eux dans cette magnifique demeure… Ils étaient si abasourdis qu'ils ne prêtèrent même pas attention aux ronflements du portefaix aviné, affalé de tout son long sur le sol.

Un peu plus tard, quand l'ivresse commença à emporter les jeunes femmes elles-mêmes, la maîtresse des lieux se ressaisit brusquement et dit aux deux autres :

— Allons, il est temps de faire notre devoir.

Aussitôt, la portière alluma d'autres chandelles et fit brûler du musc et de l'encens, tandis que la chalande s'affairait à débarrasser la table, à remettre de l'ordre dans le salon et à apporter de nouveaux verres. Puis elle alla secouer le portefaix.

— Lève-toi, fainéant, viens m'aider !

Ouvrant les yeux, l'homme se hissa tant bien que mal sur ses jambes.

— Qu'est-ce qui se passe ?

Il la suivit en titubant vers un grand bahut dont elle fit sortir deux chiennes noires qu'elle lui dit de tirer par leur laisse jusqu'au salon où tout le monde était assis. La maîtresse des lieux se tenait au centre de la pièce, un fouet à la main et les manches retroussées. La chalande revint avec un sac vert en soie brochée dont elle sortit un luth. S'asseyant face à la maîtresse des lieux, elle se mit à jouer en chantant avec émoi :

Ô goutte de rosée
Ô fenêtre de mon aimé
Souffle de la brise et de l'extase…

À ce moment-là, la maîtresse des lieux fit signe au portefaix de lui amener les deux chiennes, qui se recroquevillèrent aussitôt derrière lui en gémissant, et elle les fouetta en comptant froidement les coups. Les deux bêtes poussaient des hurlements à fendre le cœur, et la chalande continuait à chanter :

Ô goutte de rosée
Ô fenêtre de mon aimé
Souffle de la brise et de l'extase
Si ta mère te cherche
Je te cacherai dans les tresses de mes cheveux.

La portière, elle, se lamentait en criant : "Ah, ah, ah…" Ses plaintes et ses sanglots se mêlaient au chant de la chalande, aux hululements des chiennes et à la voix de la maîtresse des lieux, qui comptait les coups. La chalande gardait le visage penché sur son luth, qu'elle faisait sursauter sur sa poitrine pour qu'il vibre au diapason de son chant déchirant :

Ô goutte de rosée
Ô fenêtre de mon aimé
Souffle de la brise et de l'extase
Si ta mère te cherche
Je te cacherai sous ma ceinture.

Les trois jeunes femmes ne semblaient pas vouloir s'arrêter, l'une de chanter, l'autre de pousser des gémissements, la troisième de fouetter ces deux chiennes. Aussi heurtés qu'abasourdis, les sept hommes commençaient à perdre patience, pourtant ils s'efforçaient de faire comme si de rien n'était. Tout de même, au bout d'un moment, l'un des marchands se tourna vers son voisin et lui chuchota quelque chose à l'oreille ; mais l'autre lui fit signe de se taire. La maîtresse des lieux frappait toujours aussi violemment les deux bêtes en comptant les coups d'une voix sonore, tandis que la chalande y allait de son chant plaintif :

Ô goutte de rosée
Ô fenêtre de mon aimé
Souffle de la brise et de l'extase
Si ta mère te cherche
Je te cacherai dans le khôl de mes yeux.

Et soudain, quand celle-ci eut fini son couplet, la portière, qui était assise dans un fauteuil près de la maîtresse des lieux, hurla à pleins poumons : "Ah, ah, ah !", puis, enroulant ses bras autour de son cou, elle fendit sa robe dans toute sa longueur, et brusquement elle se dressa, avant de retomber évanouie, le corps marqué de traces de fouet noires, bleues, violettes, comme si elle avait été frappée de la même manière que les chiennes… À ce moment, la chalande posa son luth sur son siège et vint asperger le visage de sa sœur d'eau de fleur d'oranger pour tenter de la ranimer, avant de la couvrir avec son châle. Quant à la maîtresse des lieux, après avoir compté trois cents coups, elle cessa de fouetter les chiennes, jeta son fouet à terre, puis, s'agenouillant près des deux bêtes, elle les enlaça en pleurant, tout en séchant leurs larmes avec un mouchoir qu'elle tira de la poche de sa robe. Les ayant embrassées sur la tête, elle tendit la laisse au portefaix pour qu'il les ramène dans le bahut, et à son tour, elle alla enlacer la portière, qu'elle couvrit elle aussi de son châle. Pour finir, les trois jeunes femmes s'étreignirent l'une l'autre en pleurant doucement.

L'assistance était plongée dans le silence, malgré la curiosité qui rongeait les sept hommes. Quel diable s'en était pris au corps de cette jeune femme ? Et pourquoi avoir frappé ainsi ces deux chiennes pour ensuite essuyer leurs larmes et pleurer sur leur sort avec une telle détresse ? La chalande et la maîtresse des lieux aidèrent la portière à se relever et l'emmenèrent vers une armoire pour lui faire passer une autre robe, laissant leurs hôtes se trémousser sur leurs sièges. Le même marchand se pencha vers son ami pour lui dire quelque chose à l'oreille, mais à nouveau celui-ci lui demanda de rester tranquille, en pointant l'index vers ce qui était écrit sur la porte. Seulement cette fois, c'en était trop, alors le marchand lui souffla d'un air outré :

— Enfin, on ne peut pas rester comme ça, il faut faire quelque chose !

— Rappelle-toi ce que nous avons promis à ces dames, répondit son ami.

Mais l'autre se tourna vers les trois derviches en faisant :

— Pouvez-vous nous expliquer ce qui se passe ? Nous sommes chez vous, après tout !

— Détrompez-vous, fit l'un des derviches, nous sommes arrivés ici juste un peu avant vous. Et ma foi, je crois que nous aurions mieux fait de dormir dehors, même sur le grand tas d'ordures à l'entrée de la ville !

Alors le marchand se tourna vers le portefaix et lui fit signe de s'approcher.

— Et toi, fit-il, peux-tu me dire quel est le secret de cette femme battue et de ces deux chiennes ?

— Je jure par Dieu tout-puissant que je ne suis au courant de rien ! Certes, je suis de Bagdad, mais c'est la première fois que je mets les pieds dans cette maison. Il y a juste une chose que je sais et que vous ignorez : c'est que ces jeunes femmes vivent seules, sans aucun homme.

— Tu dis qu'elles vivent sans homme ? s'exclama le marchand. Alors écoutez-moi, nous sommes sept hommes et elles trois femmes. Nous allons les convaincre de nous expliquer ce qui s'est passé ce soir, et si elles refusent, nous les y contraindrons par la force !

Les hommes furent tous d'accord, sauf cet ami du marchand, qui répliqua :

— Avez-vous oublié la condition que ces femmes ont posée quand elles ont accepté de nous recevoir à leurs risques et périls ? Ne serait-ce pas chose odieuse que de trahir notre serment ? Et puis, qui vous dit qu'elles n'ont pas de bonnes raisons de vouloir garder leur secret ?

Pendant ce temps, les trois jeunes femmes avaient retrouvé leur naturel – comme s'il ne s'était rien passé ! La maîtresse des lieux avait remarqué que les hommes se chuchotaient des choses.

— Qu'est-ce qui se passe, pourquoi ces messes basses ? fit-elle en s'approchant.

Alors le portefaix se lança :

— Ces messieurs aimeraient savoir pourquoi vous avez fouetté ces deux chiennes jusqu'à épuiser votre poignet, avant d'essuyer leurs larmes et de pleurer de les voir pleurer, de même qu'ils souhaiteraient comprendre le mystère de cette jeune femme qui s'est écroulée par terre, le corps couvert de traces de fouet.

Se tournant vers eux, la maîtresse des lieux leur demanda :

— Ce que dit cet homme est-il vrai, étrangers ?

— Oui, firent-ils en chœur – excepté cet ami du marchand.

Le visage de la femme s'assombrit et ses sourcils se froncèrent.

— N'aviez-vous pas juré de ne poser aucune question ? Mais, après tout, c'est nous qui sommes en faute, de vous avoir ouvert notre maison !

Là, elle frappa le sol du talon et tapa trois fois dans ses mains en criant :

— Venez !

Et voilà que s'ouvrit une trappe d'où surgirent sept hommes noirs armés de sabres. Chacun se jeta sur l'un des visiteurs, le plaqua à terre et lui ligota les poignets. Puis l'un d'eux s'adressa à la maîtresse des lieux :

— Nous ordonnez-vous, noble dame, de leur trancher la tête ?

À ces mots, le portefaix se mit à gémir :

— Je suis innocent, je ne veux pas mourir par la faute d'autrui ! Ce sont ces derviches qui nous ont porté malheur…

Et il enchaîna sur ces vers :

Belle est la clémence des grands
Pour les hommes perdants
Par l'amitié qui nous unit
Épargnez votre vieil ami.

Les trois jeunes femmes faillirent pouffer de rire, surtout la maîtresse des lieux. Mais elle se retint et, ignorant sa supplique, elle fit :

— Vous devez être de bien puissants personnages pour avoir osé manquer à votre parole…

Puis, s'adressant aux bourreaux :

— Attendez, j'aimerais leur poser une question avant que vous leur coupiez la tête.

Elle remarqua alors qu'un marchand chuchotait quelque chose à son ami. Prêtant l'oreille, elle l'entendit qui disait :

— Allons, dis-lui qui nous sommes, ça nous évitera d'être tués bêtement.

— Si cela nous arrive, bougonna l'autre, vous n'aurez qu'à vous en prendre à vous-mêmes.

— Cesse cette plaisanterie, s'emporta le marchand, dis-lui, qu'on en finisse !

Mais son ami se buta :

— Doucement, je cherche à t'épargner l'humiliation d'avoir à mendier ton salut.

Observant tour à tour chacun des sept hommes, la maîtresse des lieux finit par dire :

— J'aimerais vraiment savoir quelle est l'histoire de ces étrangers…

Puis, se tournant vers les derviches, elle fit :

— Êtes-vous frères ?

— Pas du tout, noble dame, répondirent-ils en chœur.

Alors elle leur demanda, un par un :

— Es-tu né avec un seul œil ?

Et chacun lui fit la même réponse :

— Non, je suis né avec deux yeux, mais il m'est arrivé une histoire ahurissante qui m'en a fait perdre un.

— Êtes-vous amis ?

— Non, nous nous sommes rencontrés ce soir. Et c'est une pure coïncidence si chacun de nous s'est rasé la tête et les sourcils en se faisant derviche. Mais à présent, autant dire que nous sommes devenus frères !

La maîtresse des lieux déclara :

— Je veux que chacun de vous me raconte son histoire et m'explique ce qui l'a amené chez nous. Si ce que j'entends me convainc, je vous pardonnerai et vous rendrai votre liberté.

Et elle ajouta en regardant les bourreaux :

— Sans quoi j'ordonnerai à ces hommes de vous trancher la tête.

Là-dessus, elle s'assit sur un divan avec la chalande et la portière. Les sept hommes noirs se tenaient debout derrière les sept visiteurs assis par terre.

Le portefaix fut le premier à conter son histoire :

— Vous savez parfaitement, madame, quelles circonstances m'ont permis d'entrer dans cette somptueuse demeure. Ce que vous ne savez pas, c'est que je suis le frère d'un pêcheur qui a longtemps vécu dans la misère, jusqu'à ce que, il y a quelque temps, le Seigneur l'enrichisse par miracle et lui permette d'ouvrir une bijouterie. Sa boutique est fréquentée par toutes les femmes du grand monde; même la reine Zoubeida, l'épouse du calife Haroun al-Rachid, envoie ses demoiselles de compagnie y acheter pour elle les gemmes les plus rares et les plus précieuses. Il m'a proposé de travailler avec lui, mais j'ai refusé. J'ai préféré rester portefaix, parce que le marché, vous voyez, c'est mon monde. J'y rencontre toutes sortes de gens, tant parmi les vendeurs que parmi les chalands; comme la belle, vertueuse et délicate jeune femme qui m'a engagé et amené ici.

Il fit un signe en direction de la chalande, avant d'ajouter :

— Je l'ai suivie comme son ombre au marché aux fruits et aux légumes, et chez le marchand d'encens, de bougies et de pistaches, puis chez le pâtissier, mais lorsque nous nous sommes arrêtés à la boucherie et que je l'ai vue caresser l'encolure d'un mouton, j'ai cru qu'elle allait l'acheter et le mettre dans mon panier, alors je lui ai dit : "Si j'avais su, je serais venu avec une mule et une charrette!"

L'assistance éclata de rire. Mais la maîtresse des lieux l'arrêta là :

— Passe ta main sur ta tête, portefaix, et va-t'en.

L'air de dire : “Remercie Dieu de ne pas l'avoir perdue…” Mais il l'implora :

— Noble dame, m'accordez-vous de rester pour entendre les autres histoires ?

— Je te l'accorde, fit-elle, rassieds-toi.

Elle se tourna alors vers les trois derviches :

— À présent, c'est vous que j'aimerais entendre. Je vous laisse le choix de décider qui passera en premier.

Les derviches se regardèrent avec effroi, comme si raconter leur histoire, c'était descendre dans la tombe. Au bout d'un moment, l'un d'eux, qui semblait ravagé par le sort, commença à parler d'une voix calme…

LE PREMIER DERVICHE

“Voici, noble dame, toute l’histoire qui a fait de moi un derviche avec un œil en moins.

Je suis le fils d’un grand marchand de Perse. Mon père m’appela Aziz. J’avais une cousine qui s’appelait Aziza. Nous jouions chaque jour ensemble, tantôt gentiment, tantôt en nous chamaillant; nous nous aimions énormément. Mon père et mon oncle s’entendirent pour nous marier dès que nous serions pubères. Mais la mort emporta ses deux parents sans prévenir, et Aziza vint vivre sous notre toit. Nous partagions tout, même notre lit. Quand nous eûmes atteint l’âge de raison, mon père décida qu’il était temps d’établir notre contrat de mariage. Commencèrent alors les préparatifs de la cérémonie des noces : on lava à grande eau les sols de marbre de la maison, on étendit de beaux tapis, on tapissa les murs de tentures brodées de fils d’or et l’on prépara un banquet avec les mets les plus délicats et les pâtisseries les plus exquises.

Le jour promis, ma mère m’envoya au bain maure, où l’on me frictionna et m’aspergea de musc et de parfums onctueux, avant de m’habiller d’une tenue somptueuse qui embaumait l’ambre. En sortant du bain, je passai voir un ami qui habitait tout près pour l'inviter à mon mariage. Sa mère me dit qu'il n'allait pas tarder à rentrer. Je me mis à errer dans la ruelle en l'attendant. Tous les passants que je croisais humaient l'agréable parfum que je dégageais. Trouvant là un petit banc de pierre, je m'y assis après y avoir étalé mon mouchoir, de peur de salir mon beau costume et de fâcher ma mère. Soudain, un mouchoir blanc tomba du ciel, tout doucement, tel un papillon. Je l'attrapai ; il était plus délicat que la brise. Je levai les yeux pour voir qui l'avait fait tomber, et là, je vis à la fenêtre une jeune femme d'une telle beauté qu'elle eût pu dire à la lune : « Abdique, je suis bien plus belle que toi. » Elle me sourit ; je lui souris en retour. Elle mit un doigt dans sa bouche, puis, plaquant son majeur sur son index, elle les plaça entre ses seins, avant de disparaître derrière la fenêtre. Je restai sur ce banc à attendre qu'elle revienne. Mon cœur battait d'une façon que je ne lui avais jamais connue. Je regardai le mouchoir : il était noué. Je défis le nœud ; il en tomba un bout de papier où je lus ces vers, calligraphiés de la plus belle des manières :

Mon amant dit : « Ton écriture est si fine et si diaphane… »
Je répondis : « Le corps des amants s'amenuise
comme leurs mots s'effilent sur la page. »

Mon regard allait du mouchoir à la fenêtre, de la fenêtre au mouchoir. Brûlant d'émoi et de désir, je ne voulais plus qu'une chose : être avec cette jeune fille. Quand enfin je perdis espoir de la voir réapparaître, je rentrai chez moi, triste et désemparé, son visage gravé dans ma tête, ma main serrant le mouchoir, et le bout de papier caché dans ma poche.

Arrivé à la maison, je trouvai ma cousine Aziza en train de sangloter.

— Où étais-tu ?

Elle me dit que tous les invités, les parents, les témoins, m'avaient attendu – il y avait là de célèbres marchands, des princes, et puis le grand juge… N'en pouvant plus, ils avaient fini par s'en aller. Mon père était tellement furieux qu'il avait juré de ne pas me marier avant qu'un an se fût écoulé.

— J'étais si inquiète, cousin. J'ai cru qu'il t'était arrivé malheur. Je remercie Dieu que tu sois sain et sauf. Mais dis-moi, que s'est-il passé ?

— Il m'est arrivé quelque chose d'extraordinaire, répondis-je.

Je lui racontai l'histoire de la jeune fille et lui montrai le mouchoir et le bout de papier. Elle prit le mouchoir, le respira, puis lut les vers écrits sur le papier. Des larmes coulèrent sur ses joues. Mais moi, je ne pensais qu'aux signes mystérieux que m'avait envoyés la jeune fille. Je demandai à ma cousine :

— Aziza, peux-tu m'aider à déchiffrer ce qu'elle cherchait à me dire ?

Essuyant ses larmes avec la manche de sa robe, elle fit :

— Si tu me demandais mes yeux, je les tirerais de sous mes paupières. D'abord, le mouchoir est le salut des amants. Ensuite, quand la jeune fille a mis son doigt dans sa bouche, elle voulait dire que tu lui es aussi cher que son âme dans son corps, et qu'elle tient à toi comme les dents tiennent dans la bouche. Les vers qu'elle t'a adressés sont clairs comme le jour : elle t'assure que son âme est liée à la tienne. Quant aux deux doigts qu'elle a mis entre ses seins, c'est une façon de te signifier de venir la retrouver dans deux jours pour la soulager de la peine qu'elle aura ressentie en ton absence.

Je fus convaincu par toutes les interprétations de ma cousine parce que, bien que nous fûmes du même âge, elle était plus mûre que moi et comprenait des choses que j'étais incapable de comprendre. Seulement je lui dis :

— Mais, cousine, je ne peux pas attendre deux jours avant de la revoir !

Alors elle prit ma tête entre ses mains et la posa sur ses genoux, me caressant les cheveux, me consolant et me distrayant, jusqu'à ce que vînt le moment de retrouver la jeune fille. Aziza me réveilla, m'aida à enfiler mes vêtements, me parfuma, me dit des mots d'encouragement.

— Tout ce que je veux, Aziz, c'est que tu sois heureux !

Je sortis. Tout autour de moi semblait avoir disparu, les passants, les maisons, les bruits. J'arrivai sous sa fenêtre. Je la vis là-haut qui regardait. Prenant une grande respiration, je faillis m'évanouir. Cette fois-ci, elle tenait à la main un mouchoir rouge qu'elle baissa et releva trois fois au-dessus de la ruelle. Puis, écartant ses cinq doigts, elle se frappa la poitrine avec sa paume. Ensuite elle alla chercher un miroir qu'elle tendit dehors en penchant la tête, avant de refermer la fenêtre et de disparaître. Ne parvenant pas à saisir ces signes énigmatiques, je regrettai de ne pas avoir emmené

Aziza pour qu'elle m'explique ce que tout cela voulait dire. Je restai figé sous la fenêtre close jusqu'au milieu de la nuit, quand, perdant espoir de la voir réapparaître, je rentrai chez moi en traînant les pieds.

Je trouvai Aziza en train de chanter, les larmes aux yeux :

Je l'aime, oh, je l'aime
Mon cœur est habité par son amour.

Aussitôt qu'elle m'aperçut, elle sécha ses larmes et releva la tête, l'air de me demander ce qui s'était passé avec la jeune fille.

Ouvrant la bouche pour parler, je m'affaissai, presque évanoui, mais ma cousine me soutint et essuya mes larmes avec la manche de sa robe. Je lui racontai alors toute l'histoire. Elle poussa un soupir.

— Rassure-toi, fit-elle, ce sont des signes très encourageants ! Ce qu'elle voulait dire avec ses cinq doigts, c'est qu'il faut que tu retournes la voir dans cinq jours. Et quand elle penchait la tête par la fenêtre avec son mouchoir rouge et son miroir, elle te demandait de l'attendre chez le teinturier jusqu'à ce qu'elle te fasse signe.

En entendant cela, je m'écriai de joie :

— Comme tes interprétations sont justes, Aziza ! Il y a en effet dans sa ruelle un juif qui teint de la laine et des tapis.

Mais quand je me rendis compte que je ne verrais pas la jeune fille pendant cinq jours entiers, je me mis à pleurer.

— Sois patient, cousin, me dit Aziza. N'oublie pas qu'il y a des amants qui attendent des mois, et même des années, avant de pouvoir se revoir. Fais-moi confiance, je te promets que je protégerai votre amour comme la colombe protège ses petits sous son aile.

Elle m'apporta à boire et à manger, mais je ne pus rien avaler. Elle entreprit alors de me distraire en me contant des histoires d'amour fou. Elle ne me laissait que lorsque mes yeux finissaient par se fermer de fatigue. Me réveillant en sursaut au milieu de la nuit, hagard, je la trouvais à mes côtés, les joues barbouillées de larmes. Ces cinq jours me semblèrent une éternité. Quand l'heure fut venue, je bondis hors du lit. De l'eau chaude m'attendait. Je pris un bain et enfilai des vêtements propres et frais.

— Dieu soit avec toi, me dit Aziza. Bonne chance.

Je me hâtai vers l'échoppe du teinturier juif. Je fus terrifié de la trouver fermée, tout comme la fenêtre de la jeune fille ! Je songeai à me donner la mort, mais au lieu de cela, je restai assis sous sa fenêtre comme une statue jusqu'à l'heure de minuit, où je finis par rentrer à la maison. Je trouvai là Aziza, une main agrippée à une cheville fichée dans le mur, l'autre posée sur son cœur, poussant des soupirs tout en se chantant à elle-même :

Le feu de mon cœur ferait fondre un chaudron
Et l'eau de mes larmes abreuverait un désert
Mon cœur est plein de son adoration
Mais lui n'y voit qu'une infraction.

Aussitôt qu'elle m'aperçut, elle essuya ses larmes et me dit en souriant :

— Pourquoi n'as-tu pas passé la nuit avec ta bien-aimée ?

Sentant qu'elle me narguait, je lui décochai un violent coup de pied. Elle perdit l'équilibre et s'effondra en se cognant la tête contre le seuil. Elle se releva sans un mot, en essuyant le sang qui coulait sur sa tempe.

— Il ne s'est rien passé, explosai-je, rien du tout, c'est bien pour ça que je suis dans cet état !

Aziza intervint :

— Détrompe-toi, si cette jeune fille disparaît, c'est pour te mettre à l'épreuve : elle cherche juste à s'assurer de la sincérité de ton amour. Retourne là-bas dès demain, sans quoi elle songera que tu te lasses vite. Ah, comme je suis heureuse, cousin, de sentir que l'heure de ton bonheur approche !

Ses mots ne firent qu'accroître mon inquiétude et mon tourment. Quand elle m'apporta de quoi dîner, je repoussai la nourriture en criant :

— Les amoureux sont des fous qui perdent la faim et le sommeil !

Ramassant ce qui était tombé sur la table, elle dit :

— Oui, l'amour est ainsi fait…

Aux premières lueurs du jour, je courus jusqu'à la ruelle et m'assis sous la fenêtre à attendre. Cette fois, la jeune fille apparut. Me trouvant sur ce banc, elle sourit, puis son sourire s'élargit et se transforma en rire. Elle me laissa un moment, pour revenir avec une lampe et une plante en pot. Elle fit tomber ses cheveux de jais sur son visage, posa la lampe par-dessus le pot, et referma la fenêtre.

Étrangement, ma flamme et ma passion s'aiguisèrent, même si ces signes obscurs commençaient à m'exaspérer. Je ne l'avais jamais entendue prononcer un seul mot; se pouvait-il qu'elle fût sourde et muette? Je rentrai à la maison, perplexe, le cœur chagrin, mais encore plus amoureux. Le front bandé, ma cousine chantait en pleurant :

Où que tu sois, où que tu ailles
Tu es toujours là, tranquille
Au fond de mon cœur.

Elle essuya ses larmes en me voyant entrer et resta un moment silencieuse, avant de me demander où j'en étais. Je lui contai en détail ce qui s'était passé avec la fille à la fenêtre. Elle fit :

— Voilà enfin ce que tu souhaitais. En lâchant ses cheveux devant son visage, elle voulait te dire : « Viens me voir ce soir, quand la nuit lâchera son voile sur le jour. » Quant à la plante en pot et à la lampe, cela signifie qu'elle te donne rendez-vous dans le jardin, dans un coin que tu trouveras éclairé.

Au lieu de me réjouir de l'interprétation de ma cousine, je lui criai :

— Je crois que tes explications ne valent rien. Tu me promets toujours que je vais pouvoir la rencontrer, et cela n'arrive jamais!

Aziza se mit à rire.

— Sois patient. Souviens-toi que Dieu se tient aux côtés des persévérants.

Je m'assis seul dans un coin pour implorer l'être suprême :

— Seigneur, fais que le soleil se couche plus tôt, pour que la nuit tombe avant l'heure.

Je restai là à me trémousser et à pousser des soupirs, pendant que ma cousine sanglotait. Mais la nuit fut vite là en effet, alors, bondissant sur mes pieds, je courus vers la porte, tout guilleret, comme si je venais d'être libéré après un long emprisonnement. Aziza me rattrapa pour me donner un petit bout de musc qu'elle me dit de mâcher dès que je verrais la jeune fille.

— Et quand elle t'accordera ses faveurs, récite-lui ces vers :

Amants, par Dieu
Dites au jeune éperdu ce qu'il peut faire.

Arrivé dans la ruelle, je fis le tour de la demeure. Le portail du jardin était ouvert. J'entrai et me laissai guider par un trait de lumière qui me mena à une pergola au dôme incrusté d'ivoire et d'ébène, d'où pendait une lampe. Il y avait là des poufs et des hamacs garnis de matelas moelleux, avec de petits coussins éparpillés. Des chandelles scintillaient çà et là, et l'on entendait le murmure apaisant d'une fontaine. Puis je vis une table parsemée de fleurs et de plantes aromatiques, où trônait une carafe de vin entourée de mets appétissants, volailles et viandes grillées, fruits fins, délicieuses sucreries. J'attendis longtemps, en vain. Alors mon appétit finit par s'éveiller, et je me jetai sur la nourriture comme si je dévorais la jeune fille. Je mangeai sans m'arrêter, jusqu'à avoir le ventre plein, puis, tout heureux, je posai la tête sur un coussin et continuai à attendre de voir apparaître la jeune fille. Mais soudain, je sentis que je ruisselais de sueur. Ouvrant les yeux, je m'aperçus que le jour s'était levé et que le soleil dardait sur moi ses rayons. Je sursautai comme si j'avais été piqué par un serpent. Je trouvai du sel et un morceau de charbon sur mon ventre. Le coussin que j'avais sous la tête et le matelas sur lequel je m'étais étendu avaient disparu. Désespéré de m'être oublié ainsi, je faillis m'arracher les cheveux et me frapper le visage de remords. Je rentrai à la maison, où je trouvai ma cousine en train de déclamer en sanglotant :

Me priver du visage de mon cousin
C'est me priver de la vie.

Me voyant entrer, elle essuya ses larmes et me salua.

— Pardonne-moi de pleurer, dit-elle, ne me blâme pas. Dieu est bon envers toi, car celle que tu aimes t'aime en retour, tandis que moi, j'aime quelqu'un qui ne m'aime pas.

Puis, s'approchant de moi en souriant, elle renifla mes vêtements, avant de reculer avec étonnement.

— C'est curieux, je ne sens pas l'odeur d'un homme repu de son aimée.

Alors je lui racontai ce qui m'était arrivé. Elle me dit qu'elle était profondément désolée, et elle ajouta :

— Je commence à m'inquiéter pour toi, Aziz. Je sais bien que les femmes aiment se donner des airs et faire attendre les hommes, mais cette jeune fille me semble vouloir te faire du mal. Si elle a laissé du sel sur ton ventre, c'est parce qu'elle te compare à un plat insipide que l'on ne saurait avaler sans l'assaisonner. Quant au charbon, voilà ce qu'il veut dire : Que Dieu te noircisse le visage, toi qui prétends être amoureux, alors que tu n'aimes rien d'autre que manger et dormir. Autrement dit, tu es un charlatan. Mais mon cousin, il me semble que c'est elle, le charlatan, pas toi. Si elle t'aimait vraiment, elle t'aurait réveillé quand elle a vu que le sommeil t'emportait. Oh, comme je voudrais que Dieu te délivre des griffes de cette fille...

« Mais non, ma bien-aimée a raison », me dis-je en écoutant parler Aziza. En effet, les vrais amoureux ne dormaient pas, alors que moi, au lieu d'être pris d'insomnie, j'avais sombré dans le sommeil. Je m'étais mal conduit envers nous deux : ma gloutonnerie l'avait emporté sur mon amour. Je me frappai la poitrine en pleurant sur mon sort, et je dis à ma cousine qu'il fallait à tout prix qu'elle m'aide, sans quoi je mettrais fin à mes jours. Aziza se hâta de répéter :

— Si tu me demandais mes yeux, je les tirerais de sous mes paupières. Ah, si je pouvais sortir de la maison et aller et venir comme il me plaît, je ferais tout pour vous réunir – je le ferais pour toi, pas pour elle. Écoute-moi bien, Aziz : ce soir, tu vas retourner au même endroit, mais cette fois, prends garde, ne touche surtout pas à la nourriture, car une seule bouchée suffit à ouvrir l'estomac ! Or manger donne sommeil, et si le sommeil alourdit d'abord les yeux, il finit par engourdir le cœur. Va la voir, et avant de partir, n'oublie pas de lui réciter ces vers :

Amants, par Dieu
Dites au jeune éperdu ce qu'il peut faire.

J'entrai dans le jardin. Tout était comme la veille, mais cette fois, je ne m'approchai pas de la nourriture : je m'assis, fis les cent pas, attendis. Seulement, à force d'attendre, je fus gagné par l'ennui. Alors, l'air de rien, je m'avançai vers la table, me promettant de n'avaler qu'une cuillerée de yaourt bien frais, histoire d'apaiser les battements de ma poitrine. Mais ce qu'Aziza m'avait dit était juste : cette petite bouchée aiguisa mon appétit, et je me vis incapable d'arrêter de manger. Une bouchée de ce plat, une bouchée de cet autre, et puis encore une de celui-là, et me voilà le ventre plein. Cette fois, de peur de m'endormir, au lieu d'appuyer ma tête sur un coussin, je la posai entre mes mains. Malgré cela, je ne pus m'empêcher de fermer les yeux, et les rêves se mirent à me jouer des tours. Je me vis éveillé, me tapotant les joues, m'aspergeant d'eau et me frottant les yeux pour ne pas somnoler, mais en réalité, une fois de plus, je laissai passer ma chance, car le soleil me réveilla à coups de fouet, et je rentrai chez moi en pleurant. Je trouvai là Aziza, qui chantait :

Mon cœur souffre
Mon corps saigne
Mais les peines
Que mon cousin m'inflige
Sont toutes douces à mon âme.

Pris de rage, je la rabrouai, l'insultai et lui jetai à la face toutes les choses que ma bien-aimée avait laissées sur mon ventre. Ignorant ma fureur, ma cousine se baissa pour les ramasser.

— Avec cet osselet, fit-elle, elle veut te dire que tu avais beau l'attendre, ton cœur était absent. Ce noyau de datte signifie que si tu étais vraiment amoureux, tu serais resté éveillé, car la joie de l'amour met le cœur en feu, comme le noyau de datte allume la braise. Quant à cette graine de caroube, c'est le signe de la séparation : tu dois t'y préparer et l'endurer avec la patience de Job.

Au mot de « séparation », j'attrapai ma cousine par le col de sa robe en sanglotant :

— Aide-moi, Aziza, sauve-moi avant que la mort m'emporte.

Elle semblait lointaine, absorbée par quelque chose dont, à vrai dire, je ne me souciais guère. Elle répondit d'une voix blanche :

— J'ai l'impression, mon cousin, que mes pensées s'entrechoquent comme sur une mer houleuse.

Il y eut un silence, puis prenant pitié de moi, elle fit :

— Retourne la voir ce soir et réconciliez-vous. Je n'ai qu'un conseil à te donner : ne mange rien, absolument rien.

Elle me prépara toutes sortes de choses succulentes et me fit manger comme elle eût gavé un agneau, afin que j'arrive parfaitement repu dans le jardin de ma bien-aimée et que les bonnes odeurs exhalées par les plats que je trouverais sur la table ne me tentent pas.

Je me rendis au jardin dans un costume neuf qu'Aziza avait cousu pour moi ; Aziza qui, une fois de plus, m'avait fait promettre de réciter ces vers à la jeune fille :

Amants, par Dieu
Dites au jeune éperdu ce qu'il peut faire.

Je me mis à attendre, tendu comme un tigre aux aguets. Mon ouïe était si vive que je perçus le chant vespéral d'un rossignol. Cependant, le silence qui enveloppait le jardin, la lune et les étoiles suspendues au-dessus de moi, et cet amour qui m'habitait, finirent par apaiser un peu ma nervosité. Je me versai un verre de vin, certain que j'étais de pouvoir résister au sommeil. Puis je m'en versai un autre, histoire de délier ma langue intimidée et de pouvoir déclarer ma flamme à la jeune fille avec éloquence. J'écarquillai les yeux en tirant bien les paupières vers le haut, puis vers le bas, pour éviter qu'elles ne se ferment malgré moi. Mais, ma bien-aimée n'arrivant pas, mon humeur s'assombrit. Exaspéré, je bus un troisième verre, puis un autre, et encore un autre, jusqu'à ce que je ne puisse plus compter, et là, je sombrai dans le sommeil, comme les deux soirs précédents. Je fus réveillé le matin par un soleil brûlant, mais cette fois j'étais étendu dans la ruelle et trouvai sur mon ventre un couteau et une pièce d'un dirham.

Je courus comme un fou jusque chez moi, le couteau à la main. Les gens s'écartèrent de mon chemin avec des airs effarés. Arrivé à la maison, j'entendis ma cousine se lamenter :

Je suis seule dans cette maison lugubre
Les murs se resserrent sur mon âme
Un air fétide entre par la fenêtre
Et la porte m'étrangle et me suffoque.

C'était précisément ce que je ressentais. J'éclatai en sanglots, et il semble que je perdis conscience, car lorsque je rouvris les yeux, mon visage baignait dans l'eau de rose.

— Le dirham, c'est son œil droit, dit Aziza. Le couteau sert à égorger.

Je sursautai.

— Mon Dieu ! Ma bien-aimée va-t-elle s'arracher l'œil ?

Aziza me répondit :

— N'aie pas peur. Elle veut juste te dire : « Par le Seigneur des mondes, je jure par mon œil droit que si tu succombes au sommeil quand tu reviendras dans mon jardin, je t'égorgerai avec ce couteau. »

Un frisson me parcourut – non pas de peur, mais d'amour et de ferveur. Ma cousine saisit mon petit sourire et devina mes pensées.

— J'ai peur pour toi, cousin, fit-elle brusquement. Cette femme est dure et sournoise, son cœur est plein de fiel.

Mais je la suppliai :

— Aide-moi, Aziza, dis-moi ce que je dois faire…

Elle dit :

— Si tu me demandais mes yeux, cousin, je les tirerais de sous mes paupières. Couche-toi, tu as besoin de sommeil ; dors comme si tu hibernais.

Me prenant par la main, elle me conduisit vers le lit, où elle me massa les épaules et les articulations, avant de m'éventer le visage jusqu'à ce que je sombre dans le sommeil. Vers l'heure du couchant, quand elle me vit me réveiller, elle essuya ses larmes et me força à manger, avant de me donner à boire du jus de tamarin. Ensuite, elle me lava le visage et les mains, et, me serrant fort contre sa poitrine, elle me dit :

— Écoute : ta bien-aimée ne viendra qu'à la fin de la nuit, alors ne reste pas assis à l'attendre. Promène-toi dans le jardin pour t'occuper, respire le parfum des fleurs, surtout le jasmin, qui éveillera tes sens et te détournera des fumets du banquet.

Je fis tout ce qu'Aziza m'avait dit. Les trois quarts de la nuit s'étaient écoulés et les coqs venaient de chanter, quand j'entendis un bruissement. Me retournant, je vis ma bien-aimée entrer dans le jardin escortée de dix servantes, telle la lune au milieu des étoiles. Me trouvant là, elle se mit à rire :

— Tu es donc vraiment amoureux, car brûlé par la peur de ne pas me voir, tu n'as pas succombé au sommeil.

Elle congédia les servantes pour que nous restions seuls. Nous nous enlaçâmes avec ardeur et nous embrassâmes. Je suçai sa lèvre supérieure, elle suça ma lèvre inférieure. Puis elle défit son caleçon, et je laissai libre cours à mon désir jusqu'à ce que, grisés par le plaisir, ses membres se détendent et s'abandonnent à moi. Je lui fis atteindre l'extase, avant de la rejoindre et de perdre mes sens à mon tour. Quand nous revînmes à nous, je m'écriai que je venais de naître et que mon âme lui appartenait. Au matin, je lui susurrai des mots doux et lui mordillai les seins pour qu'elle se souvienne de moi tout au long de la journée, puis me penchai pour baiser ses jambes et ses pieds. En retour, elle sortit un mouchoir de sa poche et me dit :

— J'aimerais que tu gardes ce mouchoir.

Une gazelle y était brodée. Je le mis dans ma poche. Nous nous entendîmes pour nous retrouver le soir même, et tous les soirs, pour l'éternité. Ivre d'amour et d'allégresse, je rentrai chez moi en tanguant de droite et de gauche.

Entrant dans la maison, je trouvai ma cousine au lit, mais elle se leva d'un bond pour m'accueillir et sécha avec sa manche les larmes qui ruisselaient sur ses joues. Il lui suffit de me regarder pour comprendre que j'avais enfin obtenu ce que j'avais tant désiré.

— As-tu récité à ta bien-aimée les vers que je t'ai appris ? dit-elle.

Je lui répondis que cela m'était sorti de la tête. Je lui montrai le mouchoir. Elle l'examina longuement, puis me demanda si elle pouvait le garder ; j'acceptai aussitôt. Quand vint le moment de retourner chez ma bien-aimée, ma cousine me rappela qu'il fallait que je lui récite ces vers. Je lui avouai que je ne m'en souvenais plus, alors elle me les répéta plusieurs fois.

En chemin pour le jardin, je me les récitai jusqu'à les retenir. Ma bien-aimée était là, qui m'attendait. Elle se jeta dans mes bras, je me jetai dans les siens. Nous gémîmes d'extase, puis nous mangeâmes, nous bûmes, avant de recommencer à nous enlacer et à nous unir, encore et encore, jusqu'à ce que le jour se lève.

Avant de lui dire au revoir, je me souvins que je devais lui réciter ces vers qu'Aziza m'avait appris :

Amants, par Dieu
Dites au jeune éperdu ce qu'il peut faire.

Les larmes aux yeux, ma bien-aimée me répondit :

Qu'il cache sa passion et taise son secret
Et s'arme de patience et d'humilité.

Rentré à la maison, tout heureux de m'être souvenu du conseil de ma cousine, je la vis alitée, souffrante, avec ma mère à ses côtés qui tentait de la réconforter. Elle trouva la force de me demander :

— Aziz, lui as-tu récité ces vers ?

— Oui ! fis-je d'un ton enjoué. Et voici ce qu'elle m'a répondu :

Qu'il cache sa passion et taise son secret
Et s'arme de patience et d'humilité.

En entendant cela, ma cousine se tordit de douleur sur sa couche. Ma mère me cria à la face :

— Honte à toi, frivole et égoïste cousin ! Tu ne penses qu'à toi-même. Tu passes la nuit dehors et au matin, tu ne t'inquiètes même pas de l'état de ta cousine !

Je gardai le silence. Que pouvait comprendre ma mère, si je lui disais que chacun de mes souffles était voué à ma bien-aimée ? Quand elle eut quitté la chambre, ma cousine me dit :

— Ce soir, quand tu retourneras la voir, réponds-lui ceci :

Cherchant la voie de la patience
Il a trouvé l'effervescence
D'un cœur épris et tourmenté.

Ainsi ce soir-là, après des retrouvailles que les mots ne sauraient décrire, au moment de prendre congé, je récitai ces vers à ma bien-aimée. Comme la fois d'avant, elle pleura à chaudes larmes, et elle fit :

S'il n'a pas la patience
De garder son secret
Il ne mérite que la mort.

Je rentrai à la maison. Aziza était toujours étendue sur le lit. Lui soutenant la tête, ma mère essayait de lui faire manger quelque chose et avaler un peu d'eau. Je remarquai alors son teint livide, ses yeux caves, son corps émacié… Pris de pitié, je m'approchai du lit. Elle me murmura :

— Aziz, mon très cher, lui as-tu dit ces vers, comme nous nous étions entendus ?

J'acquiesçai de la tête et lui récitai ce que ma bien-aimée m'avait répondu :

S'il n'a pas la patience
De garder son secret
Il ne mérite que la mort.

Comme je regrettai d'avoir prononcé ces mots qui lui firent perdre connaissance ! Ma mère se hâta de l'asperger d'eau de rose pour qu'elle reprenne ses esprits. Je m'assis à son chevet et tentai de l'apaiser. Elle me sourit avec beaucoup de tendresse et m'apprit une autre strophe à dire le soir à ma bien-aimée :

J'ai écouté, j'ai obéi, je suis mort
Salutations à ceux qui nous ont séparés.

Ce soir-là, après que nous eûmes fait l'amour, je récitai ces vers à mon amante, qui se mit à pousser un cri déchirant.

— Mon Dieu, l'auteur de ces vers est mort !

Et elle me demanda qui c'était en sanglotant. Je répondis :

— C'est ma cousine Aziza. Celle que j'aurais dû épouser le jour où je me suis assis devant ta fenêtre, envoûté et pétrifié comme si j'avais un oiseau sur la tête.

Puis je lui racontai comment Aziza m'avait aidé à déchiffrer tous les signes et les messages qu'elle m'envoyait. Je reconnus que sans le discernement de ma cousine, je n'aurais jamais pu parvenir jusqu'à elle. Ma bien-aimée poussa un profond soupir.

— Quel dommage d'avoir ainsi perdu ta jeunesse, Aziza… Allons, va avant qu'elle n'exhale son dernier soupir !

Je courus à la maison, plein de remords et de détresse. Sur le pas de la porte, j'entendis des hurlements et des lamentations. On me dit que ma cousine était morte. Ma mère pleurait à chaudes larmes. Elle s'en prit à moi :

— Dieu ne te pardonnera pas d'avoir causé sa mort !

Nous marchâmes derrière sa dépouille et l'inhumâmes. Ma mère ne cessait de me demander :

— Qu'as-tu donc fait à ta cousine pour qu'elle meure de chagrin ?

Je répondais :

— Je n'ai rien fait.

Mais elle finit par s'emporter :

— Je ne te crois pas ! Tu dois m'avouer ce qui s'est passé entre vous. Au moment de rendre l'âme, Aziza a ouvert les yeux et m'a demandé de te dire qu'elle ne te reprochait rien et qu'elle avait prié le Seigneur de ne pas te punir pour sa mort. Tout ce que tu avais fait, affirmait-elle, c'était de la transporter de ce monde périssable vers le monde éternel. Elle voulait que tu dises à celle que tu vas voir chaque soir : « La fidélité est aussi belle que la trahison est laide. » Elle espérait que ces mots t'aideraient – car elle aurait autant pitié de toi dans la mort que dans la vie.

M'ayant transmis les recommandations de ma cousine, ma mère recommença à pleurer et à gémir. Puis elle reprit :

— Ma chère Aziza m'a laissé quelque chose pour toi, mais elle m'a fait jurer de ne te le remettre que lorsque je te verrais pleurer sa mort.

Malgré la tristesse que je ressentais pour ma cousine, je me précipitai vers le jardin à l'heure habituelle, plein d'ardeur et de passion, hanté par le beau visage et le corps charmant de mon amante. Me voyant surgir, elle me demanda des nouvelles de ma cousine. Je lui dis qu'elle était morte. Elle s'écarta de moi.

— Tu lui as gâché sa jeunesse, fit-elle, et tu l'as tuée.

Je lui assurai que je n'avais rien à voir avec sa mort, puis lui répétai la dernière chose qu'Aziza m'avait recommandé de lui dire : « La fidélité est aussi belle que la trahison est laide. » À ces mots, elle se mit à pleurer.

— Paix à son âme, elle a su te sauver de mes griffes, même après sa mort... Elle savait que je voulais te nuire. Mais à présent, je n'en ferai rien.

Abasourdi, je bredouillai :

— Me nuire ? Ne sommes-nous pas des amoureux qui ne se vouent que tendresse et fidélité ?

— Tu es encore jeune, dit-elle, ton cœur ne connaît pas la fourberie, tandis que nous, les femmes, nous avons plus d'une ruse dans notre sac… Tu dois me promettre de ne jamais faire confiance à une femme, qu'elle soit jeune ou vieille – à part moi –, surtout maintenant que ta cousine n'est plus là pour te mettre en garde et te protéger.

Sur ce, elle me demanda de la mener à la tombe d'Aziza, et elle grava ces mots sur la stèle :

Je passais près d'une vieille tombe
Où poussaient sept anémones.
« À qui est cette tombe ? » dis-je.
La terre me répondit :
« Doucement ! une amante y repose. »

Puis elle distribua des aumônes aux nécessiteux pour le repos de son âme.

Une année entière avait passé, et ma bien-aimée continuait à m'attendre chaque soir sur des charbons ardents. Je fondais sur elle comme un aigle, et nous nous étreignions avec ardeur. Nous n'évoquions presque plus la pauvre Aziza. Quand parfois il nous arrivait de le faire, ma bien-aimée soupirait : « Paix à son âme. Ah, si je l'avais connue, si j'avais su son histoire, j'aurais été plus prudente… »

La vie suivit ainsi son cours, jusqu'à ce qu'un jour, en chemin pour le jardin, je fus abordé par une vieille femme qui me demanda de lui lire une lettre de son fils, dont elle n'avait plus de nouvelles depuis qu'il était parti en voyage. Je lui lus la lettre et, l'ayant rassurée sur le sort de son fils, je poursuivis mon chemin ; la vieille rentra chez elle. Mais quelques instants plus tard, la voilà qui ressortit et me rattrapa, me demandant de lire la lettre à sa fille, qui ne voulait pas croire que son frère allait bien.

— Relis-la dans la ruelle d'une voix forte, fit-elle. Je veux qu'elle comprenne que son frère est bien en vie.

Et elle se hâta d'entrouvrir la porte de sa masure. Je vis passer une main, qui tenait la lettre, et j'entendis une voix douce qui disait :

— Tiens, maman.

À peine me fus-je avancé pour prendre la lettre que la vieille me poussa à l'intérieur et referma la porte derrière moi. Je compris que j'étais tombé dans un piège. Une jeune fille de toute beauté et d'une grande coquetterie se tenait devant moi.

— Dis-moi, Aziz, fit-elle sans ambages, préfères-tu la vie ou la mort ?

Je répondis :

— La vie, bien sûr !

— Parfait, alors épouse-moi.

Je rétorquai :

— Je n'aimerais pas du tout épouser quelqu'un comme toi !

— Si tu m'épouses, insista-t-elle, tu échapperas à la « perfide qui cache son jeu »…

— Qui est-ce ?

La fille appela sa mère :

— Écoute un peu, il ne sait pas qui est la « perfide qui cache son jeu » !

Les deux femmes se tordirent de rire.

— Tu ne sais pas qui c'est ? fit la jeune fille sans s'arrêter de glousser. Eh bien, c'est celle que depuis un an, quatre mois et deux jours, tu retrouves chaque soir dans son jardin ; celle qui tue ses amants l'un après l'autre. Mais comment se fait-il qu'elle ne se soit pas encore débarrassée de toi ? Nous voudrions bien le savoir…

Mon cœur se mit à battre la chamade.

— Tu la connais ? balbutiai-je.

— Si je la connais ? ricana-t-elle. Je la connais comme le temps connaît les tragédies et les drames. Mais dis-moi un peu comment tu as fait pour sauver ta peau…

Et me voici racontant à cette fille et à sa mère mon histoire avec ma bien-aimée, et tout ce que ma cousine avait fait pour m'aider à vivre cet amour. Enfin je leur dis qu'Aziza était morte et leur répétai la dernière phrase qu'elle m'avait demandé de dire à l'élue de mon cœur : « La fidélité est aussi belle que la trahison est laide. » La jeune fille s'exclama :

— Maintenant, je comprends mieux ! Sais-tu que ce sont ces mots de ta cousine – paix à son âme – qui t'ont sauvé des griffes de la « perfide qui cache son jeu » ? Écoute, tu es encore tout jeune, tu ne connais pas la malice des femmes ni les ruses des vieillardes. Épouse-moi donc, je ne te demanderai rien de plus que de vivre avec moi comme un coq.

— Un coq ? fis-je, interloqué. Mais je ne sais pas comment vit un coq !

La jeune fille éclata de rire, tout comme sa mère. Elle rit même tellement qu'elle en tomba sur le derrière.

— Que fait un coq, pouffa-t-elle, à part manger, boire et copuler ?

Mes joues s'empourprèrent, je ne savais pas comment cacher ma honte. Mais la jeune fille, qui ne semblait pas du tout gênée, me lança :

— Allons, prépare-toi à passer tes journées à me faire l'amour avec vigueur et virilité !

Elle appela sa mère, qui attendait dans un coin avec quatre témoins. Je jetai un regard vers la porte, mais la fille lut dans mes pensées.

— Je te préviens, toutes les issues sont fermées, même une fourmi ne pourrait pas s'enfuir d'ici.

La mère se hâta d'allumer quatre chandelles. Un des témoins se chargea de rédiger le contrat de mariage, et la fille certifia qu'elle avait reçu toute sa dot, avant de donner un peu d'argent aux témoins et de les congédier. Puis elle disparut un moment pour revenir vêtue d'un négligé transparent, et elle se jeta sur le lit, où elle se tortilla en prenant des poses. Me tirant par la main, elle me fit choir sur son ventre en susurrant :

— Que crains-tu, tu es mon mari maintenant...

Et elle me fit entendre des gémissements et des soupirs, alors, n'y tenant plus, je la pénétrai, et nos cris d'extase montèrent à l'unisson jusqu'à atteindre la rue.

Au matin, quand je me vis à côté d'elle dans le lit et me souvins de ce que j'avais fait la veille, je fus pris de panique. Enfilant mes vêtements à la hâte, je me demandai quelle fable j'allais bien pouvoir inventer pour justifier mon absence à ma bien-aimée. Mais la jeune fille se campa en travers de mon chemin, les mains sur les hanches.

— Où vas-tu ? fit-elle. Crois-tu qu'on sort du hammam comme on y est entré ? Me prends-tu pour la

« perfide qui cache son jeu », qui passe la nuit avec toi pour te laisser partir le matin ? Il faut que tu saches que les portes et les fenêtres de cette maison ne s'ouvrent qu'un jour par an.

Foudroyé, je me mis à rouler les yeux dans toutes les directions.

— Ne perds pas ton temps à chercher à t'enfuir, reprit-elle, je te dis que tout est barricadé. Va voir par toi-même si tu ne me crois pas. Mais ne crains rien, nous avons des provisions pour une année entière, et je te promets que tu mangeras comme un prince et que le temps passera très vite, surtout si tu continues à vivre comme un coq.

Et elle rit à gorge déployée, avant de se renverser sur le lit en poussant des gémissements. Alors je me mis à rire avec elle, et je restai ainsi séquestré une année entière, au cours de laquelle elle mit au monde un enfant de moi.

Au premier jour de la nouvelle année, les portes et les fenêtres s'ouvrirent en grand, et je vis des hommes s'activer à faire entrer des provisions. D'un bond, je me retrouvai à la porte, prêt à sortir, mais ma femme me demanda d'attendre le soir :

— Tu sortiras à l'heure à laquelle tu es entré.

Je tremblai à l'idée qu'elle m'emprisonne une année de plus. Cependant elle tint sa promesse : elle me libéra à condition que je revienne le soir même, avant qu'on referme les portes. Elle me fit jurer par le saint Coran, l'épée et le divorce que je ne tarderais pas.

Je courus au jardin. Je trouvai la porte ouverte et ma bien-aimée assise, la tête sur les genoux, frêle et languide. Me voyant m'avancer, elle s'écria avec joie :

— Grâce à Dieu, tu es sain et sauf !

Je lui demandai :

— Comment as-tu su que je viendrais ce soir ?

— Je t'attends tous les soirs depuis douze mois, fit-elle.

Je la pris dans mes bras avec ferveur. Elle ne tarda pas à revenir à la vie. Frémissant d'impatience et de curiosité, elle me demanda :

— Allons, dis-moi ce qui t'est arrivé !

Je lui racontai toute l'histoire. Elle sembla comprendre ma situation. Un sentiment de paix et de soulagement m'envahit. Mais quand je précisai que je devais retourner chez ma femme avant l'aube, elle fut prise de rage.

— J'aurais pu te supprimer dès le début, hurla-t-elle comme une folle, c'est ta cousine qui t'a protégé !

Puis, me regardant avec toute la haine et la fureur du monde, elle ajouta :

— De toute façon, tu ne me serviras plus à rien à présent. Tu es marié, tu as un enfant... Mais je jure que je vais me venger de cette traînée en te tuant de la pire des manières. Je vais t'égorger comme un mouton ! Ainsi tu ne seras ni à elle, ni à moi, ni à aucune autre femme !

Tremblant de tous mes membres, je la suppliai de m'épargner, mais elle poussa un cri, et je vis arriver dix servantes qui me plaquèrent au sol et me ficelèrent les mains et les pieds, pendant que ma bien-aimée affûtait un grand couteau, parfaitement indifférente à mes plaintes et mes supplications.

— Te tuer est bien le moindre des châtiments que je puisse t'infliger pour ce que tu m'as fait et ce que tu as fait à ta cousine.

Je faillis m'évanouir à la vue de ce couteau dans sa main. Je continuai à l'implorer et à invoquer Dieu, en vain, car elle acheva tranquillement de l'aiguiser. La voyant s'approcher, j'eus soudain l'inspiration de crier :

— La fidélité est aussi belle que la trahison est laide !

En entendant cela, ma bien-aimée – devenue ma meurtrière – s'exclama :

— Sache que c'est ta cousine qui t'aura sauvé la vie, de son vivant comme après sa mort.

Pour la première fois depuis que les dix servantes m'avaient ligoté, je repris mon souffle. Seulement elle poursuivit :

— Mais je ne te laisserai pas partir sans te laisser une trace qui te fera mourir de honte et me vengera de cette traînée.

Là, elle ordonna aux servantes d'allumer un feu. Plusieurs s'assirent sur moi pour m'immobiliser, et d'un seul coup, ma bien-aimée me trancha le sexe. Je poussai un cri comme celui de la mort et m'évanouis, tandis qu'elle cautérisait ma plaie. Je ne repris mes sens que lorsqu'elle me fit boire une coupe de vin.

— À présent, fit-elle, tu peux aller où tu veux.

Et elle me donna un coup de pied. Me redressant à grand-peine, je m'éloignai en clopinant, pas à pas, dans les ruelles de la ville. J'ignore comment je finis par arriver chez ma femme et mon fils. Je m'effondrai sur le seuil de la porte, qui était encore ouverte, et, à nouveau, je perdis conscience. Quand je rouvris les yeux, j'étais dans le lit, et ma femme appelait sa mère :

— Maman, maman, viens voir ! Aziz s'est transformé en femme !

Je sombrai dans un profond sommeil. Au réveil, je me trouvai étendu dans la ruelle devant la porte fermée. Je me mis à pleurer et à geindre, puis, me relevant comme un insecte aux ailes brisées, je marchai jusqu'à notre maison. J'entendis ma mère qui pleurait à l'intérieur :

— Où peut bien être Aziz ? Est-il vivant, est-il mort ?

Me voyant apparaître, elle tomba à genoux et baisa le sol en louant le Seigneur que je sois sain et sauf. Je souffrais tellement que je ne pus répondre à aucune de ses questions. Je finis par m'évanouir à nouveau, pour ne me réveiller que quelques jours plus tard. Je racontai alors à ma mère tout ce qui m'était arrivé avec ma bien-aimée, la perfide qui cachait son jeu. Elle remercia Dieu que je n'aie pas été égorgé et prit soin de moi jusqu'à ce que je retrouve mes forces. Quand je pus me lever du lit, mon regard tomba sur l'endroit où ma cousine était restée assise à pleurer, à chanter des poèmes et à attendre mon retour, rongée par la souffrance et la jalousie. Comment avait-elle pu endurer mon abandon en silence, avec une telle patience ? J'éclatai en sanglots.

— Aziza, criai-je, Aziza !

— À présent, me dit ma mère, tu mérites que je te montre ce que ta cousine a laissé pour toi.

Et elle alla chercher une petite boîte dont elle sortit un mouchoir enveloppé dans un bout de tissu. Je le pris dans ma main. C'était le mouchoir sur lequel était brodée une gazelle, celui que m'avait donné la perfide qui cachait son jeu… Je trouvai aussi dans le tissu une lettre d'Aziza me disant de ne pas retourner chez cette fille si elle m'avait fait du mal et me priant de conserver cette gazelle qui lui avait tenu compagnie toutes les nuits où je disparaissais.

« Je sais que tu te souviendras de moi quand ce sera trop tard. Tu ne songeras à moi avec amour et tendresse que lorsque je ne serai plus de ce monde. »

La lecture de cette lettre me plongea dans la détresse et la mélancolie. Je me demandai en soupirant : « Où était ma pitié, où étaient mon cœur et mon esprit quand je voyais ma cousine souffrir et dépérir de cette manière ? J'étais ailleurs, je ne pensais qu'à moi. »

Je pleurai tant que je fis pleurer ma mère. Je ne pus dormir de la nuit. Chaque fois que je tentais de fermer les yeux, je voyais Aziza m'attendre le jour de notre mariage. Je me voyais lui donner des coups de pied alors qu'elle m'aspergeait d'eau de rose et déchiffrait pour moi les messages de ma bien-aimée. Je voyais son visage, cette expression d'indulgence et de pardon, malgré la peine qui la rongeait comme un ver à bois. Je la voyais s'étioler et mourir à petit feu, à cause de moi, et j'entendais résonner dans mes oreilles cette phrase qu'elle me disait d'une voix triste : « Si tu me demandais mes yeux, cousin, je les tirerais de sous mes paupières. »

Des jours et des nuits passèrent, des semaines, des mois, et le visage de ma cousine ne s'effaçait pas, et l'écho de sa voix ne faiblissait pas. Sans cesse, je l'entendais me dire : « Si tu me demandais mes yeux, cousin, je les tirerais de sous mes paupières. » Alors un matin, je m'arrachai un œil en hurlant, malgré l'atroce douleur qui me saisit :

— Si tu me demandais mes yeux, cousine Aziza, je les tirerais de sous mes paupières !

Je renonçai au monde et à ses désirs, qui m'avaient rendu indifférent et égoïste, dans l'espoir d'expier tout le mal que j'avais fait à ma cousine. Je tendis la main aux hommes tourmentés, et peu à peu, le vide qui creusait mon visage me donna une sorte de paix et de sérénité. Je me mis à errer de par le vaste monde. Le ciel et les étoiles étaient ma couverture, la terre était ma couche. C'est ainsi que j'arrivai à Bagdad, espérant rencontrer le commandeur des croyants* pour lui livrer mon histoire. Par hasard, le chemin que je pris me conduisit à un autre derviche éborgné qui cherchait lui aussi l'essence de la vérité. Nous bavardâmes jusqu'à la tombée de la nuit. C'est là qu'un troisième derviche éborgné se joignit à nous. Nous nous mîmes tous les trois en quête d'un endroit où passer la nuit, et de fil en aiguille, le destin nous mena à votre demeure, où nous fûmes accueillis avec la générosité et l'hospitalité qui sont les vôtres. Et me voilà devant vous, noble dame, attendant votre verdict."

Le derviche se tut.

— Passe ta main sur ta tête, derviche, fit la maîtresse des lieux, et reprends ton chemin.

Mais l'homme répondit :

— Madame, si vous me permettez de rester pour écouter les autres histoires, je vous en serai très reconnaissant.

— C'est d'accord, dit-elle.

Il revint à sa place, et, s'avançant vers la maîtresse des lieux, le deuxième derviche entama son récit.

---

* Le calife.

LE DEUXIÈME DERVICHE

“Moi aussi, c’est une bien étrange histoire qui m’amena à perdre mon œil droit.

Je suis le fils d’un roi de Perse. Je fus élevé dans un palais qui était pour moi comme une vaste mer de connaissance. Dès mon plus jeune âge, je me montrai curieux et avide de comprendre le monde qui m’entourait. Regardant vers le ciel, je m’interrogeais sur le secret de ces planètes et de ces étoiles qui y étaient suspendues. Voyant une pomme se détacher d’un arbre, je demandais aux grandes personnes pourquoi elle chutait sur le sol plutôt que de s’envoler vers le haut. Alors mon père fit venir de grands maîtres versés dans les sciences, la religion, les arts et les belles-lettres, pour qu’ils m’instruisent des secrets et des trésors de l’univers.

Au fil du temps, je découvris que l’art d’écrire m’enchantait. J’étais fasciné de voir qu’en tenant une plume entre ses doigts, en la trempant dans un encrier et en la mouvant sur la page, on pouvait exprimer les sentiments qui bouillonnaient au fond de soi, et chaque fois différemment. Je découvris ainsi que mon écriture variait au gré des mots que je choisissais. Je passais des heures à parfaire la calligraphie de telle ou telle lettre, et peu à peu, j'en vins à tracer les mots comme si je dessinais des chevaux, des gazelles, des aigles, des fleuves, des lèvres, de longs cils. Mais quand on s'ébahissait devant mes calligraphies, je murmurais à part moi : « N'oubliez pas qu'en toute modestie j'aime aussi la poésie et les sciences. »

Ainsi, je ne tardai pas à dépasser les gens de mon époque, et ma renommée se répandit dans toute la Perse, avant de s'étendre à la région du Levant, et même jusqu'en Inde. Un jour, le roi de cette contrée lointaine demanda que je lui rende visite pour que nous échangions des vues et des idées ; lui aussi était passionné d'enluminures et de calligraphie, tout comme il s'intéressait aux sciences de la nature. Il promit à mon père de me traiter comme son fils. Celui-ci me fit accompagner par toute une suite et chargea les chameaux de cadeaux très précieux. Dès que nous nous éloignâmes du royaume et pénétrâmes dans le désert, nous fûmes assaillis par une affreuse tempête de sable. Mais le vent ne tarda pas à retomber, et nous comprîmes qu'en guise de tempête, c'était une horde de bandits de grand chemin qui voulaient nous détrousser. Nous crûmes bon d'implorer pitié en expliquant que nous étions en route pour le palais du roi de l'Inde. Ils haussèrent les épaules en ricanant :

— Qu'avons-nous à faire du roi de l'Inde ? Nous ne sommes pas ses sujets et, ma foi, nous sommes loin de son territoire !

Et ils se jetèrent sur nous, tuant ceux qui tentèrent de me défendre et de protéger notre caravane, et s'emparant de tous nos trésors. Je pris la fuite dans le désert, et mes deux compagnons qui avaient survécu s'enfuirent dans une autre direction.

Du jour au lendemain, toute ma vie fut bouleversée. Moi qui étais un prince puissant et fortuné, je devins un pauvre hère. Et après avoir vécu au sein d'une immense dynastie, je me retrouvai absolument seul, perdu sur des terres inconnues, alors que je connaissais chaque pierre de mon pays.

Je marchai, ralentis le pas, marchai encore, et après de longs jours de faim, de soif, de veille et d'épuisement, comme une feuille poussée par le vent, j'arrivai dans une grande ville grouillant de monde. Je faillis m'écrouler, mais je me ressaisis et pénétrai dans les souks. Je vis un tailleur assis devant sa boutique. Je lui souhaitai le bonjour ; il me rendit mon salut en souriant gentiment. Alors je lui racontai qui j'étais. M'attrapant par la main, il se dépêcha de me faire entrer dans sa boutique et me dit de ne révéler mon identité à personne, car le roi de cette contrée était un très grand ennemi de mon père.

Il me donna à boire et à manger et me fit une place dans sa boutique pour que je puisse dormir. Deux jours plus tard, il me demanda ce que je pouvais faire comme métier pour gagner ma vie. Je lui dis que j'aimais les sciences, la poésie et la calligraphie. Il me répondit :

— Ce n'est pas le genre de choses qui marche par chez nous.

Il me suggéra de devenir bûcheron, parce que j'étais robuste et que j'avais l'air brave. Il m'acheta une hache et une corde et me présenta à une bande de bûcherons.

— Allons, prépare-toi. Dieu soit avec toi.

Ils m'emmenèrent dans la forêt. M'apprêtant à frapper un premier arbre avec ma hache, je fus assailli par de sombres pensées. Comment se pouvait-il que moi, le prince amoureux des sciences, des arts, de la poésie et de la calligraphie, je me retrouve bûcheron ? Mais mon désir de survie me donna de l'élan. Comme si je me vengeais de mon triste destin, j'abattis ma hache de toutes mes forces sur cet arbre. Je ramassai beaucoup de bois, que je mis en tas sur ma tête pour aller le vendre à la ville. Je m'achetai à manger avec la moitié de l'argent, et je gardai l'autre moitié.

Je vécus de cette façon pendant un an. Un jour, je m'aventurai au fond de la forêt. Je m'arrêtai devant une futaie très dense où poussaient autant d'arbres qu'il y avait de cheveux sur ma tête. J'y trouvai un tronc d'arbre ébranché. J'étais là à creuser autour, quand ma hache heurta un anneau de cuivre fixé à une trappe de bois. La soulevant, je vis apparaître un escalier. Je descendis sans hésiter jusqu'à la dernière marche. Je me retrouvai dans un vaste palais souterrain illuminé comme s'il était construit en plein cœur du soleil. De l'or brillait sur les colonnes, les sièges, les tables ; j'étais médusé. M'avançant de quelques pas, je vis une jeune femme au visage plus éblouissant que tout l'or qui miroitait autour de moi. Sa beauté me laissa sans voix, mais surtout cette façon avenante et majestueuse qu'elle avait de se tenir. Dans le vide de cette immense excavation, on eût dit qu'elle se tenait devant toute une assemblée. Elle m'avait vu, mais ne bougeait pas. Je restai pétrifié, de peur qu'elle ne disparaisse si je faisais un pas vers elle. Soudain, elle me demanda d'une voix douce et mélodieuse :

— Es-tu un homme ou un djinn ?

— Je suis un homme, madame, répondis-je.

Elle poussa un profond soupir.

— Comment es-tu arrivé jusqu'ici ?

Et sans me donner le temps de répondre, elle ajouta :

— Depuis vingt-cinq ans que je suis ici, c'est la première fois que je vois un être humain.

Je m'écriai :

— Tu vis sous terre depuis vingt-cinq ans ?

— Oui, depuis qu'un génie, petit-fils de Satan en personne, m'a enlevée le soir de mes noces et s'est envolé avec moi pour me séquestrer dans ce palais. Il vient me voir une fois tous les dix jours – il est marié et a des enfants, il ne tient pas à éveiller les soupçons de sa femme. Si jamais j'ai besoin de lui, fit-elle en montrant la porte de sa chambre, je peux toucher ce talisman à deux faces, et il surgira aussitôt.

Je lui dis à mon tour :

— Moi, je suis le fils du roi de Perse. J'étais en route pour le palais du roi de l'Inde, quand des bandits ont attaqué ma caravane et mes compagnons. Après en avoir tué beaucoup, ils ont pris nos chameaux et volé tout ce que nous transportions. J'ai eu la chance de pouvoir m'échapper, et je me suis retrouvé à travailler comme bûcheron pour gagner ma vie.

La jeune femme soupira :

— Crois-moi, cher prince, ce splendide palais est pour moi une sombre prison qui me plonge dans la mélancolie.

Je lui dis en souriant :

— Le destin m'a mené jusqu'à ce lieu secret pour que j'apaise ton chagrin et dissipe mes propres soucis.

La jeune femme me sourit en retour.

— Le génie est venu me voir il y a quatre jours, il ne réapparaîtra donc pas avant six jours. Que dirais-tu de rester avec moi jusqu'à ce qu'il revienne ?

Son invitation me transporta de joie. J'acceptai aussitôt en la remerciant pour sa gentillesse. Elle me conduisit à un pavillon où se trouvait une salle de bains comme je n'en avais jamais vu – même dans le palais de mon père. L'eau chaude qui coulait des robinets était parfumée de musc et de senteurs suaves. Quand j'eus pris mon bain, je trouvai de somptueux vêtements que la jeune femme avait posés là pour moi. Je m'habillai et la rejoignis dans la grande salle, où elle m'attendait à une table chargée de mets rares et succulents. Nous mangeâmes, bavardâmes ; nous ne sentîmes pas le temps passer. Quand le sommeil nous prit, chacun se retira dans une chambre. Le lendemain, nous fûmes réveillés par l'éclat de la lumière artificielle. Ravis d'être ensemble, nous passâmes la journée dans la bonne humeur, et quand nous nous assîmes pour manger, la jeune femme me servit un verre d'un vin délicieux, puis encore un autre. Ayant siroté ainsi plus de la moitié de la carafe, j'insistai pour qu'elle m'accompagne, alors elle accepta de boire un petit verre. Le vin nous remplit d'aise et de bien-être. Comme si notre passé s'était volatilisé, nous ne pensions plus qu'à goûter l'instant présent.

Je demandai soudain à la jeune femme si elle avait un calame et un encrier. Elle se hâta d'aller me chercher cela dans sa chambre. Voyant les deux objets dans sa main, je ressentis à la fois de la tristesse et une sorte de grande quiétude. Je saisis le calame. J'avais du mal à croire qu'après tout ce temps, et tous ces cauchemars, je retrouvais l'art que j'aimais tant. Quand, relevant la tête de la page, je vis la jeune femme devant moi, je me mis à tracer avec soin : « Merci, Seigneur ! » dans le style *thuluth*, la reine des écritures. Les lettres s'inclinèrent, se redressèrent, s'entrelacèrent, s'écartèrent, se couchèrent, se penchèrent les unes sur les autres... À la fin, la phrase avait la forme d'une jeune femme : les points au-dessus des lettres étaient ses prunelles, une mignonne petite lettre était sa bouche, une autre, longue et ondulée, sa chevelure ; celle-ci, noble et droite, était son nez, et celle-là, tout arrondie, ses seins. Quand la fille se reconnut, elle serra la page contre sa poitrine, avant de se jeter à mon cou.

Je tombai follement amoureux d'elle, et elle de moi. Nous nous couchâmes dans son grand lit, et la phrase que je lui avais écrite dormit entre nous, tandis que nous nous étreignions avec ferveur, nous retenant l'un à l'autre comme à une bouée. Mais quelques heures plus tard, je me réveillai en pleine nuit et aperçus le talisman accroché au-dessus de la porte ; mon bonheur s'envola. Je me souvins qu'elle était l'amante d'un génie qui n'était autre que le petit-fils de Satan, que nous étions dans un palais caché sous le sol de la forêt, et qu'au bout de cinq jours j'allais devoir la quitter... À cette pensée, je la réveillai subitement pour lui murmurer :

— Ma belle, laisse-moi t'emporter loin de cette prison et te délivrer de ce génie ! Nous trouverons le chemin de mon royaume, et là-bas, tu deviendras une princesse et nous vivrons heureux tous les deux.

La jeune femme se mit à rire :

— Ne sois pas avide, mon amour. N'as-tu pas droit à neuf jours avec moi, alors que le génie n'en a qu'un ?

Je lui répliquai avec ardeur :

— Es-tu consciente que tu vis cachée sous la terre, dans cette lumière crue et artificielle ? J'aimerais tant te montrer l'éclat du jour, la beauté du monde, le soleil, la lune, la nuit, tout ce dont tu es privée !

Mais la jeune femme répéta :

— Ne sais-tu pas que le contentement est un trésor impérissable ? Neuf jours pour toi, un seul pour lui.

— Je sais que c'est la peur qui te fait endurer la tyrannie de ce génie. Mais tout de même, je ne comprends pas comment tu peux supporter d'être avec lui !

Elle fondit en larmes.

— Au début, je m'évanouissais chaque fois que mon regard le croisait, mais avec le temps et la solitude, je me suis habituée à lui.

Bouillonnant de colère, je m'écriai :

— Non ! Je ne supporterai pas que tu continues à vivre dans cet enfer… Je jure par Dieu que je vais affronter ce monstre. Je vais lui faire la peau !

Et je me précipitai vers le talisman. Mais la jeune femme bondit jusqu'à moi en me suppliant :

— N'y touche surtout pas, tu causerais notre ruine à tous les deux ! Je connais trop bien ce génie…

Et elle se mit à réciter :

Doucement, mon ami
La jalousie, comme le temps,
Brise les liens des amants.

Je n'écoutais pas. Je n'avais plus qu'une envie : exterminer tous les djinns et les démons de la planète. Et j'étais bien décidé à commencer par celui-là ! Alors, me jetant sur le talisman, je le brisai en mille morceaux. Et voilà que soudain le palais trembla, et autour de nous tout se mit à gronder et à jeter d'effroyables éclairs. D'un coup, tout le vin que j'avais dans la tête s'était évaporé. Je m'entendis hurler :

— Que se passe-t-il ?

Effarée, la jeune femme me répondit sans penser à elle-même :

— C'est le génie ! Sauve-toi vite !

Je me ruai vers l'escalier sans me retourner et, laissant ma hache et ma corde derrière moi, je grimpai les marches quatre à quatre. Je n'étais pas encore arrivé à la dernière quand je vis le palais enchanté se fendre en deux, et le génie surgir au centre en apostrophant la jeune femme avec fureur :

— Qu'est-ce qu'il y a ? Pourquoi m'as-tu appelé ?

La jeune femme répondit calmement :

— Oh, j'ai été prise de terribles maux de ventre, alors j'ai bu plusieurs verres de vin, et en titubant, j'ai trébuché et je suis tombée sur le talisman, qui s'est brisé.

La rage du génie ne ressemblait à aucune autre. Je sentis la marche sursauter sous mes pieds quand il rugit :

— Et cette hache et cette corde, d'où sortent-elles, sale garce ? Un humain est venu ici !

La jeune femme répondit innocemment :

— C'est la première fois que je les vois, elles ont dû s'accrocher à tes jambes en chemin.

Mais le génie ne fut pas dupe. Il la gifla si fort que mon cœur éclata et ma vue se brouilla. Puis, lui arrachant ses vêtements, il l'écartela entre quatre pieux et la fouetta sauvagement – avec ma propre corde ! – pour la forcer à avouer. Ses cris résonnaient dans tout le palais. Ne pouvant plus supporter de les entendre, je grimpai la dernière marche et me précipitai dehors. Le tourment et la détresse qui bouillonnaient en moi se changèrent alors en une sorte de dégoût de moi-même : je n'arrivais pas à croire que j'aie pu être égoïste et inconscient au point de mener cette jeune femme à la ruine. Je replaçai la trappe de bois comme avant, la recouvris d'herbes et de terre, puis, reprenant le tas de bois que j'avais fait avant de buter contre cet anneau, je courus chez le tailleur. Il poussa des cris de joie :

— Je croyais qu'un ennemi de ton père avait découvert qui tu étais et t'avait assassiné.

Je ne lui dis rien de ce qui m'était arrivé, ni de ce qu'il était advenu de ma hache et de ma corde. Comme j'aurais mieux fait de tout lui raconter, plutôt que de rester assis seul à me morfondre et à me reprocher mille fois d'avoir laissé la jeune femme écartelée ainsi à se tordre de douleur… Là-dessus, un horrible dépit m'envahit, parce que je pris conscience que je ne reverrais plus celle qui avait ravi mon cœur et mon âme, et que plus jamais je ne pourrais être heureux, même si je parvenais un jour à rentrer dans mon pays ; car rien ne pourrait égaler le bonheur que j'avais ressenti auprès de cette jeune femme.

Soudain, le tailleur vint me dire :

— Il y a un vieillard qui voudrait te rendre ta hache et ta corde. Ce sont les bûcherons qui lui ont dit où te trouver.

Mes membres se mirent à trembler, je blêmis, me tournai dans tous les sens en cherchant à m'enfuir.

— Qu'est-ce qui ne va pas ? s'étonna le tailleur.

Avant que je puisse lui répondre, la terre se fendit et un vieillard surgit, ma hache et ma corde à la main.

— N'est-ce pas à toi ? fit-il.

Mais il n'attendait pas de réponse. M'attrapant par la taille, il s'envola avec moi entre les nuages, avec le vent qui me cinglait le visage, et peu après, je me retrouvai sous terre au milieu du palais. Je vis la jeune femme étendue sur le sol, comme morte, le corps ensanglanté et le visage baigné de larmes.

Le génie me jeta à terre en disant :

— Regarde qui je t'ai amené, débauchée.

Il me traîna par les talons pour mettre mon visage à la hauteur du sien.

— N'est-ce pas ton amant, lança-t-il, celui qui t'a calligraphié ces vers qu'il a laissés sur notre lit ?

Et, tirant la page de sous sa ceinture, il la lui brandit à la face. La jeune femme l'ignora et me regarda d'un œil rêveur, sans un soupçon de reproche.

— Je ne le connais pas, dit-elle. Je ne l'ai jamais vu.

Le génie brailla :

— Tu prétends ne pas connaître celui qui est la cause de ton châtiment ?

Elle murmura :

— Tu voudrais que je mente pour que tu puisses le tuer sans raison ?

— Si vraiment tu ne le connais pas, rétorqua le génie, alors tu peux sans peine lui trancher la tête.

Là, après avoir couvert son corps meurtri, il la força à se lever et lui mit son sabre entre les mains. Elle s'avança vers moi. Je la regardai, m'efforçant de lui signifier que je lui demandais pardon. Ses yeux ne me parlaient que d'amour. Nous dûmes rester longtemps à nous contempler ainsi, car le génie s'approcha pour nous dévisager. J'arrachai mon regard de la jeune femme, tandis qu'elle jetait le sabre en s'écriant :

— Je ne peux pas trancher la tête d'un innocent !

— Haha, répliqua le génie, nous y voilà, ton refus est un aveu ! Tu m'as trompé avec cet humain !

Puis, se tournant vers moi, il dit :

— Homme, est-ce que tu connais cette femme ?

Lançant un regard furtif à la jeune femme pour lui assurer que je ne la trahirais pas, fût-ce au péril de ma vie, je répliquai :

— Comment pourrais-je la connaître, c'est la première fois que je viens ici !

Alors le vicieux me tendit le sabre en disant :

— Puisque tu ne la connais pas, tu peux sans peine lui trancher la tête. Allons, fais-le, et je te laisserai partir, convaincu qu'en effet elle ne m'a pas trahi.

Prenant le sabre, je m'exclamai avec emphase :

— Volontiers !

La jeune femme se méprit sur mon intention et me fixa d'un air de dire : « Est-ce ainsi que tu m'exprimes ta gratitude ? » Je la regardai à la dérobée, terrifié à l'idée que le génie s'en aperçoive, comme pour lui affirmer que j'étais prêt à mourir pour lui sauver la vie. Puis je jetai le sabre à terre en reculant, et je criai au génie :

— Comment veux-tu que moi, qui suis un homme, je tue une femme qui a refusé de me tuer ? Comment pourrais-je vivre ensuite avec ce poids sur la conscience ? Et puis regarde-la, ne vois-tu pas qu'elle est sur le point de rendre l'âme, après toutes les tortures que tu lui as fait subir ? Pourquoi ne la laisses-tu pas tranquille ?

Je ne fis qu'attiser la fureur du génie, qui se mit à hurler :

— Vous êtes de mèche contre moi, je le sais ! Vous faites affront à mon intelligence et à mon pouvoir, et vous embrasez ma jalousie !

Saisissant le sabre, il trancha une main de la jeune fille, puis l'autre, qui s'envola comme une étoile filante avant d'atterrir sur le sol. Alors, d'un regard, la jeune femme me fit ses derniers adieux, avant que le génie lui tranche la tête, qui roula dans son sang. Je tombai évanoui. Quand je revins à moi, je me plantai devant le génie et lui criai :

— Allons, tue-moi et épargne-moi ce supplice !

— Non, homme, fit l'autre, je ne te tuerai pas, car je ne suis pas encore sûr que c'est avec toi qu'elle m'a trahi. Fais-moi voir tes mains.

Il les attrapa, les déplia dans ses paumes et pencha la tête pour les examiner. Je fus pris de panique. Je me dis : « Les djinns savent sûrement lire la vérité dans les lignes de la main. » Je l'entendis qui se parlait à lui-même, d'une voix qui faisait vibrer tout le palais :

— Tiens, tiens… Ces mains sont toutes rêches et pleines de crevasses et de boursouflures. Je parie que ce sont des mains de laboureur, de forgeron, de maçon, ou bien de bûcheron !

En entendant ce dernier mot, je m'efforçai de maîtriser le tremblement de mes mains. Seulement il continua à marmotter :

— Alors il ne fait pas de doute que cette hache et cette corde sont à toi.

Je me sentis chuter dans les flots de la mort. Mais soudain, il me repêcha en disant :

— Seulement, un bûcheron peut-il aussi être calligraphe ? Il y a quelque chose qui ne va pas… Où sont ces doigts longs, fins et souples qu'ont les scribes ?

Lâchant mes mains, il me brandit à la face la fameuse page.

— Attrape ça.

Je fis exprès de la prendre à l'envers. Le visage du génie se congestionna de rage. Remettant la page à l'endroit, il m'ordonna :

— Lis ce vers que tu as écrit pour ma femme !

Je répliquai :

— Ce n'est pas de l'écriture, c'est une image…

Aussi exaspéré que perplexe, il poussa un énorme soupir. Je saisis ce moment pour le supplier :

— Laisse-moi partir ! Crois-moi, je n'ai jamais posé mon regard sur ta femme avant ce jour.

— Je ne te crois pas. Mais comment être sûr que c'est bien toi qui étais là avec elle, et qui as oublié ça dans mon palais ? fit-il en montrant la corde et la hache, avant de donner un coup de pied dedans.

Là-dessus, il déchira la page en petits morceaux qu'il se mit à piétiner en m'observant bien, comme pour voir la souffrance qui se lirait dans mes yeux. Je fis mine de ne rien comprendre à ce qu'il faisait. Seulement voilà que, tout à coup, il alla me chercher le calame et l'encrier, et me tendit une page vierge en disant :

— Écris ou dessine quelque chose ici.

Je lui répondis :

— Mon travail consiste à laver les morts…

Cela ne l'empêcha pas de me traîner vers le bureau et de m'y asseoir. Je fis semblant de ne pas savoir tenir le calame, alors qu'au fond de moi je mourais d'envie d'épancher la passion que j'éprouvais pour sa bien-aimée. Je crois qu'alors, ne pouvant souffrir cette trahison, mon art se vengea de moi. Le génie était là à me regarder tremper le calame tout entier dans l'encrier, puis faire de grosses taches un peu partout sur la page, quand brusquement il m'arracha l'instrument de la main et approcha son visage du mien.

— Cesse tes entourloupes ! gronda-t-il. Jamais personne n'a osé me mettre dans une telle fureur ! Mais tu ne perds rien pour attendre.

Je m'exclamai :

— Je te jure que je dis la vérité !

En vain. Brandissant le calame devant moi, il poursuivit :

— Je pourrais te faire mourir à petit feu, mais à la réflexion, je préfère te crever l'œil, monsieur l'artiste, pour que tu ne puisses plus ni dessiner, ni calligraphier.

Je poussai un hurlement de frayeur, quand, d'un seul coup, il planta son calame. Le sang gicla de mon cœur en même temps que de mon œil. Mais le génie ne s'en tint pas là : soulevant ma paume plaquée contre ma paupière, il ricana :

— Ton œil crevé épouvantera les enfants, et les adultes y verront un horrible présage ! Mais attends, puisque tu es aussi bûcheron, j'ai encore autre chose pour toi…

Et il me coupa les doigts, un à un. Je rugis de douleur, si fort qu'il me sembla que mes cris me projetèrent dans les airs et me ramenèrent dans la forêt.

Les bras écartés, je marchai droit devant moi en me lamentant :

— Ô temps, ô sort… Pourquoi ai-je été éloigné des miens et de mon pays, puis attaqué par des bandits qui ont tué mes compagnons, pris mes chameaux et pillé toute ma caravane ? Pourquoi suis-je devenu bûcheron ? Pourquoi ai-je causé le supplice et la mort de la seule femme que j'aie jamais aimée ? Et comme si ce n'était pas suffisant, voilà qu'un génie me crève l'œil et me coupe les doigts !

Je me mis à errer, sans but, des jours et des jours, au point de sentir que j'avais perdu aussi mes oreilles et ma langue ; tous mes sens étaient morts.

Je me rasai le crâne et les sourcils, me vêtis d'un manteau de laine noir, et m'en allai à travers le monde, cherchant à oublier que j'avais entraîné la mort d'une jeune femme belle comme un clair de lune et resplendissante comme le soleil. Tout cela par extravagance, vanité, convoitise, et parce que je n'avais pas eu une once de compassion, ni de sagesse, quand elle m'avait supplié de ne pas toucher à ce talisman. Je me souvenais de ses mots :

Doucement, mon ami
La jalousie, comme le temps,
Brise les liens des amants.

Au cours de mes pérégrinations, j'entendis dire que Haroun al-Rachid, le commandeur des croyants, était toujours prêt à écouter ceux qui avaient souffert d'une grande infortune. Je décidai de visiter Bagdad et de m'arranger pour le rencontrer. Voilà, je suis arrivé aujourd'hui et j'ai fait la connaissance d'un derviche avec un seul œil, comme moi. Après avoir conversé un moment, nous avons rencontré un autre derviche avec un seul œil. Alors nous avons marché tous les trois en quête d'un endroit où passer la nuit, et le destin nous a conduits jusqu'à votre belle demeure."

La maîtresse des lieux lui dit :

— Passe ta main sur ta tête et reprends ton chemin.

Mais le derviche lui répondit :

— Me permettez-vous de rester, noble dame, pour entendre les histoires de ces messieurs ?

— Je te le permets, fit-elle.

C'est ainsi qu'il revint s'asseoir à côté du premier derviche.

LE TROISIÈME DERVICHE

Le troisième derviche se hâta vers le centre de la pièce et s'inclina devant la maîtresse des lieux. Il resta un moment silencieux, puis poussa un long soupir et, essuyant les larmes qui lui embuaient les yeux, il commença avec des trémolos dans la voix :

"Comme j'aimerais que mon histoire ressemble à celle de ces deux derviches... Mais la vie m'a appris que les regrets ne changent rien à rien ; ils ne font que creuser le chagrin et perpétuer la douleur.

Moi, mesdames et messieurs, je ne suis pas le fils d'un roi ni d'un grand marchand. Mon père était un marin qui aimait la mer et les voyages. Depuis l'enfance, il m'emmena partout où il allait. Mais quand j'eus dix-huit ans, ma mère lui demanda de me laisser à Bagdad, jusqu'à ce que je me marie et que j'aie des enfants. Mon père obéit et se mit à voyager sans moi. Mon cœur dansait de joie. Je m'étais toujours imaginé en compagnie de femmes : des jeunes filles, des femmes dans la fleur de l'âge, des femmes de toutes sortes – je voulais pouvoir me vanter devant mes camarades de fréquenter autant de femmes qu'il y avait de galets sur les grèves. C'est alors que ma mère me trouva une belle fiancée, qui était fille de marchand. Le jour de notre première rencontre, je tombai amoureux d'elle dès que je la vis relever sa voilette en baissant timidement les cils. Mais mon cœur s'embrasa encore plus quand j'entendis sa douce voix. Nous vécûmes en paix et en harmonie. Je trouvai du travail chez un Persan qui vendait des tapis. Je lui tenais sa boutique, qu'il soit là ou pas, car il s'absentait pendant des semaines et des mois pour revenir chargé de toutes sortes de tapis de soie et de laine. Ma femme ne tarda pas à tomber enceinte. Elle accoucha d'un garçon auquel je donnai le prénom de mon père. Puis elle eut un deuxième garçon, qu'elle appela comme son père à elle. Elle s'occupait de leur éducation de la meilleure des façons. Nous vivions comme deux pigeons s'aimant d'amour tendre, batifolant et se couvrant de baisers.

Mais un jour, elle tomba gravement malade. La douleur la faisait se tordre comme une langue de serpent, et chaque nuit, elle se retournait dans le lit sans pouvoir trouver le sommeil. Elle but des infusions de plantes médicinales, se fit masser le ventre avec des huiles, y posa des pierres brûlantes, en vain ; son état ne s'améliorait pas. Une nuit, elle me réveilla pour me dire qu'elle avait une terrible envie de pommes. Je lui dis que j'avais beaucoup entendu parler de ces fruits, mais n'en avais encore jamais vu. Le lendemain, avant de me rendre au travail, je passai au marché pour voir s'il y en avait, mais je rentrai bredouille. Me voyant les mains vides, ma femme poussa un soupir de dépit.

— Comme j'aimerais ne serait-ce que croquer un seul morceau de pomme, ou rien qu'en sentir l'odeur...

Ensuite, je pourrais bien mourir, cela n'aurait plus d'importance !

En entendant cela, je décidai de lui trouver des pommes coûte que coûte, dussé-je monter les cueillir au paradis. Partout dans la ville, je demandais où je pouvais en trouver. Plus d'un marchand de fruits et d'un fermier me dirent qu'il fallait que j'aille jusqu'à Mossoul ; là, dans les vergers de Haroun al-Rachid, les pommiers donnaient toutes sortes de fruits, des plus suaves aux plus acides, et de toutes les tailles. Je me hâtai de louer un mulet pour m'y rendre. Je cheminai des jours et des nuits, jusqu'à ce que quelqu'un m'indique les vergers du calife, où les pommes pendaient des arbres comme des pierres précieuses. En ayant retourné des dizaines dans ma main, j'en choisis trois, que je payai chacune un dinar entier. Pour les protéger du soleil et du vent, je les enveloppai chacune dans plusieurs torchons, puis, délicatement, comme si je cachais un trésor, je les déposai dans le panier de bât de mon mulet. Je m'en retournai aussitôt à Bagdad, sans prendre une minute de repos. J'imaginais ma femme bondir du lit quand elle verrait ces pommes dans ma main. Je la voyais tourbillonner d'allégresse en respirant leur parfum et reprendre des couleurs à la première bouchée. Hélas, quand j'entrai dans la chambre et me précipitai vers elle pour en approcher une de sa bouche, elle ouvrit à peine les yeux. Elle nous regarda, la pomme et moi, avec un sourire languide, puis elle la prit pour la poser à son chevet et se rendormit. Je me dis que mon voyage avait duré trop longtemps… Mais je me promis d'attendre le soir pour l'aider à manger ne serait-ce qu'un seul de ces fruits.

Quand vint l'heure de fermer la boutique, je rentrai vite à la maison. Ma femme m'embrassa et me remercia en montrant les pommes du doigt, avant de replonger dans le sommeil. J'invoquai alors le Seigneur tout-puissant et Le suppliai de la sauver, car, au fond, Lui seul en avait le pouvoir.

Le lendemain, comme d'habitude, je me rendis au travail, qui me fit oublier un peu l'angoisse qui me rongeait. Mais alors que je suspendais des tapis devant le magasin, je remarquai une pomme dans la main d'un esclave noir, long comme une tige de roseau et large comme une barque, qui passait par là. D'un bond, je le rattrapai.

— Mon bon esclave, lui dis-je, où as-tu donc trouvé cette pomme ?

L'homme me répondit avec un clin d'œil :

— Chez mon amante. Elle est malade. Son mari a dû faire un long et pénible voyage pour lui rapporter trois pommes, mais elle a insisté pour m'en donner une au lieu de la manger elle-même. C'est ce qu'on appelle l'amour, cher monsieur. Ne croyez-vous pas ?

Je vacillai et faillis choir de stupeur. Mais l'écho de ces mots me fit courir jusque chez moi en répétant comme un halluciné : « Que Dieu chasse le Malin de ma tête et me fasse voir trois pommes ! Trois pommes ! »

C'est là qu'une autre idée vint soulever une tempête dans mon cerveau : « Se pourrait-il que ma femme ait prétendu avoir cette envie de pommes pour m'éloigner de la maison et retrouver tranquillement son amant ? »

Aussitôt passé le seuil, je m'écriai en désignant mon œil du doigt :

— Je jure par cet œil que si je ne trouve pas trois pommes à son chevet, je trancherai la gorge de ma femme d'une oreille à l'autre !

Je me précipitai dans la chambre et, à mon grand désespoir, n'y trouvai que deux pommes. Je me retins de secouer ma femme avec toute la fureur qui grondait en moi. Je me contentai de lui demander :

— Mon épouse, où se trouve la troisième pomme ? Je n'en vois que deux…

Elle me répondit avec indifférence, sans même ouvrir les yeux :

— Je n'en sais rien.

L'esclave avait donc dit la vérité… Calmement, j'allai à la cuisine, attrapai un couteau bien tranchant, et revins égorger ma femme d'une oreille à l'autre. Puis, tel un animal enragé, je la découpai en dix-neuf morceaux que j'enveloppai dans une cape dont je nouais les quatre coins, comme si j'y avais emballé des dattes, et je déposai le ballot au fond d'un panier de palmes, caché sous un tapis. Ensuite je recouvris le panier de son couvercle et les cousis bord à bord, bien solidement, avec du fil de laine rouge. Emportant mon fardeau sur mon épaule comme si je transportais un tapis, je me dirigeai vers le Tigre et l'y jetai. Je restai campé sur la berge jusqu'à le voir couler au fond du fleuve. Puis, me penchant au-dessus de l'eau, je me rinçai soigneusement les mains, et rentrai chez moi."

Là, un des trois marchands s'exclama :

— Ah, Seigneur ! Ah, Sauveur !

Personne dans l'assistance ne put discerner s'il s'agissait d'un cri de stupeur, de condamnation, de dégoût, ou d'embarras… Les trois marchands se chuchotèrent des choses à l'oreille, tandis que le troisième derviche reprenait :

"Chaque fois que l'horreur de mon acte me donnait des haut-le-cœur, je me remémorais la vue de cet esclave ; alors je poussais un soupir de soulagement et me félicitais de ce que j'avais fait. Mais quand je vis mon fils aîné pleurer sur les marches menant à notre maison, ma gorge se noua de remords, car il était très attaché à sa mère. Puis cette pensée raviva ma rage : comment avait-elle pu me tromper et trahir ses deux garçons au cœur même de notre maison ?

Je ne tardai pas à comprendre que mon fils ne savait pas encore que sa mère était morte.

— Mon père, fit-il en tremblant, je n'ose pas entrer… Je prie Dieu pour que tu me pardonnes : j'ai volé une des trois pommes de ma mère pour faire le fanfaron devant mes camarades. Et puis un esclave qui passait par là me l'a arrachée des mains. J'ai couru à ses trousses en le suppliant de me la rendre, mais il ne faisait aucun cas de moi. J'ai essayé de la lui arracher à mon tour, en vain ; sa main était bien trop haute. Alors je me suis remis à l'implorer : « Brave homme, je t'en prie, rends-moi cette pomme ! Mon père a dû faire un voyage de près de deux semaines pour la rapporter à ma mère. Elle est très malade, et ce fruit peut la guérir. » Mais l'homme poursuivit son chemin en lançant la pomme en l'air et en la rattrapant tantôt de la bouche, tantôt de la main. Je m'obstinai à le poursuivre, jusqu'à ce que, brusquement, il s'arrête et me flanque une gifle en menaçant de m'attraper par les cheveux et de me pendre à un arbre. Pardonne-moi, mon père, et demande à ma mère de me pardonner aussi.

Ma femme était morte sans raison ! J'avais tué une innocente ! Je criai si fort que les pigeons s'affolèrent dans leurs tourelles. Je me frappai les joues comme un dément, puis me jetai au cou de mon fils en sanglotant et en hurlant comme une femme, incapable d'articuler un mot. Il me demanda en pleurant :

— Ma mère va-t-elle mourir parce qu'elle n'a pas pu manger les trois pommes ?

Sa question me fit sangloter de plus belle. Je poussai de tels hululements que mon père, qui habitait tout près, vint voir ce qui se passait. Il me trouva sur le seuil de la maison ; je lui avouai mon crime. Il se mit lui aussi à pousser des lamentations, tout en remerciant Dieu que ma mère soit déjà morte, sans quoi elle se serait tuée en entendant cela, parce qu'elle adorait ma femme. Nous étions là tous les trois à pleurer et à nous enlacer, quand mon fils cadet arriva. Sans savoir ce qui s'était passé, il nous prit dans ses bras et imita nos pleurs. Nous restâmes prostrés devant la maison trois jours entiers. De temps en temps, l'un de nous se dressait en maudissant cet esclave perfide, ce scélérat qui avait calomnié ma femme. Mon père finit par me tirer par la main, comme un enfant, vers l'intérieur de la maison. Je vis les deux pommes, qui étaient toujours là sur la table de chevet ; je décidai de me donner la mort. J'attrapai le couteau avec lequel j'avais tué ma femme et le levai bien haut pour le planter dans mon cœur. Mais soudain, prenant conscience de mon égoïsme, je m'arrêtai, car c'eût été échapper à ma responsabilité envers mes enfants, mais aussi fuir l'ignoble crime que j'avais commis sans même songer à savoir la vérité, aveuglé que j'étais par mon honneur de mâle et ma soif de vengeance.

Mes deux fils ne pleuraient plus, ils étaient murés dans le silence. Je remarquai qu'ils évitaient de croiser mon regard d'homme mauvais... Alors, pour me venger de moi-même, j'arrachai mon œil droit, celui par lequel j'avais juré en entrant dans la maison : « Si je ne trouve pas trois pommes, je trancherai la gorge de ma femme d'une oreille à l'autre ! » Je poussai un hurlement de douleur et m'évanouis. Quand je repris connaissance, je voulus faire le même sort à mon autre œil, mais mon fils aîné avait caché le couteau.

— Ça suffit, dit-il, tu as vengé notre mère.

Mes deux enfants allèrent vivre avec mon père. Quant à moi, je quittai la maison et me mis à errer dans Bagdad, expiant mes péchés en aidant les miséreux. C'est ainsi qu'aujourd'hui, je rencontrai deux autres derviches. Les entendant dire qu'ils avaient tout abandonné pour embrasser le soufisme et se consacrer à faire le bien, je soupirai de soulagement et ressentis une grande quiétude. Quand ils me confièrent qu'ils étaient venus à Bagdad dans l'espoir de rencontrer le calife Haroun al-Rachid pour lui conter ce qu'ils avaient vécu d'infortunes et de tourments, je fus tenté de leur narrer mon propre drame, mais pour quelque raison, je gardai le silence, comme eux, sur ce qui m'était arrivé. Vint le moment de chercher un endroit où passer la nuit, et je me retrouvai à frapper avec eux à la porte de votre demeure, où vous nous accueillîtes avec tant de générosité et de sympathie."

La maîtresse des lieux lui dit alors :

— Passe ta main sur ta tête.

Mais le derviche répondit :

— Madame, accordez-moi de rester pour entendre les histoires de ces trois marchands.

— Je n'y vois pas d'inconvénient, fit-elle.

Plusieurs secondes s'écoulèrent, plusieurs minutes même, sans qu'aucun des marchands se lève pour parler. Ils étaient là à se dire des messes basses quand, soudain, la maîtresse des lieux s'éclaircit la gorge en leur jetant un regard impatient. Alors enfin, l'un d'eux s'avança vers le centre de la pièce.

LE VIZIR JAAFAR ET LES TROIS POMMES

Le marchand prit la parole sans s'incliner devant la maîtresse des lieux.

— En entendant ces trois derviches raconter leurs histoires avec tant de franchise, j'ai décidé à mon tour d'ôter mon masque et de vous révéler qui je suis. Je n'ai jamais été marchand et n'ai jamais vécu à Mossoul, comme je l'ai prétendu à la noble dame qui nous a ouvert la porte à tous les trois, pour l'inciter à nous accorder l'hospitalité. Voici toute l'histoire.

"Il y a exactement neuf jours, alors que nous déambulions déguisés à travers la ville, mon maître et moi, nous croisâmes un vieillard avec un panier sur la tête et un filet de pêche à la main, qui ne cessait de pousser de longs soupirs de détresse. Mon maître lui demanda :

— Que t'arrive-t-il, vieil homme?

L'homme répondit :

— Je suis un pêcheur fatigué de vivre, monsieur. Depuis midi, je suis là à tenter ma chance, mais mon filet n'a rien attrapé d'autre que de l'eau. Pour l'amour de Dieu, pouvez-vous me dire ce que je peux faire avec ma famille qui m'attend, affamée, la bouche ouverte?

Mon maître lui dit :

— Reviens au fleuve avec nous et tente encore ta chance. Je t'achèterai ta pêche pour cent dinars, même si ce n'est que du menu fretin.

Soulagé, le pêcheur descendit avec nous jusqu'au Tigre et jeta son filet. Un peu plus tard, quand il tira les cordes et défit le filet, nous y trouvâmes un lourd panier solidement cousu avec du fil de laine rouge. En l'ouvrant, nous fûmes horrifiés de voir une femme découpée en petits morceaux..."

En entendant cela, chacun se mit à chuchoter des choses à l'oreille de son voisin – sauf le portefaix, qui semblait indifférent à ce qui se passait autour de lui. Épouvanté, le troisième derviche attrapa les mains de ses deux compagnons. Mais, ignorant les réactions de l'assistance, le marchand poursuivit son récit :

"Lorsque mon maître vit le visage de la morte, qui était beau comme une pleine lune, la tristesse l'envahit et des larmes se mirent à couler sur ses joues. Se tournant vers moi, il fulmina :

— Se peut-il qu'on égorge ainsi mes sujets à Bagdad et qu'on les jette sous mes yeux au fond du fleuve ? Il faut que tu me retrouves le meurtrier de cette jeune femme ! Je la vengerai, sans quoi je n'oserai me tenir devant le Créateur le jour du Jugement...

Les yeux étincelant de rage, il poursuivit :

— Je te donne une semaine, pas un jour de plus, pour retrouver ce truand, sinon tu seras pendu. Tu peux en être aussi sûr que tu es mon vizir, que tu t'appelles Jaafar le Barmécide et que je suis Haroun al-Rachid, le commandeur des croyants*."

À ces mots, tous ceux qui étaient là bondirent sur leurs pieds, stupéfiés, hormis le portefaix, qui, ne comprenant vraiment rien à ce qui se passait autour de lui, finit par pester :

— Mais enfin, quelqu'un peut-il me dire ce que vous fabriquez ?

C'est alors que le marchand qui avait été le premier à perdre patience et à vouloir éclaircir le mystère du comportement des trois femmes, celui que l'autre appelait son "maître", se débarrassa calmement de son turban et de son manteau de marchand, révélant son visage blanc qui brillait comme de l'argent et sa haute taille inspirant la crainte et le respect. Les voilà tous face au calife Haroun al-Rachid, dans sa magnifique parure de soie que son épouse Zoubeida faisait venir de la lointaine Chine. Le marchand qui racontait l'histoire ôta lui aussi son déguisement, et l'on vit apparaître le vizir Jaafar le Barmécide, avec son visage radieux respirant la bonhomie et la sagesse. Foudroyés, les trois derviches s'affaissèrent sur le sol. Quant aux trois dames, aussi médusées qu'effarées, elles baissèrent la tête en répétant nerveusement :

— Pardon, pardon, commandeur des croyants, de vous avoir si mal traité…

* Le calife Haroun al-Rachid avait la réputation d'arpenter les rues de Bagdad, de nuit, déguisé en simple citoyen, pour voir comment vivaient réellement ses sujets et entendre de quoi ils se plaignaient.

La chalande attrapa le portefaix désorienté, qui s'écroula face contre terre. Se tournant vers Jaafar, le calife lui lança :

— Tu as de la chance, vizir, il semble que le ciel ait eu pitié de toi. Quelles incroyables coïncidences ! Mais ne te réjouis pas si vite : si tu veux échapper à la potence, il faut d'abord que tu me retrouves le maudit esclave qui a causé tout ce drame.

Jaafar répondit calmement :

— Si mon maître a la patience d'écouter la suite de mon histoire, je lui promets qu'elle recèle des surprises et des coïncidences encore plus étranges que les révélations du meurtrier qui se tient devant nous.

Il montrait du doigt le troisième derviche. Surpris, Haroun al-Rachid se tourna vers Jaafar, qui se contenta de hausser les épaules. Alors le calife lui dit :

— Soit, continue ton récit.

"Le calife m'ayant donné une semaine pour retrouver l'assassin, je rentrai dans mon palais attendre la volonté de Dieu. Trois jours durant, je restai là à me répéter que même si j'étais magicien, il me serait impossible de retrouver cet homme. Peut-on trouver un grain de moutarde dans une épaisse forêt ? Abattu, je demeurai enfermé chez moi et m'en remis au destin. Le sixième jour, c'est-à-dire aujourd'hui, je rédigeai mon testament en présence de juges et de témoins, puis je réunis tous les membres de ma famille et, un par un, je leur fis mes adieux. Ce qui m'était le plus cruel, c'était de quitter ma fille cadette, qui était belle comme une étoile. J'étais extrêmement attaché à elle, qui m'aimait en retour avec toute la candeur et l'espièglerie de l'enfance. Elle me disait souvent : « Je voudrais que tu deviennes tout petit, comme une paume de main, pour que je puisse te mettre dans ma poche et t'en sortir chaque fois que tu me manques… » J'agonisais à l'idée de ne plus la revoir ; à présent, c'était moi qui aurais voulu devenir tout petit pour me cacher dans sa poche. C'est en cette heure funeste qu'un émissaire du calife vint me dire que ce dernier demandait à me voir sur-le-champ. Je m'en étonnai, car il restait encore un jour avant l'expiration du délai qu'il m'avait laissé. Je craignis qu'il ne voulût hâter mon exécution… Soulevant une dernière fois ma petite fille, je la pressai contre mon cœur, rêvant de pouvoir rester ainsi à jamais, quand soudain je sentis un renflement dans sa poche. Je lui demandai :

— Qu'as-tu donc dans la poche, ma chère petite fille ?

Elle en sortit une pomme.

— Regarde, mon père, me dit-elle, le nom de notre calife y est gravé. C'est notre esclave Basilic qui me l'a vendue pour deux dinars."

Des hoquets de stupeur résonnèrent dans l'assistance, tandis que le vizir Jaafar poursuivait :

"Naturellement, à ce moment-là, je ne prêtai pas attention à cette histoire de pomme. Quittant mon palais et ma famille le cœur déchiré, j'allai me présenter devant le calife, certain qu'il ne reviendrait pas sur sa parole et tremblant à l'idée de subir sa terrible justice. Je le trouvai en train de boire du vin en compagnie du poète Abou Nuwas. Cela ne manqua pas de m'intriguer, car je sais que le calife a l'habitude de faire venir ce gai luron quand il a besoin de se détendre et d'oublier ses soucis. Abou Nuwas me sourit d'un air encourageant et se mit à réciter ces vers…"

À ces mots, le troisième marchand ôta son lourd manteau, révélant sa taille élancée, son aimable visage et ses gracieuses boucles dorées qui pendaient sous son turban. Ce n'était autre qu'Abou Nuwas, le poète sagace et facétieux, qui entama lui-même son poème :

Courage, Nuwas, reprends-toi
Le sort t'a fait du tort
Mais il t'a donné de la joie
Si tes péchés sont innombrables
La clémence de Dieu
est incommensurable
Une once de son pardon
est plus vaste que le monde
L'homme ne trace pas le chemin de sa vie
Dieu seul est maître de la cérémonie.

Là, tremblant d'émoi et d'exaltation, le troisième derviche s'écria :

— Ah, Sauveur !

Mais le vizir Jaafar reprit son récit :

"Quand Abou Nuwas eut fini de dire son poème, le calife s'adressa à moi :

— Mon pauvre Jaafar, tu m'as servi avec tant d'abnégation pendant toutes ces années, comment pourrais-je te laisser passer ta dernière nuit sur terre seul avec l'angoisse de la mort… Viens, déguisons-nous tous les trois en marchands, et allons nous promener dans les rues de ma ville pour voir comment vivent les gens. Les infortunes d'autrui te consoleront peut-être de ton malheur, et qui sait si cette nuit ne nous réserve pas une dernière aventure, au souvenir de laquelle, plus tard, nous t'évoquerons avec joie.

C'est que le calife avait l'habitude de m'emmener avec lui pour parcourir la ville déguisé, et nous avons passé ainsi des nuits extraordinaires. Cette nuit-là, en revanche, fut des plus sinistres. Nous marchions sans but ; je disais adieu du regard à tout ce qui m'entourait, même à la brise qui caressait mon visage. Tandis que nous nous traînions ainsi, nous sommes passés devant votre demeure. Nous avons entendu de la musique et des chants mélodieux, et vu des lumières scintiller. Alors nous avons frappé à votre porte, en quête d'un peu de chaleur et de divertissement. Nous étions loin d'imaginer que nous trouverions ici la réponse à deux énigmes d'un coup ! À présent, madame, j'espère que mon histoire vous a plu et que vous allez m'accorder votre pardon, ainsi qu'à mes deux compagnons…"

Toute confuse, la maîtresse des lieux gardait la tête baissée. Le calife se mit à rire aux éclats.

— Jaafar, dit-il, cesse d'embarrasser les gens et de te réjouir de leur gêne sous prétexte que tu t'es tiré d'affaire ! N'oublie pas que tu ne voulais pas que nous frappions à cette porte, de crainte que l'ivresse ne pousse les habitants de cette demeure à mal se conduire envers moi. Comme je suis heureux d'avoir insisté pour entrer, avec Abou Nuwas, et que nous nous soyons mêlés de ce qui ne nous regarde pas… Certes, on nous a menacés de mort, mais grâce à Dieu, le troisième derviche, dont la blessure à l'œil est encore fraîche, a confessé son crime avec beaucoup de courage et de simplicité. Mais il me reste encore à te demander quelque chose : où se trouve donc Masrour ?

Le vizir répondit :

— Votre bourreau se tient à la porte à attendre vos ordres, comme toujours, commandeur des croyants.

Une seconde plus tard, Masrour était là et s'inclinait aux pieds du calife.

— Masrour, fit ce dernier, va me chercher Basilic, l'esclave de Jaafar. Allez, file aussi vite qu'un oiseau.

Dès qu'il fut parti, Abou Nuwas s'avança vers le calife et lui fit une révérence.

— Commandeur des croyants, me permettez-vous de dire un autre poème ?

Le calife acquiesça d'un geste de la main. Alors Abou Nuwas se mit à réciter :

Puisses-tu, pommier, ne pas te dessécher
Et toujours nous inspirer
Une pomme me promet un baiser de mon amant
En l'incitant à mordre dans sa chair
Quel mal y a-t-il à cela
Quand la morsure est une invite au baiser ?

Le calife garda un moment le silence, avant de faire d'un air irrité :

— Ton poème est malvenu, Abou Nuwas. Tu oublies qu'à cause de cette pomme, une femme a été égorgée dans la fleur de l'âge!

L'autre, qui ne manquait pas de repartie, se hâta de dire :

— Le meurtre est un mal, la poésie une vertu; les bonnes actions chassent les mauvaises.

Le calife dodelinant de la tête en signe d'assentiment, le poète retourna s'asseoir à sa place. C'est là que surgit Masrour, le bourreau, traînant l'esclave Basilic par la main. Masrour s'inclina devant le calife, avant de forcer l'esclave abasourdi à faire de même. Le calife lui demanda :

— As-tu vendu à la fille cadette du vizir Jaafar une pomme sur laquelle était gravé mon nom?

Basilic gardait le nez plaqué au sol. Masrour dut lui soulever la tête.

— Oui, mon seigneur, fit-il d'une toute petite voix.

— Et où l'as-tu trouvée? insista le calife.

— Je vais vous dire la vérité, mon seigneur, même si, parfois, le mensonge peut sauver un homme... Je n'ai pas volé cette pomme dans le palais du vizir, ni dans celui du calife. Je l'ai vue dans la main d'un jeune garçon et la lui ai arrachée. Il a eu beau me poursuivre en me racontant que son père avait dû faire un voyage de près de deux semaines pour rapporter trois pommes à sa femme – la mère du garçon –, qui était très malade, je n'ai rien voulu entendre.

Là, l'esclave s'arrêta de parler, mais le calife le somma de continuer son histoire. Alors il reprit en tremblant :

— L'enfant n'a cessé de me supplier de lui rendre cette pomme; il n'a perdu espoir que lorsque j'ai fini par le menacer. Je me suis enfoncé dans le souk, lançant la pomme en l'air et la rattrapant avec ma bouche. C'est là que, s'approchant de moi, un marchand de tapis m'a demandé où j'avais trouvé cette pomme. Je ne sais ce qui m'a pris de lui raconter que c'était mon amante qui me l'avait offerte, au lieu de la manger elle-même, alors que son mari avait dû aller la chercher à Bassora et que le voyage lui avait pris près de deux semaines.

À ces mots, le calife s'écria :

— Que Dieu te maudisse, esclave ! Sais-tu qu'à cause de ton canular, une femme innocente s'est vu accuser d'adultère et dépecer par son mari jaloux, ce marchand de tapis qui t'a demandé où tu avais trouvé cette pomme ? Par ta faute, non seulement elle a trouvé la mort, laissant deux petits orphelins, mais le désespoir a poussé son mari à s'arracher un œil ! As-tu conscience de ton crime ? Comment comptes-tu te racheter ?

Tremblant comme une feuille, l'esclave éclata en sanglots.

— Sois sûr, poursuivit le calife, que je vais te faire payer ce que tu as fait.

Là-dessus, il demanda au troisième derviche de s'avancer. L'homme s'approcha, s'inclina pour baiser le sol aux pieds de Haroun al-Rachid, et resta ainsi agenouillé.

— Tu m'as entendu dire à cet esclave, fit le calife, que c'est par sa faute que cette femme a été égorgée. Cela ne signifie pas pour autant que tu n'es pas responsable de la mort de ton épouse. Tu l'as tuée de sang-froid, sans lui accorder le bénéfice du doute, sans même lui donner la chance de se défendre alors qu'elle vivait ses derniers instants sur cette terre ! Tu l'as égorgée comme un boucher saigne un mouton, et puis tu l'as découpée en morceaux ! Il faut que je venge cette pauvre jeune femme en tuant l'un de vous deux de la pire des manières !

Il se tut un moment, fixant les deux hommes du regard, avant de reprendre :

— Je rendrai mon verdict, qui plaira au Seigneur des cieux et de la terre, quand je serai prêt.

Puis, se tournant vers son vizir, il lui dit :

— Mais tout de même, Jaafar, quelle histoire ! Comme tout cela est ahurissant ! Ces coïncidences dépassent l'imagination. Dire que tu allais perdre la vie parce que tu n'avais pas trouvé le meurtrier, alors que l'homme qui était derrière cette sombre affaire festoyait sous ton toit...

Là, le calife partit d'un rire incontrôlable. Il se tordait sans aucune retenue, se frappant une paume contre l'autre, à tel point que l'assistance s'en trouva embarrassée. Quand il finit par se calmer, Jaafar lui dit :

— Si le commandeur des croyants me le permet, j'aimerais dire que l'histoire de ces trois pommes n'a rien d'étrange comparée à celle du bossu et du tailleur !

Le calife répliqua :

— Je ne peux pas croire qu'il existe une histoire où le hasard joue un rôle plus stupéfiant que cette histoire de pommes.

— Je vous assure que mon histoire est encore plus époustouflante. Elle est tout simplement incroyable. Mais je ne la conterai qu'à une condition.

— Une condition ? s'étonna le calife. Quelle est donc cette condition ?

— Que vous accordiez votre pardon à mon esclave Basilic si, de fait, vous trouvez que ma nouvelle histoire est plus invraisemblable que celle des trois pommes. Basilic est né dans mon palais et a grandi auprès de ma famille. Certes, il a commis une énorme faute, mais je ne doute pas qu'il en tirera une grande leçon de bonté et d'honnêteté.

Le calife réfléchit un peu avant de répondre :

— Allons, Jaafar, conte-nous ton histoire de bossu et de tailleur, et s'il s'avère en effet qu'elle est encore plus ahurissante que celle des trois pommes, j'accorderai mon pardon à ton esclave.

Tandis que le calife s'installait confortablement pour écouter le récit, les trois dames se levèrent pour resservir du vin à leurs invités, faire brûler de l'encens et allumer de nouvelles chandelles. Puis elles revinrent à leur place, et le vizir s'éclaircit la gorge pour entamer son histoire.

LE BOSSU, LE TAILLEUR ET LE “TAISEUX”

“On raconte, ô commandeur des croyants, qu’il y avait en Chine un tailleur et sa dame qui, s’en retournant chez eux à la fin de la journée, rencontrèrent en chemin un bossu. Titubant d’ivresse, l’homme chantait en tapant sur un tambourin. Le couple fut saisi par le spectacle fort réjouissant de ce bossu. Il portait une robe aux manches amples et brodées et un long bonnet vert avec des rubans multicolores qui lui pendaient presque jusqu’aux pieds. Le tailleur et sa dame allaient poursuivre leur chemin quand, se ravisant, ils s’arrêtèrent pour l’inviter à dîner chez eux. L’homme accepta volontiers. Ils se chuchotèrent l’un à l’autre :

— Quelle merveilleuse soirée nous allons passer en compagnie de ce drôle de bossu ! Sûr que nous allons bien nous amuser !

En effet, ils passèrent tous trois une charmante soirée, bien arrosée, où ils dévorèrent toutes sortes de mets appétissants. Seulement, voilà que soudain le tailleur fourra un gros morceau de poisson dans la bouche du bossu et, plaquant sa main dessus, lui dit en plaisantant :

— Essaie d’avaler ça en une seule bouchée !

Il ignorait que le morceau de poisson cachait une grosse arête, qui se coinça dans le gosier du bossu et l'étrangla. Le voyant tourner de l'œil, le tailleur lui donna une grande tape dans le dos, mais au lieu de cracher l'arête, l'homme s'effondra par terre ; il était mort.

Épouvanté, le tailleur se figea.

— Il n'y a de force et de puissance qu'en Dieu, marmonna-t-il. Pourquoi a-t-il fallu que ce bossu meure par ma faute ? Comment vais-je pouvoir me pardonner ce que j'ai fait ?

Mais sa femme lui cria :

— Allons, ressaisis-toi, fais quelque chose au lieu de rester les bras ballants ! As-tu oublié ce qu'a dit le poète :

Comment peux-tu rester assis sur un feu qui fait rage ?
Ne sais-tu pas que l'inaction mène au ravage ?

Mais le tailleur, pantois, se contenta de bredouiller :

— Je ne sais pas quoi faire.

Alors, le tirant par la main, sa femme lui dit :

— Porte-le dans tes bras comme si c'était notre enfant.

Il s'exécuta. Elle jeta son châle sur le bossu et, courant vers la porte, elle fit :

— Emmenons-le chez un médecin dans un autre coin de la ville !

Ils marchèrent à grands pas. Quand ils se furent éloignés de leur quartier, la femme commença à se lamenter :

— Ah, mon enfant, si cette variole pouvait m'avoir frappée à ta place !

Puis elle demanda où elle pouvait trouver un médecin, et quelqu'un lui indiqua la maison d'un médecin juif. Elle frappa à la porte à coups redoublés, jusqu'à ce qu'une domestique vienne ouvrir. La femme fourra une pièce d'un quart de dinar dans sa paume en disant :

— Cours donner ça à ton maître et dis-lui de descendre aussi vite que l'éclair pour examiner mon fils, qui est très malade.

Aussitôt que la bonne eut disparu en haut de l'escalier, le tailleur et sa femme montèrent à leur tour à pas de loup. Arrivés sur le palier, ils mirent le bossu sur ses pieds et l'appuyèrent contre le mur, avant de prendre la poudre d'escampette.

Pendant ce temps, la bonne avait donné la pièce au médecin et lui avait dit de descendre voir de quoi souffrait cet enfant. Le médecin se précipita dans le noir en criant à la bonne :

— Apporte-moi de la lumière !

Mais au moment de dévaler l'escalier, il trébucha contre le bossu, qui dégringola les marches jusqu'en bas. Le voyant étendu là sans vie, il se mit à crier :

— Ô mon Dieu ! ô Moïse ! ô Josué, fils de Noun ! ô Jacob ! Aidez-moi, je vous en supplie : au lieu de soigner ce malade, je l'ai tué !

Il descendit en bas de l'escalier, souleva le bossu et le remonta à la force des bras jusqu'à l'étage pour le montrer à sa femme et lui raconter ce qui s'était passé.

— Comme tu peux être simplet ! s'écria-t-elle. Pourquoi l'as-tu amené ici ? Ne comprends-tu pas que si ce mort est toujours chez nous au lever du jour, c'en est fini de nous ? Allons, dépêche-toi, ne reste pas planté là comme un bâton dans le désert, montons-le sur le toit ; de là, nous le ferons descendre dans la maison de notre voisin musulman – le célibataire…

Ainsi ils emmenèrent le bossu sur le toit et le firent glisser tout doucement, en lui tenant les mains, par la fenêtre de la cuisine de leur voisin. Quand ses pieds eurent touché le sol, ils l'adossèrent au mur et se dépêchèrent de rentrer chez eux.

Le voisin musulman, qui était cuisinier, rentra chez lui un peu avant minuit, une chandelle à la main. Trouvant le bossu debout près de la fenêtre, il s'exclama :

— Dieu du ciel, voilà qu'enfin je t'attrape ! Tu étais donc un homme... La peste soit de toi, voleur ! Sais-tu combien de chats et de rats j'ai tués, pendant que tu te glissais chez moi quand je dormais pour voler la viande et le beurre que me donne mon patron ? Tu ne dis rien ? Tu as perdu ta langue, hein !

Saisissant un gourdin, il frappa le bossu à la poitrine. Le corps s'affaissa sur le sol. S'approchant de lui pour observer son visage, le cuisinier comprit qu'il était mort. Il cria :

— Il n'y a de force et de puissance qu'en Dieu ! Je l'ai tué ! Maudits soient la viande et le beurre. Nous appartenons à Dieu, c'est auprès de Lui que nous retournons... Bon sang, ça ne te suffisait pas d'être bossu, pourquoi a-t-il fallu que tu deviennes voleur ?

Là-dessus, il se hâta de le porter jusqu'au marché. Ayant trouvé une ruelle obscure, il le posa sur ses pieds contre la porte d'une échoppe et s'en retourna bien vite chez lui.

Quelques minutes plus tard, un marchand chrétien quelque peu éméché, la tête enturbannée, vint à passer dans la ruelle en tanguant de droite et de gauche. S'accroupissant pour faire ses besoins, il vit le bossu dressé au-dessus de lui ; il pensa qu'il voulait lui voler son turban, comme c'était déjà arrivé la veille. Il brailla :

— Gardien, viens m'attraper ce brigand !

Puis il lui décocha un petit coup de poing sur la nuque qui le fit tomber à terre. Comme il restait inerte et ne produisait pas le moindre son, le marchand s'étonna : « Je n'ai pas pu le tuer d'une simple chiquenaude… » Il se pencha sur le bonhomme pour voir ce qu'il avait, mais il était tellement soûl qu'il s'affala sur lui de tout son long. C'est là que surgit le gardien de nuit.

— Dieu du ciel, s'écria-t-il en le voyant couché sur l'autre, un chrétien qui assassine un musulman !

Se précipitant pour les séparer, il s'aperçut que le bossu était déjà mort. Sans faire ni une ni deux, il attrapa le meurtrier, lui ligota les poignets et le conduisit chez le *wali**, lequel l'enferma dans une pièce de sa maison, avant de demander au gardien d'aller chercher le mort pour le mettre dans la même pièce.

Le lendemain matin, le *wali* alla trouver le roi – le roi de Chine – pour l'informer qu'un marchand chrétien avait tué un musulman au marché. Le roi ordonna que l'on pende le marchand sur-le-champ. On dressa une potence de bois, et le bourreau passa la corde autour du cou de l'accusé. Or, entre-temps, son ivresse s'était évaporée et la raison lui était revenue. Il se mit à pleurer :

— Je jure par Dieu et son fils Jésus-Christ que c'est à peine si j'ai donné une chiquenaude à ce bossu !

En vain. Le bourreau allait serrer le nœud de la corde quand on vit le cuisinier musulman s'avancer au loin.

---

* Préfet, gouverneur.

— Attends, attends, criait-il, ne pends pas cet homme ! Il n'a pas tué le bossu : c'est moi qui l'ai tué !

Et il raconta au *wali* qu'il l'avait trouvé dans la nuit près de la fenêtre de sa cuisine, qu'il avait tout de suite compris que c'était lui qui lui volait sa viande et son beurre, qu'il l'avait frappé avec un gourdin, et qu'il s'était débarrassé de son corps en l'abandonnant dans le souk. Puis il dit :

— N'est-ce pas assez d'avoir tué un musulman ? Si ce chrétien est tué à ma place, je ne pourrai plus jamais me regarder dans une glace.

Alors le *wali* ordonna au bourreau de retirer la corde du cou du marchand chrétien et de pendre le cuisinier musulman à sa place. Mais à peine eut-il passé la corde autour du cou de celui-ci que l'on vit surgir le médecin juif.

— Arrête-toi, criait-il de loin, ne pends pas cet homme ! Il n'a pas tué le bossu : c'est moi qui l'ai tué.

À son tour, il raconta au *wali* comment un homme et une femme l'avaient amené chez lui, prétendant que c'était leur enfant et qu'il souffrait d'une grave maladie, et comment, en trébuchant contre lui dans le noir, il l'avait fait dégringoler en bas de l'escalier, le tuant sur le coup.

— Alors, avec ma femme, nous l'avons transporté sur le toit pour le faire glisser dans la maison de notre voisin musulman, qui est cuisinier, et nous l'avons laissé là.

Derechef, le *wali* ordonna au bourreau de retirer la corde du cou du cuisinier musulman et de pendre le médecin juif à sa place. Le bourreau s'exécuta, mais au moment où il allait serrer le nœud, un tailleur fendit la foule en criant :

— Arrête-toi, ne le pends pas, c'est moi qui ai tué le bossu !

Et il raconta au *wali* comment lui et sa femme avaient invité cet homme chez eux après l'avoir vu chanter en frappant sur son tambourin, et comment il l'avait tué en voulant lui faire avaler un bout de poisson. Effarés par ce qui s'était passé, les deux époux avaient emmené le bossu chez le médecin juif et l'avaient laissé en haut de l'escalier avant de détaler. Le *wali* dit alors au bourreau :

— Eh bien, détache ce médecin juif et pends donc le tailleur !

Mais le bourreau soupira :

— Pour vous dire la vérité, très honorable *wali*, je commence à ne plus en pouvoir… Pends celui-ci ! Non, détache-le, pends celui-là ! Le chrétien – non, le musulman – non, le juif. Le médecin, et puis le cuisinier, et puis le marchand, et encore le tailleur ! Heureusement que cette fois, c'est le dernier.

De mauvaise grâce, il détacha le médecin juif et passa la corde au cou du tailleur. Mais alors même qu'il s'apprêtait à serrer le nœud, un homme s'approcha en disant :

— Arrête-toi, ne pends pas cet homme !

Seulement, au lieu de poursuivre comme les autres en avouant que c'était lui qui avait tué le bossu, il s'adressa au tailleur, au médecin, au cuisinier et au marchand :

— Je suis un chambellan de la cour royale. Je suis chargé de vous amener tous les quatre devant le roi, car il se trouve que ce bossu n'était autre que son bouffon préféré. Sa Majesté ne pouvait se passer de lui ; chaque jour, en fin d'après-midi, il aimait s'asseoir en sa compagnie et se distraire avec ses pitreries. Hier soir, quand le bouffon a disparu, il nous a ordonné de fouiller les moindres recoins de la ville. C'est ainsi que nous avons appris qu'il avait été trouvé mort. À présent, Sa Majesté souhaite que vous lui racontiez en détail ce qui est arrivé à son bossu.

Amenés devant le roi de Chine, les quatre hommes s'empressèrent de baiser le sol à ses pieds. Le bossu était étendu là, en pleine salle du trône, sur un lit d'apparat, avec un coussin de soie sous la tête. Chacun raconta son histoire au souverain, qui ne chercha pas à retenir ses larmes.

— Ah, mon beau bossu, conclut-il, faut-il que même dans la mort, tu restes drôle…

Les quatre hommes poussèrent un soupir de soulagement en l'entendant parler ainsi. Sur ce, s'adressant à toute la compagnie, il demanda :

— Avez-vous déjà entendu une histoire plus surprenante que celle de ce bossu ?

Là, il se mit à dodeliner de la tête, comme s'il venait de se rappeler une anecdote particulièrement cocasse, et il fut pris d'un fou rire qui ne tarda pas à contaminer les quatre hommes, avant de se répandre dans tout le palais. Réprimant ses gloussements, le marchand chrétien s'avança vers le roi et s'agenouilla pour baiser le sol devant lui, avant de dire :

— Ô roi des siècles, m'accordez-vous de vous conter une histoire encore plus incroyable que celle de votre bossu ?

— Va, conte-nous ton histoire, fit le roi d'un air peu convaincu.

Alors le marchand entama son récit.

« Hier soir, je m'apprêtais à entrer dans une taverne quand j'ai vu un voleur bien connu dans le quartier mener un âne par son licou. Je lui ai dit en plaisantant :

— Ne me dis pas, mon brave voleur, que tu as volé aussi cet âne !

Il m'a répliqué :

— Bien sûr que si, même que je l'ai arraché à son maître pendant qu'il le tirait ! Que dis-tu de ça ?

Et il continua sur le même mode :

'Et tout ça en plein jour… Ce n'est pas pour rien qu'on dit que je pourrais voler les cils des citoyens ! Tu ne sais peut-être pas à quel point j'aime le défi et l'aventure. Alors voilà, aujourd'hui, j'étais en train de marcher avec un ami – un voleur, comme moi, mais pas aussi chevronné – quand il m'a mis au défi de voler cet âne que son maître tirait devant nous sur le chemin.

J'ai chuchoté à mon ami :

— Continuons à marcher derrière eux.

Au premier croisement, j'ai enlevé mes chaussures et fait signe à mon acolyte d'enlever les siennes. Là, sans faire le moindre bruit, nous nous sommes approchés de l'âne et, tout doucement, je lui ai retiré son licou, avant de remettre discrètement la bête à mon ami en lui faisant signe de s'éloigner par un autre chemin. Sur ces entrefaites, j'ai passé le licou autour de mon propre cou et me suis laissé mener ainsi par le muletier. Quand mon ami a eu disparu avec l'âne, je me suis arrêté et j'ai refusé d'avancer. Le muletier avait beau tirer sur la bride de toutes ses forces, je ne bougeais pas d'un pouce. Il a fini par se retourner. Me voyant à la place de son âne, le licou autour du cou, il s'est mis à trembler de tous ses membres.

— Dieu du ciel, s'est-il écrié, que s'est-il passé ? Qui es-tu et où est mon âne ?

J'ai pris un air penaud.

— Je suis ton âne, mais mon histoire est bien étrange… Un jour, je rentrai chez moi complètement ivre. Je fis un tel tapage que ma mère, qui était fort pieuse, se mit dans tous ses états. « Repens-toi, mon fils, suppliait-elle, reviens à Dieu ! » Enragé par l'alcool, je la rouai de coups de bâton. Elle me traita de tous les noms et pria le Seigneur de me punir comme bon lui semblerait. Il se trouve qu'Il choisit de me métamorphoser en âne. Quelqu'un me vit errer dans une ruelle ; il m'emmena au souk pour me vendre, et c'est toi qui m'achetas. Voilà comment je suis resté à ton service pendant toutes ces années, jusqu'à il y a quelques minutes. Ma mère a dû avoir soudain pitié de moi et me recommander au Seigneur, qui m'a rendu ma forme humaine.

À la fin de mon histoire, le muletier s'est exclamé :

— Il n'y a de force et de puissance qu'en Dieu tout-puissant !

Les mains tremblantes, il s'est dépêché de me débarrasser du licou, avant de s'agenouiller devant moi en me suppliant de lui pardonner de m'avoir traité comme un âne, d'être monté sur mon dos, de m'avoir fait porter de lourdes pierres, et surtout :

— Parce que je te frappais chaque fois que tu traînais la patte !

Ensuite il m'a demandé si je me souvenais encore où se trouvait ma maison ; je lui ai répondu qu'elle n'était pas bien loin. Je l'ai laissé devant la sienne. Quand il a eu refermé la porte, j'ai éclaté de rire. Tendant l'oreille – une vraie oreille de voleur, pas une oreille d'âne –, j'ai entendu sa femme lui dire :

— Tu vas pas me croire, mais en te voyant arriver sans ton âne, je me suis demandé un instant si tu étais bien mon mari. Je suis tellement habituée à vous voir ensemble ! Où est-il passé ? Et pourquoi fais-tu cette tête ?

Poussant un gros soupir, le brave homme lui a tout raconté. La femme a laissé échapper une exclamation, puis s'est mise elle aussi à pousser des soupirs, en demandant au Seigneur de leur pardonner de m'avoir traité comme un âne. Elle a ajouté qu'elle irait distribuer des aumônes aux nécessiteux du quartier.

Deux jours plus tard, je suis allé au souk avec mon ami voleur pour vendre l'âne. Et devine qui j'y ai trouvé… Le même muletier, qui cherchait un autre âne à acheter ! Je me suis dépêché de me cacher. Je l'ai vu reconnaître l'âne et courir vers lui en le gourmandant :

— Maudite fripouille ! Tu es retombé dans l'alcool, tu es retourné à Satan ! Et tu as dû encore frapper ta pauvre mère.

L'âne avait sans doute reconnu lui aussi son maître, car il s'est mis à braire, mais à braire… Alors, fourrant sa bouche dans son oreille, le muletier lui a crié :

— Arrête de braire ! N'essaie pas de m'avoir, je ne me laisserai pas apitoyer. Dis-toi bien que je ne t'achèterai plus jamais. Tu n'es qu'un minable, un soûlard qui bat sa mère !' »

Ayant terminé son histoire, le marchand chrétien partit d'un grand éclat de rire, et les trois autres hommes avec lui. Quand il eut retrouvé son calme, il demanda au roi avec assurance :

— Mon histoire n'est-elle pas encore plus drôle et divertissante que les aventures du bossu ?

Le roi eut une moue de déception.

— Pas du tout, fit-il en bâillant. Cette histoire est bien moins divertissante et surprenante que celle du bossu. Tu n'as pas su me distraire comme le faisait mon cher bouffon. Vous serez pendus tous les quatre pour sa mort !

À ces mots, le cuisinier musulman s'avança et baisa le sol aux pieds du roi.

— Sire, dit-il, si je vous conte une histoire extraordinaire, plus stupéfiante que celles du bossu et du marchand chrétien réunies, accorderez-vous votre pardon à tout le monde ?

— Soit, fit le roi de Chine, voyons ce que tu as à raconter.

Alors le cuisinier se leva et entama son histoire.

« Comme vous le savez, ô roi des siècles, je suis cuisinier. Je travaille chez un gentilhomme qui chaque vendredi soir a coutume d'inviter des hommes de loi et de religion, et toute une assemblée de dignitaires, à une séance de psalmodie du saint Coran. Quand tous les convives ont fini de lire la *Fatiha** pour le salut de l'âme de leurs morts, nous dressons une

---

* Sourate liminaire du Coran.

table de banquet où nous posons les mets de choix que j'ai préparés pour eux. Tous se pressent autour de mon célèbre ragoût aux épices, dont le secret est une espèce de safran très rare que j'ai reçue de ma grand-mère – elle avait coutume de suivre les abeilles, qui la conduisaient à cette plante à l'arôme si puissant et au goût si extraordinaire qu'on croirait que c'est le nectar dont se nourrissent les anges.

Hier soir, je me tenais fièrement près du banquet, m'apprêtant à servir les convives, quand mon maître s'est avancé en compagnie d'un de ses cousins, qui a vécu la plus grande partie de sa vie à l'étranger. Or, en voyant la table, l'homme s'est caché les yeux avec les mains et s'est mis à gémir comme s'il avait mal quelque part.

— Qu'est-ce qui ne va pas? lui a demandé mon maître d'un air surpris.

Le cousin a pointé le ragoût du doigt en détournant la tête comme s'il venait de voir son pire ennemi. J'ai retenu mon souffle, craignant qu'un insecte, ou même un rat, ne soit tombé dans mon ragoût.

— J'ai fait le serment de ne plus jamais toucher à un ragoût, a-t-il répondu aussitôt, sans quoi je devrais me laver les mains quarante fois au savon, quarante fois à la potasse, et encore quarante fois à la galangue*.

Aussi étonné qu'agacé, mon maître lui a répliqué :

— Allons, cousin, goûte donc à ce merveilleux ragoût, et lave-toi ensuite les mains autant de fois que tu le voudras!

---

* Sorte de jonc très fin semblable à la plante de papyrus.

Très embarrassé, d'autant que les convives s'étaient rapprochés et le dévisageaient avec incrédulité, le cousin s'est senti obligé de s'asseoir et de tendre une main tremblante vers le ragoût. À ce moment-là, c'est tout son corps qui s'est mis à trembler. Stoïque, il a continué à plonger sa main dans le plat, mais il avait beau faire, la viande lui glissait entre les doigts. Mon maître a fini par s'exclamer :

— Je ne me souvenais pas que tu étais né sans pouces, cousin !

— Le Seigneur ne m'a pas créé ainsi, a répondu l'autre. Hélas, si j'ai perdu mes pouces, c'est à cause d'un ragoût comme celui-ci !

Mon maître et tous les convives attroupés ont insisté pour que l'homme leur raconte son histoire. Alors il s'y est résolu…

'Il semble que je n'aie pas d'autre choix que d'affronter mon pénible passé. Je descends d'une grande famille marchande. Tous mes ancêtres étaient de célèbres négociants, mais mon père, malheureusement, n'a pas suivi leurs traces. Il a passé sa vie à boire, à jouer du luth et à prendre des concubines, jusqu'à se retrouver complètement ruiné. Il est mort en me laissant des montagnes de dettes, mais cela ne m'a pas découragé de reprendre son magasin et de me lancer bon an mal an dans le commerce pour gagner de quoi vivre.

Un jour, de bon matin, une femme chevauchant une mule, avec un esclave qui marchait devant elle, un autre derrière elle, et un eunuque à ses côtés, s'arrêta devant ma boutique – la seule ouverte à cette heure – et y entra. L'eunuque resta sur le pas de la porte à faire le guet. Elle souleva sa voilette. Je regardai son visage à la dérobée : une pure beauté. Elle demanda à voir mes plus beaux tissus. Je lui répondis :

— Je n'en ai pas qui conviennent à la délicatesse de vos goûts, car je suis pauvre, madame. Mais dès que les autres boutiques auront ouvert leurs portes, j'irai vous chercher ce qu'on y trouve de plus beau.

Je tins parole ; je lui apportai tout ce qu'elle avait demandé – il y en avait pour plus de cinq mille dirhams. Là-dessus, elle se leva, dit à l'eunuque de porter ses emplettes, enfourcha la mule et s'en alla. Je restai là à la regarder s'éloigner jusqu'à ce qu'elle disparaisse à l'horizon. Alors je poussai un soupir de détresse et me lamentai sur mon sort, non pas parce qu'elle était partie sans payer ses achats et que je me retrouvais endetté de cinq mille dirhams auprès de mes collègues, mais parce que cette sublime créature avait pris mon cœur. Je me mordis les doigts de ne pas avoir demandé aux esclaves, ou à l'eunuque, qui elle était et où elle habitait. Mais un matin, quelles ne furent pas ma joie et ma surprise de la voir revenir dans ma boutique, soulever sa voilette et me dire en souriant :

— Je suis venue vous payer ce que je vous dois.

Ébloui, je ne pus répondre que par des soupirs.

— Êtes-vous marié ? me demanda-t-elle à brûle-pourpoint.

Les larmes aux yeux, je bredouillai :

— Non, je ne le suis pas.

— Pourquoi pleurez-vous ?

Je marmottai des sons inarticulés. La femme ressortit de ma boutique. Quand l'eunuque me tendit l'argent, je lui demandai qui était cette belle dame. Il me répondit qu'elle n'était autre que la demoiselle de compagnie de Dame Zoubeida, l'épouse du calife Haroun al-Rachid. Son rôle consistait à faire toutes les courses de la reine. En réalité, celle-ci la considérait comme sa fille, car elle vivait au palais depuis son plus jeune âge et Dame Zoubeida s'était chargée elle-même de son éducation.

Le désespoir dut se lire sur mon visage. Comment pouvais-je espérer conquérir une femme de ce rang? Je m'enhardis à demander à l'eunuque s'il voulait bien me servir de truchement en échange de quelque argent. Il se mit à rire.

— Elle est encore plus éprise de vous que vous ne l'êtes d'elle! Si elle ne vous a pas payé la première fois, c'était pour avoir une raison de vous revoir.

Quand l'eunuque sortit rejoindre sa maîtresse, je lui emboîtai le pas. Je lâchai :

— Je vais vous dire pourquoi je pleurais, madame. Je suis tombé amoureux de vous.

Elle m'ignora, se contentant de dire à l'eunuque :

— Tu lui apporteras bientôt mon message.

Et elle grimpa sur sa mule, me laissant passer une nuit sans sommeil.

Le lendemain, je me rendis à ma boutique encore plus tôt que d'habitude et attendis la venue de l'eunuque, qui m'avait demandé de lui apporter une chaise pour qu'il puisse s'asseoir.

— Elle a tout raconté à Dame Zoubeida, me confia-t-il. Elle lui a dit que vous ne vous étiez pas inquiété pour l'argent la première fois, que vous lui aviez fait confiance, et que c'est pour cela qu'elle vous avait aimé. Elle a demandé à la reine de lui permettre de vous épouser. Dame Zoubeida désire vous rencontrer pour voir si vous êtes un bon parti pour sa demoiselle de compagnie. Sachez qu'il n'est pas facile d'entrer au palais. Si vous y parvenez, vous aurez la vie sauve ; si on vous attrape, vous êtes mort. Qu'en pensez-vous ? Cela vaut-il la peine ?

— Je suis prêt à braver tous les dangers pour elle, fis-je aussitôt.

Alors l'eunuque me dit de l'attendre à la mosquée, au bord du Tigre, où il me rejoindrait avec ma belle. Je m'y rendis tôt dans la soirée et attendis toute la nuit. Quand l'aube se leva, je vis l'eunuque, déguisé en domestique, descendre avec ma belle d'un bateau chargé d'articles et de marchandises pour femmes. Les yeux remplis de larmes, elle me fit entrer dans un grand panier de palmes dont elle ferma le couvercle à clé. L'eunuque me chargea à bord du bateau, au milieu des caisses et des paniers. Le bateau vogua un moment, puis il accosta et je fus hissé sur l'épaule d'un homme. Je me mis à trembler comme une feuille, regrettant déjà ce que je venais de faire. J'entendis brailler une voix :

— Ouvrez-moi tout ça ! Rien, pas même une fourmi, ne peut entrer au harem du palais sans être inspecté !

Le domestique qui me portait s'arrêta, attendant que l'on vienne inspecter mon panier. Pris de panique, j'urinai dans mon caleçon et mon urine se mit à goutter sous le panier. Mon cœur se recroquevilla ; j'attendais la mort. Mais soudain, j'entendis ma belle dire à la grosse voix :

— Garde, par ta faute, me voilà dans de beaux draps : le flacon d'eau de rose que j'avais mis là s'est renversé ! Que vais-je dire à Dame Zoubeida quand elle verra ses robes trempées et toutes déteintes ?

— Ça va, prends ton panier et déguerpis, fit la voix.

À nouveau, on me souleva. Je reprenais un peu mon souffle, quand j'entendis des voix s'exclamer : "Le calife, le calife !" Là-dessus, celui-ci dit à ma belle :

— Voilà bien des caisses ! Qu'y a-t-il donc dedans ?

Mon cœur cessa tout bonnement de battre. Elle lui répondit avec un courage que je lui enviai :

— Des emplettes et des vêtements pour Dame Zoubeida.

— Ouvre-moi tout ça, fit-il.

— Mais Dame Zoubeida m'a bien dit de ne montrer à personne le contenu de ces caisses et de ces paniers ! répliqua-t-elle.

Hélas, cela ne fit qu'attiser la curiosité du calife, qui somma le garde de les ouvrir un par un. Quand vint le tour de mon panier et que le domestique me déposa devant le calife, je pleurai en silence, serrant ma tête entre mes mains en me bouchant les oreilles avec les pouces pour ne pas entendre le sabre s'abattre sur mon cou. Ma belle l'implora :

— Commandeur des croyants, je vous supplie de n'ouvrir ce panier-là qu'en présence de Dame Zoubeida, car il renferme son secret…

Mon cœur battit si fort que mes côtes manquèrent se briser. Je faisais mes adieux à la vie, quand j'entendis le calife ordonner à l'eunuque d'emporter toutes ces affaires au harem.

Lorsque je fus en lieu sûr, ma belle se hâta d'ouvrir mon panier et me dit de vite monter à l'étage et d'entrer dans la première pièce sur la droite. Je fis ce qu'elle m'avait dit. Quelques instants plus tard, elle entra à son tour.

— Tu as réussi, mon héros ! s'exclama-t-elle avec un large sourire. Dame Zoubeida va venir faire ta connaissance, elle est en chemin ! Je prie le Seigneur pour que tu lui plaises et qu'elle t'accorde ma main. Je ferai de toi le plus heureux des hommes.

Puis la porte s'ouvrit et je vis entrer vingt jeunes femmes à la gorge généreuse, suivies de Dame Zoubeida. Une des femmes se hâta de lui apporter un siège. Elle s'assit en ordonnant :

— Qu'on m'amène ce jeune homme !

Je m'avançai pour baiser le sol à ses pieds. Elle me fit signe de m'asseoir sur un siège face à elle. Elle me posa quelques questions sur ma famille et mon travail. Je crois que je lui plus, car elle me dit :

— J'ai élevé cette jeune femme comme si elle était ma fille. Vous me semblez digne d'elle, néanmoins je dois consulter le calife pour m'assurer qu'il consent à ce mariage.

Le jour même, ma bien-aimée me rejoignit quelques instants pour m'annoncer que Dame Zoubeida avait obtenu l'accord du calife. Le contrat serait signé dès le lendemain, et les noces auraient lieu quelques jours après. Fou de joie, je sautai en l'air comme un jeune garçon. De ce moment-là, je me mis à bouillir d'impatience à l'idée de me retrouver avec ma promise.

Le jour du mariage, ma belle fut emmenée aux bains par ses demoiselles d'honneur, qui l'apprêtèrent des pieds à la tête pour notre nuit de noces. Quant à moi, on m'apporta un repas qui consistait en un ragoût au cumin parsemé de pignons de pin et d'éclats de pistaches. Je le dévorai d'un bel appétit, jusqu'au dernier pignon, puis m'essuyai la bouche et restai assis à attendre que le soir tombe. Pendant ce temps, les demoiselles d'honneur faisaient le tour du palais avec ma promise, de pièce en pièce, pour recevoir des présents et des félicitations. Certaines tenaient des chandelles, d'autres frappaient sur des tambourins, et toutes chantaient en notre honneur.

Quand la procession arriva dans ma chambre, les demoiselles d'honneur défirent la robe de ma promise et lâchèrent ses longs cheveux sur son corps d'albâtre. Dès que nous fûmes seuls, je la fis monter dans le lit et la pris dans mes bras ; je n'arrivais pas à croire que nous fûmes enfin réunis. Mais brusquement, elle se mit à hurler à tue-tête, alertant toutes les demoiselles et les servantes du palais, qui se ruèrent dans la chambre en faisant :

— Que se passe-t-il, ma sœur ?

J'étais assis là, tremblant et ruisselant de sueur, me demandant ce que j'avais bien pu lui faire, à part la presser contre mon cœur. Elle cria :

— Éloignez cet homme de moi, c'est un fou !

Mes tremblements redoublèrent.

— Que t'ai-je donc fait pour que tu me traites de fou ?

Elle me brailla à la face :

— Espèce de malade, tu as mangé du ragoût au cumin sans te laver les mains ! Comment oses-tu imaginer que tu pourrais consommer le mariage avec une femme comme moi alors que tes mains empestent cette odeur ? Et s'il n'y avait que le cumin… Mais c'est qu'elles sentent même le safran !

Puis elle dit aux servantes :

— Jetez-le par terre !

En un éclair, je me retrouvai à terre, et le fouet de ma promise s'abattit sur mon dos et mes fesses. Pour finir, elle cria :

— Livrez-le au chef de la police, qu'il lui coupe la main avec laquelle il a mangé ce ragoût !

Spontanément, je cachai ma main droite avec la gauche en répétant :

— Il n'y a de force et de puissance qu'en Dieu tout-puissant… Quel désastre ! Quelle calamité ! Ne te suffit-il pas de m'avoir fouetté si violemment ? Faut-il maintenant que je perde ma main ? Tout cela pour avoir mangé du ragoût au cumin et au safran, et avoir oublié de me laver les mains ensuite ! La peste soit du ragoût, et de tout le cumin et le safran de la terre !

Les servantes plaidèrent en ma faveur. Baisant les mains de leur maîtresse, elles dirent :

— Pardonnez-lui, nous vous en supplions, pour l'amour de Dieu. Au fond, il ne vous a pas fait de mal, son seul tort est d'avoir oublié…

Mais elle s'entêta :

— Tu n'es qu'un fou, un malade !

Puis sa voix se mit à gronder comme une tornade :

— Je veux que la malédiction te poursuive, à toute heure du jour et de la nuit ! Je n'arrive toujours pas à croire que tu ne te sois pas lavé les mains après avoir mangé de ce ragoût. Je sens encore l'odeur du cumin. Non, non, je ne peux pas te pardonner !

Se tournant vers les servantes, elle fit :

— Attrapez-le !

Et saisissant un couteau bien affuté, elle me trancha les deux pouces. Je m'évanouis aussitôt. Des servantes tentèrent d'arrêter le sang qui coulait, tandis que d'autres me versaient du vin dans la gorge. Revenant à moi, je m'écriai :

— Je te promets qu'aussi longtemps que je vivrai, je ne toucherai jamais à un ragoût sans me laver les mains cent vingt fois de suite !

— Bravo, bravo ! se réjouit ma bien-aimée. Tu as retenu la leçon.

Mais elle ne tarda pas à se reprendre :

— Non, non, non, je ne peux pas te pardonner ! Allons, quitte ce palais, je ne veux plus jamais te revoir.

Ramassant mes affaires, avec le sang qui gouttait de mes pouces, je la vis sortir de la chambre, la mine tordue de rage et de dégoût. Quant à moi, ce n'est pas le palais que je quittai, mais la cité de Bagdad tout entière, car elle avait porté atteinte à ma virilité et piétiné mon amour-propre. Je n'aurais pu souffrir que les gens me montrent du doigt en chuchotant :

— Regardez, c'est celui qui sentait le cumin le soir de ses noces… Celui que sa promise a jeté à la rue après lui avoir coupé les pouces !' »

Le cuisinier musulman chercha en vain à déchiffrer l'expression du roi de Chine, qui, une main sur le front, avait l'air de réfléchir à ce qu'il venait d'entendre. Comme il ne faisait aucun commentaire, l'homme finit par dire :

— J'ose espérer, roi des siècles, que vous avez trouvé mon histoire encore plus fascinante, époustouflante et divertissante que celle du bossu…

— M'as-tu vu rire ou même sourire une seule fois pendant que tu la racontais ? rétorqua le souverain. Par Dieu, ton histoire n'a rien d'époustouflant ni de divertissant comparée à celle de mon charmant bossu ! Sois certain que vous allez passer tous les quatre à la potence !

Là, le médecin juif se hâta vers le roi et baisa le sol à ses pieds, avant de déclarer :

— Sire, ô roi bienheureux, si vous me l'accordez, je vais vous conter une histoire plus amusante et réjouissante que toutes celles que vous avez entendues jusqu'ici, même celle du bossu ! Souhaitons qu'elle vous plaise – à la grâce de Dieu – et que vous nous pardonniez à tous les quatre.

Il y eut un long silence. Les quatre hommes, et avec eux tout le palais, retenaient leur souffle. Enfin, le roi parla :

— Soit, écoutons ton histoire.

« Quelques heures avant qu'on amène ce bossu chez moi, fit le médecin juif, je me trouvais chez un herboriste auquel j'achetais du musc de cerf – il se trouve que j'en prescris comme aphrodisiaque à mes patients. Tandis que l'homme m'en pesait un demi-kilo, sa femme apparut dans la boutique.

— Tu devrais parler de ton problème au médecin, fit-elle.

L'herboriste l'ignora. Elle tenta de s'adresser directement à moi, mais il se mit à crier et voulut la repousser derrière le rideau. Elle refusa de s'éloigner.

— Enfin, dit-elle, c'est un médecin !

Embarrassé, je finis par dire :

— Y a-t-il quelque chose que je puisse faire pour vous ?

L'herboriste me mit le musc dans la main, refusa que je le paie, et me raccompagna à la porte de la boutique.

— Je tiens à m'excuser pour le comportement de ma femme, dit-il. Rassurez-vous, je vais très bien et n'ai besoin d'aucune aide. Je suis gêné de vous parler de cela, mais puisque vous êtes médecin... Voilà, j'ai cessé de faire l'amour à ma femme il y a trois mois après avoir formulé trois vœux. Je vous le répète, je n'ai aucun problème sexuel, simplement la colère que je ressens envers elle me paralyse. Laissez-moi donc vous raconter ce qui s'est passé.

'C'était la nuit du Destin – celle où les portes des cieux s'ouvrent aux bons croyants, et où les anges en choisissent un auquel ils permettent de faire trois vœux. J'étais assis sur le perron à regarder le ciel en implorant le Seigneur quand, à ma grande surprise, je fus choisi : une lumière éblouissante, que j'étais seul à voir, inonda mon visage. Je criai à pleins poumons :

— Je suis là, mon Dieu, je suis là !

Puis je dis à ma femme, qui se tenait à côté de moi :

— Dis-moi vite ce que je peux demander !

Sans hésiter, elle désigna mon bas-ventre, avant d'écarter les bras au maximum. Je n'eus pas de mal à comprendre ce qu'elle voulait dire. Plein de ferveur, je fis ainsi mon premier vœu :

— Dieu, je voudrais un pénis plus long et plus gros !

Mon sexe ne tarda pas à grandir et à enfler au point de déchirer mon caleçon. Il devint lourd comme une énorme courge, tant et si bien que j'en perdis l'équilibre et tombai face contre terre. Ma femme m'aida à me relever. La prenant par la main, je voulus l'entraîner vers le lit pour lui faire l'amour avec mon nouveau membre, mais elle s'enfuit en poussant des cris et alla se réfugier sous le lit. Je la rattrapai ; seulement, au moment où je m'accroupissais, mon sexe se cogna contre le sol. Je braillai de douleur, tout en criant à ma femme :

— Pourquoi t'es-tu sauvée ? N'était-ce pas ce que tu souhaitais, espèce de débauchée ?

Elle me répondit de sa cachette :

— Oui, sauf que maintenant, j'ai peur de ton sexe ! Je ne le voulais pas aussi gros !

Elle resta tapie sous le lit jusqu'à ce qu'elle m'entende crier par la fenêtre ouverte :

— Dieu, je voudrais que tu me débarrasses de ce que tu viens de m'offrir !

Et voilà que d'un seul coup, mon sexe disparut, et je me retrouvai avec un bas-ventre lisse comme une joue.

— Mais c'est une catastrophe ! s'écria ma femme. Eh bien, je n'ai pas d'autre choix que de te quitter, car à présent tu ne me serviras plus à rien…

Je lui hurlai à la face :

— Femme ingrate ! Tu oublies que c'est sur tes maudits conseils que tout ça est arrivé. Tu m'as fait perdre deux vœux ! Dire que j'aurais pu souhaiter tout ce que je désire en ce bas monde et dans l'au-delà… Et maintenant, il ne me reste plus qu'un vœu !

Ma femme ne se décontenança pas :

— Tu n'as qu'à demander à Dieu de te rendre ton pénis tel qu'il était avant, ni plus ni moins.

Alors, me tournant vers le ciel, je fis mon dernier vœu, et j'eus ce que je voulais.' »

Dès que le médecin juif eut cessé de parler, le roi fut pris d'un interminable bâillement.

— Eh bien, non, rien dans cette histoire insipide n'a transporté mon imagination. Je crois vraiment que je vais tous vous faire pendre, vous qui avez osé tuer mon si distrayant bossu. Mais il nous reste à entendre un dernier récit : celui du tailleur par qui ce désastre est arrivé… Allons, tailleur, voyons voir si tu sauras nous conter une histoire aussi belle, insolite et captivante que celle de mon bossu.

Le tailleur s'avança.

— Bien, Sire, fit-il.

Et il commença à raconter…

« Hier, avant de rencontrer le bossu dans la soirée, j'étais invité à un banquet chez un ami, à l'heure du déjeuner. Je m'y rendis en avance. Les convives arrivèrent petit à petit ; ils étaient une vingtaine. Puis nous vîmes entrer un jeune homme qui boitait. Il nous serra la main à chacun, jusqu'à se trouver à la hauteur d'un barbier que l'on surnomme le 'taiseux'. D'un bond, il recula en hurlant d'épouvante :

— Que Dieu nous protège de ce visage hideux et de cette langue aussi longue qu'un serpent. Que Dieu nous garde de ce guignard, ce porte-mouise à cause duquel je me suis retrouvé estropié et vagabond !

En entendant ce jeune écervelé parler ainsi d'un homme qui devait avoir l'âge de son grand-père, nous ressentîmes du mépris à son égard. Quant au vieillard, il était blême et gardait le nez au sol. Toute l'assemblée cessa de manger, de boire et de plaisanter. Nous dîmes à l'estropié :

— Voyons, pourquoi insultes-tu ce vieil homme ? Tu nous gâches notre déjeuner…

Alors il nous raconta son histoire. Il commença par dire qu'à cause de cet homme, il avait quitté Bagdad pour s'exiler jusqu'en Chine, parce qu'il avait juré de ne plus jamais vivre dans la même ville que lui. Il ne s'attendait pas à le trouver à ce banquet ! Cela l'avait mis en rage. Il nous dit ensuite que son père était l'un des hommes les plus riches de Bagdad. Il était mort au moment où lui entrait dans l'âge adulte, lui laissant une immense fortune. Le jeune homme ne tarda pas à se rendre compte que Dieu l'avait créé misogyne ; il n'avait pas de temps pour les femmes. Jusqu'au jour où il tomba sous le charme d'une jeune créature qu'il vit marcher en compagnie d'une vieille femme. Il la suivit jusqu'à sa maison. Il sut ainsi qu'elle était la fille d'un *qadi** dont on disait qu'il contrôlait ses moindres faits et gestes. Il rentra chez lui tout abattu. Brûlant de fièvre, il se mit au lit et ne se leva plus.

— Ah, comme l'amour fait souffrir, criait-il tel un halluciné.

---

* Magistrat musulman remplissant des fonctions à la fois civiles, judiciaires et religieuses.

Mais il finit par reprendre des forces et s'armer de courage. Un jour, la vieille qu'il avait vue avec la jeune femme le trouva posté devant la maison du *qadi*, les yeux rivés à la fenêtre, subjugué, espérant entrevoir la silhouette de la fille de ses rêves. Elle promit de l'aider. Dans un premier temps, la jeune femme ne voulut rien entendre. Mais la vieille ne lâcha pas l'affaire. Inlassablement, elle lui répéta que le jeune homme ne quittait plus son lit à cause d'elle, que ses parents étaient désespérés de voir sa santé décliner ainsi, et que si elle continuait à refuser de le rencontrer, il allait finir par mourir. Alors la jeune femme consentit à le recevoir une heure, au moment de la prière de midi, quand son père descendrait à la mosquée. Le jour dit, le jeune homme envoya son serviteur lui chercher un barbier pour qu'il lui coupe les cheveux. Le serviteur ne tarda pas à revenir avec un barbier que l'on surnommait le 'taiseux'. Cela convenait tout à fait au jeune homme, qui n'aimait pas les bavards – les barbiers avaient la réputation d'être particulièrement volubiles. Mais l'homme n'avait pas fait deux pas dans la maison qu'il s'exclama :

— Que t'arrive-t-il, tu es tout maigre ! et puis blanc comme un linge !

— J'étais malade, grommela le jeune homme.

D'un geste prompt, le barbier sortit un astrolabe de sa sacoche en cuir.

— Fasse le ciel que tu te rétablisses, ainsi que tous les malades de ton entourage.

Il emporta l'astrolabe dans le patio de la maison et se mit à observer longuement le soleil.

— Nous sommes aujourd'hui le vendredi tant du mois de Safar de l'an 653 de l'hégire, qui correspond à l'an 7320 de l'ère d'Alexandre, dit-il. Huit degrés et six minutes de ce jour se sont écoulés. D'après mon astrolabe, notre planète se trouve actuellement entre Mars et Mercure, ce qui confirme que c'est le bon moment de te faire couper les cheveux. Mais je vois aussi que tu t'apprêtes à rencontrer quelqu'un de malveillant, quelqu'un auquel on ne saurait faire confiance… J'aimerais bien que tu t'abstiennes d'aller retrouver cette personne !

Le jeune homme lui rétorqua :

— Tout ce que je te demande, c'est de me couper les cheveux, pas d'observer les étoiles, ni de me casser la tête avec tes mauvais présages. Allons, mets-toi au travail, sinon j'envoie chercher un autre barbier.

L'homme s'empressa de s'excuser, avant d'ajouter :

— Mais maître, doucement, vous ne semblez pas vous rendre compte de la chance que vous avez. Vous aviez demandé un simple barbier, et voilà que la providence vous envoie non seulement un barbier, mais aussi un astrologue, un médecin, un linguiste, un grammairien, un homme versé dans la sémantique, la logique, l'arithmétique, l'algèbre, les sciences, l'histoire, la jurisprudence islamique, les hadiths rapportés par Boukhari et Mouslim… Sachez que j'ai lu, analysé et appris par cœur quantité de livres, et que j'ai étudié les sciences de la nature et des choses ! Vous devriez donc remercier Dieu de m'avoir envoyé jusqu'à vous. Et si je vous donne un conseil, comprenez bien que je le tire des astres, et que je fais cela à titre gracieux, par pure estime et affection. Je me dois de vous aider, car votre père, paix à son âme, m'aimait beaucoup. Pour ma sagesse, bien sûr, mais aussi parce que je n'étais pas un indiscret et que je savais tenir ma langue. C'est bien pour cela que l'on me surnomme le 'taiseux', alors que mes six frères, eux, ont tous la réputation d'être très bavards. Prenez l'aîné, le 'babilleur', le deuxième, le 'phraseur', le troisième, le 'jacasseur', le quatrième, le 'cornet', le cinquième, le 'cancanier', et enfin le sixième, le 'moulin à paroles' !

Le jeune homme sentit que sa vésicule n'allait pas tarder à éclater.

— Tu veux ma peau ? fulmina-t-il. Écoute, j'ai changé d'avis, je ne veux plus que tu me coupes les cheveux. Prends ces quatre dinars et va-t'en d'ici.

— Qu'est-ce que vous dites là ? Je n'accepterai pas un sou de vous tant que je ne vous aurai pas servi. Je voulais juste vous aider, je ne faisais que mon devoir.

Et il se mit à réciter :

Je vins un jour chez mon maître
Pour lui couper les cheveux
Je lui contai des merveilles
Et l'instruisis de ma science
Enchanté, il me dit :
'Ton savoir est sans pareil'
'Mais non', lui dis-je
'C'est vous, le maître de la sagesse'
'Le seigneur de la grâce et de la munificence
Le puits de science, d'altruisme et d'intelligence.'

Le jeune homme ouvrait la bouche pour hurler quelque chose à la face du barbier quand celui-ci s'écria :

— Naturellement, vous êtes bouche bée ! Votre père, lui aussi – paix à son âme –, fut ébahi quand je lui récitai ces vers. Je me souviens encore qu'il appela son serviteur pour lui dire : 'Donne à ce barbier *cent trois* dinars et une robe d'apparat digne de lui.' Lorsque je demandai à votre père – que Dieu bénisse mille fois son âme ! – pourquoi il me donnait très exactement cent trois dinars, il me répondit : 'Un dinar pour tes prédictions astrologiques, un autre pour ton agréable conversation, un troisième pour tes saignées, et cent pour ce bel éloge que tu as composé en mon honneur.'

En entendant cela, le jeune homme explosa :

— Que Dieu maudisse mon père d'avoir connu un homme comme toi !

Mais le barbier éclata de rire.

— Gloire à notre Dieu éternel, on dirait que la maladie t'a fait perdre la tête. En général, on devient plus sage avec l'âge ! Mais bon, je ne t'en veux pas, je me fais même du souci pour toi... Il faut que tu saches qu'il n'y avait pas que ton père – paix à son âme – qui ne prenait jamais une décision sans me consulter : il y avait aussi avant lui ton grand-père – paix à son âme. Comme dit le dicton, *avant de t'embarquer dans une affaire, demande conseil à un homme d'expérience.* Tu peux être certain que tu ne trouveras pas plus expérimenté que moi. Et voilà, je suis là devant toi, toujours prêt à te servir, inlassable et infatigable.

Et il ajouta :

— Je sens bien que toi, en revanche, tu commences à te lasser de moi, comme ça, sans raison. Mais comme je l'ai déjà dit, je ne t'en veux pas.

N'en pouvant plus et craignant d'être en retard à son rendez-vous avec la jeune femme, le jeune homme se mit brusquement à arracher ses vêtements et à se frapper la poitrine. C'est seulement alors que le barbier sortit son rasoir et commença à l'aiguiser. Chaque fois que le jeune homme le regardait, avec l'air de lui dire de faire vite, il l'aiguisait un peu plus. Enfin il lui rasa quelques cheveux, avant de s'arrêter pour déclarer :

— On a bien raison de dire que *l'empressement est l'œuvre de Satan*. Vas-tu m'expliquer pourquoi tu es si pressé ?

Le jeune homme lui répondit sèchement :

— Mêle-toi de ce qui te regarde. Et dépêche-toi, je n'en peux plus !

— Tu sais pourtant que *la lenteur est sage et la précipitation, source de regrets*. Allons, ouvre ton cœur, dis-moi quelle est la raison de ta hâte, car je crains qu'elle ne te nuise…

Là, reposant son rasoir et laissant en plan la tête du jeune homme, il ressortit dans le patio avec son astrolabe.

— Il reste exactement trois heures avant la fin de la prière, fit-il en revenant.

— J'aimerais que tu avales ta langue tout de suite, car je te jure que tu m'exaspères !

Le barbier s'approcha pour lui raser encore quelques cheveux, avant de dire :

— Allons, dis-moi tout, je t'assure que tu m'inquiètes… Souviens-toi que ton père et ton grand-père – paix à leur âme – ne faisaient pas un pas sans me consulter.

Alors le jeune homme lâcha :

— Écoute, il faut que tu t'actives parce que je suis invité chez un ami et je ne veux pas être en retard.

En entendant cela, le barbier s'écria :

— Mon Dieu, j'avais oublié – puisse la mort m'oublier ! –, moi aussi j'ai invité des amis à dîner chez moi, et figure-toi que je n'ai rien préparé !

— Ne t'inquiète pas, fit le jeune homme, tu peux prendre tout ce qu'il y a à boire et à manger chez moi, mais à une condition : que tu te dépêches de finir de me couper les cheveux.

— Que Dieu vous le rende ! répondit le barbier, tout joyeux. Mais puis-je vous demander ce que vous avez à me donner, histoire que j'aie la tête tout à fait tranquille ?

— Dix poulets en tagine et un mouton entier à la broche.

— Euh... pouvez-vous dire à votre serviteur de me les montrer ?

Le jeune homme appela son serviteur, qui, en un éclair, apporta les victuailles au barbier.

— Dieu merci, tout est bien prêt en effet ! Mais... je ne vois pas de vin.

— Ne t'inquiète pas, j'en ai deux pleines jarres.

À nouveau, le barbier insista pour les voir de ses propres yeux. Lorsque le serviteur revint avec le vin, il dit au jeune homme :

— Mon Dieu, quel excellent homme vous faites ! A-t-on déjà vu pareille générosité ? Mais dites, puisque nous avons le vin et le repas, qu'en est-il des fruits et des desserts ?

Le serviteur s'empressa d'aller lui chercher toutes sortes de douceurs.

— Bien, fit le barbier, il ne nous manque plus que les encens.

Le serviteur apporta une caisse remplie d'encens. Le barbier s'accroupit pour en inspecter le contenu :

— Ambre, musc, myrrhe…

Le jeune homme l'arrêta :

— Prends toute la caisse et dépêche-toi de me couper l'autre côté !

Impassible, le barbier continua à fureter dans la caisse. Quand le jeune homme finit par s'arracher les cheveux qu'il lui restait sur la tête, il revint vers lui et lui en rasa quelques-uns, avant de s'interrompre pour lui dire :

— Je ne sais pas, maître, si c'est vous que je dois remercier ou bien votre père. Sans votre générosité, qu'aurais-je fait avec mes invités ? Pour être honnête, je dois vous avouer que les amis que j'ai conviés à ce dîner ne méritent pas toutes les bonnes choses que je vais leur offrir. Oh, ce sont des gens très bien, ce n'est pas ce que je veux dire… Il y a Saïd le chamelier, Zantout le préposé au bain maure, Sami le vendeur de maïs, Sallout le vendeur de fèves, Akracha l'épicier, Karim le croque-mort, et puis aussi l'éboueur… Sans exagérer, ils sont tous aussi sympathiques les uns que les autres, vous n'en trouverez pas un qui soit désagréable, ou noceur, ou grincheux, ou indiscret. Ils ressemblent à vos domestiques, qui parlent peu et ne se mêlent pas de ce qui ne les regarde pas. Et en plus de cela, ils savent chanter et danser ! Le préposé au bain maure chante *Maman, je vais remplir la jarre* ! Et le vendeur de fèves, je vous assure qu'il a une voix plus belle qu'un rossignol. Vous devriez le voir danser en chantant *Ô maîtresse, ô pleureuse, tu n'as rien fait de mal*! Quant au vendeur de maïs, c'est le roi de la danse des tambourins. Bref, mes amis sont si amusants qu'ils feraient oublier sa faim à un ours. Mais j'y pense! Pourquoi mon maître ne remettrait-il pas son rendez-vous à un autre jour pour venir avec moi? Cela lui changerait les idées, d'autant qu'il ne semble pas encore tout à fait rétabli. Et puis, qui sait, peut-être qu'à cette fête où il est invité, un de ses compagnons pourrait le contrarier ou le faire souffrir...

Le jeune homme ne put s'empêcher de rire.

— Merci, je te promets d'accepter ton invitation une autre fois. Mais à présent, je te conjure de te dépêcher, car mes amis doivent m'attendre.

Seulement le barbier insista :

— Comme j'aimerais que vous rencontriez mes amis cette fois-ci plutôt qu'une autre. L'ajournement, n'est-ce pas, est un voleur de temps... Mais s'il faut vraiment que vous alliez là-bas, je peux remettre à mes amis toutes les bonnes choses que vous m'avez données pour eux, et les laisser manger, boire et passer du bon temps, pendant que je vous accompagnerai à votre rendez-vous. Car, entre mes amis et moi, c'est sans façon, vous savez, on ne se formalise pas.

Le jeune homme s'efforça de garder son sang-froid.

— J'irai de mon côté et toi du tien.

L'autre répliqua très vite, comme si sa réponse était prête sous sa langue :

— Je ne vous laisserai pas partir tout seul comme ça, que Dieu m'en garde!

— Bonhomme, il s'agit d'une fête très privée, et je ne pense pas que tu puisses y entrer.

— Alors vous avez rendez-vous avec une femme, fit le fripon. Si vous étiez vraiment invité à une fête, vous m'emmèneriez volontiers avec vous, d'autant que maintenant vous savez que je suis un joyeux drille qui rendrait gai un enterrement. Mais écoutez-moi bien : si en effet vous allez retrouver une femme, sachez que j'ai une belle expérience en la matière et que je peux vous aider pour que tout se passe bien. N'allez surtout pas chez elle en plein jour ; si par malheur quelqu'un vous voyait, c'en serait fait de vous. N'oubliez pas que vous êtes à Bagdad, et que le *wali* est connu pour sa férocité.

Le jeune homme lui rétorqua avec mépris :

— N'as-tu pas honte d'insinuer de telles choses ?

L'autre sursauta, l'air offusqué.

— Pourquoi me grondez-vous ainsi ? Je ne cherche qu'à vous aider, moi...

Craignant que sa famille et les voisins n'entendent leurs éclats de voix, le jeune homme se mura dans le silence jusqu'à ce que le barbier ait fini de lui couper les cheveux. Puis il lui dit :

— Allez, emporte cette nourriture et ce vin chez toi et reviens vite pour que nous partions ensemble.

Mais le barbier ne fut pas dupe.

— Je vous vois venir : vous voulez m'éloigner pour pouvoir filer tout seul. Et vous allez vous jeter à pieds joints dans un horrible guet-apens dont vous ne saurez plus vous tirer. Je vous en conjure, maître, promettez-moi de m'attendre pour que nous y allions ensemble et que je puisse vous protéger.

— Je te le promets, fit le jeune homme, à condition que tu reviennes vite.

Soudain, on entendit le muezzin lancer l'appel à la prière de midi. Pris de panique, le jeune homme bondit sur ses pieds et courut comme une flèche jusqu'à la maison de la jeune femme. Par chance, il trouva la porte ouverte ; il se rua à l'intérieur. La vieille femme l'attendait.

— Pourquoi as-tu tant tardé ? dit-elle aussitôt. La demoiselle a très peur que son père revienne.

Le jeune homme maudit le barbier *in petto*, et se dépêcha de rejoindre la jeune femme, qui lui lança :

— Je ne comprends pas ! Je croyais que tu mourais d'impatience de me revoir. Et maintenant que j'ai accepté de te rencontrer, tu te permets d'arriver en retard ?

Le jeune homme tenta de bredouiller une explication, mais il ne lui fallut pas longtemps pour se rendre compte qu'il lui était impossible de faire comprendre à quiconque son histoire avec ce satané barbier. Ils avaient à peine échangé quelques mots que, soudain, ils entendirent la voix du père résonner dans le hall de la maison : il était rentré de la mosquée. Tremblant comme une feuille, la demoiselle dit au jeune homme de monter se cacher à l'étage, qui était réservé aux servantes. Il fit ce qu'elle lui avait dit, tout en réfléchissant à un moyen de se tirer de ce pétrin. Il courut vers une fenêtre, qu'il ouvrit pour voir s'il pouvait sauter d'une telle hauteur. C'est là qu'il aperçut le maudit barbier qui l'attendait en bas ! Il comprit qu'au lieu d'apporter les victuailles et les boissons à ses amis, il l'avait suivi.

Il se trouva qu'au même moment, le *qadi* frappa une servante qui avait commis quelque faute. L'entendant pleurer et pousser des cris, un esclave vint à son secours, mais le *qadi* le rossa à son tour, et lui aussi se mit à pleurer et à pousser des cris. À ces clameurs, le barbier crut que le *qadi* corrigeait les deux tourtereaux pris en flagrant délit. Et le voilà qui se mit à hurler, à arracher ses vêtements et à se jeter de la terre sur la tête en appelant à l'aide. Les gens s'attroupèrent autour de lui et lui demandèrent ce qui se passait.

— Mon maître est en train de se faire trucider dans la maison du *qadi* ! cria-t-il.

Là-dessus, il envoya chercher les parents du jeune homme, ses serviteurs, ses amis et ses voisins. Tout ce beau monde ne tarda pas à arriver. Le jeune homme n'en croyait pas ses yeux : plus de dix mille personnes étaient là dans la rue à déchirer leurs vêtements et à s'arracher les cheveux en répétant après le barbier, un doigt pointé vers la maison du *qadi* : 'Hélas, notre maître est mort !' Ouvrant la porte, le *qadi* fut accueilli par un déluge d'insultes.

— Dieu te maudisse, sale porc ! brailla le barbier.

— Comment oses-tu frapper notre maître ? enchaîna la foule.

— De quel maître voulez-vous parler ? s'exclama le *qadi*. Et que faites-vous tous ici ?

Le barbier répliqua :

— Vous venez de frapper le meilleur des hommes, je l'ai entendu hurler et pleurer dans votre maison. Vous avez dû le tuer et le cacher quelque part…

— Mais qu'a-t-il donc fait pour que je le frappe? s'étonna le *qadi*. Et puis, comment se fait-il qu'il se trouve chez moi?

Le jeune homme se mordit les lèvres, de peur que le barbier n'évente son secret. En effet, le malheureux se mit à dire :

— Ne faites pas l'ignorant, maudit personnage, car je sais tout! Je sais que votre honorable fille aime mon maître et qu'il l'aime aussi, et je sais qu'en rentrant de la mosquée, quand vous les avez trouvés ensemble, vous avez perdu la tête : vous les avez châtiés pour venger votre réputation et celle de votre fille. Par Dieu, je jure que personne ne dispersera cette foule à part le calife. Qu'il intervienne en personne et nous rende ce jeune homme, mort ou vif!

Embarrassé, le *qadi* ouvrit la porte en grand.

— Si tu dis la vérité, eh bien, entre et viens chercher cet homme dont tu parles. Et si tu le trouves, emporte-le.

Le jeune homme jeta un rapide coup d'œil autour de lui. Il ne trouva qu'un grand coffre de bois. Il sauta dedans, rabattit le couvercle et retint son souffle. Pendant ce temps, le barbier s'était rué dans la maison, dont il fouillait les moindres recoins. Grimpant à l'étage des servantes, il aperçut le coffre. Il le hissa sur sa tête et fila avec. Pris de panique à l'idée que le lascar ne le laisse plus jamais tranquille, le jeune homme ouvrit le couvercle, sauta dans la foule et se cassa la jambe. Comme il avait quelques pièces d'or dans les manches de son vêtement, il les jeta aux gens, et pendant qu'ils étaient occupés à les ramasser, il s'enfuit en clopinant dans les ruelles de Bagdad. Le barbier le suivit en criant :

— Ces misérables voulaient me priver de mon maître ! Ils voulaient tuer l'homme qui a été si bon avec moi, mes enfants et mes amis. Ils ignoraient que si je vous aime tant, c'est par loyauté envers votre père et votre grand-père. Comme je rends grâce à Dieu de m'avoir aidé à vous arracher aux griffes de ce *qadi* comme on retire un cheveu d'une boule de pâte. Mais n'allez pas si vite, maître ! Où courez-vous ainsi ? Sans moi, vous seriez mort. J'ai juré de consacrer ma vie à votre protection. Arrêtez-vous, je vous en supplie ! N'avez-vous pas retenu la leçon ? Vous avez pourtant vu ce qui vous est arrivé quand vous m'avez tenu tête et que vous êtes parti tout seul... Dieu soit loué, je ne vous ai pas cru lorsque vous avez promis de m'attendre : j'ai fait livrer la nourriture, le vin et les encens par un de vos serviteurs, et je vous ai suivi pas à pas ; et c'est ainsi que je vous ai vu entrer chez le *qadi*.

À ce moment-là, le jeune homme aurait voulu bourrer le barbier de coups de poing, et il n'aurait pas été mécontent qu'il en meure. Arrivé dans les souks, il tenta de le semer dans la foule, en vain, car l'autre courait derrière lui comme un jeune cabri. Quand il fut à deux doigts de le rattraper, il s'engouffra dans une échoppe et raconta son histoire au patron. Le barbier tenta d'entrer à son tour, mais le patron le chassa comme un malpropre.

— Je l'attendrai ici des jours et des nuits ! cria le barbier.

Prenant sa tête dans ses mains, le jeune homme se mit à réfléchir... Ce barbier était maintenant comme une verrue sur sa peau ; il ne pourrait plus jamais s'en débarrasser ! Là, au lieu d'avoir une crise de rage, ou de larmes, ou de folles envies de vengeance, il fit venir des témoins et rédigea son testament. Il légua son argent à ses parents, puis vendit sa maison et ses terres et quitta l'échoppe pour errer de par le vaste monde, fuyant cet abominable barbier.

C'est ainsi qu'il finit par poser sa besace en Chine. Mais son rêve ne tarda pas à se transformer en cauchemar quand, se présentant à ce banquet, il vit le visage de malheur de cet homme aux jacassements pareils aux coassements incessants des grenouilles, ce scélérat qui avait fait de lui un éclopé et l'avait éloigné à jamais des siens et de son pays.

Après avoir entendu toute l'histoire, nous nous tournâmes vers le vieux barbier pour lui demander si ce qu'avait dit le jeune homme était vrai. L'homme releva la tête.

— J'aimerais d'abord vous poser une question : connaissez-vous le proverbe qui dit qu'il faut se méfier de ceux auxquels on a rendu service ? Eh bien, ma foi, on ne saurait mieux dire. Sans ma sagesse et ma bienveillance, ce jeune intrépide serait depuis longtemps au royaume des morts – d'accord, il s'est blessé la jambe, mais cela vaut toujours mieux que de passer l'arme à gauche, n'est-ce pas ! Et je jure que pas une fois, je ne me suis montré bavard ou indiscret. De tous les enfants de mon père, je suis le seul que l'on surnomme le 'taiseux' – parce que, justement, je ne parle pas beaucoup –, alors que mon frère aîné, lui, on l'appelle le 'babilleur', et le deuxième, le 'phraseur'…

En entendant cela, le jeune estropié prit la fuite en se bouchant les oreilles, et les invités s'éclipsèrent les uns après les autres. Je finis par m'en aller moi aussi, suivi de l'ami qui nous avait conviés à ce banquet. Je rentrai vite chez moi pour raconter à ma femme ce qui s'était passé. Elle me reprocha de l'avoir laissée seule toute la journée et voulut que je l'emmène se promener en ville. J'acceptai de bon cœur. Sur le chemin du retour, nous rencontrâmes un bossu bien aviné qui chantait en tapant sur son tambourin. Il était si drôle que nous ne pouvions nous arrêter de le regarder. Nous l'invitâmes ainsi à la maison pour passer une bonne soirée avec lui. Or le sort voulut que je lui fourre dans la bouche un morceau de poisson en lui faisant signe de l'avaler d'un seul coup, et qu'une arête se coinça dans sa gorge. Je le tapai bien fort dans le dos pour tenter de le sauver, mais il tomba raide mort. Alors ma femme et moi l'emmenâmes chez ce médecin juif et l'y laissâmes, avant de nous esquiver. Voilà, vous connaissez la suite… »

Le roi de Chine dodelinait de la tête avec émerveillement.

— En effet, dit-il au tailleur, l'histoire de ce jeune homme et de ce barbier envahissant et bavard comme une pie est encore plus captivante que celle de mon cher bossu ! Amène-moi donc ce « taiseux », j'ai très envie de le voir et de l'entendre parler. Après tout, c'est grâce à lui que vous aurez tous les quatre échappé à la mort. Ensuite nous enterrerons ce charmant bossu et nous lui érigerons un tombeau.

Le tailleur courut chez l'ami qui l'avait convié à ce banquet pour lui demander s'il connaissait l'adresse du barbier, mais, à sa grande surprise, il trouva le vieillard assis à la même place que la veille, en grande conversation avec les perroquets et les oiseaux en cage. Le voyant entrer, il s'écria avec joie :

— Comme je suis heureux qu'un être humain vienne écouter mon histoire, surtout que j'en suis arrivé à un point tout à fait crucial. Ces maudits perroquets ne sont bons qu'à m'interrompre et à me singer…

Mais le tailleur le tira par la main et se hâta de l'amener devant le roi de Chine. Voyant que l'homme avait au bas mot quatre-vingt-dix ans, que sa barbe et ses sourcils étaient tout blancs, et que ses oreilles étaient aussi grandes que son nez était long, le roi se mit à rire aux éclats.

— « Taiseux », fit-il, je veux que tu me racontes quelque chose.

Mais le barbier répondit :

— Ô roi des siècles, dites-moi d'abord quelle est l'histoire de ce chrétien, de ce juif et de ce musulman. Et puis pourquoi ce bossu gît-il sur un lit royal, et quelle est la raison de cette assemblée ?

— Qu'as-tu à poser des questions, répliqua le roi, au lieu de me raconter une histoire ?

— Je tiens à prouver à Sa Majesté qu'on m'accuse à tort d'être un indiscret et un bavard, alors qu'en fait je suis tout ce qu'il y a de plus silencieux.

Le roi lui conta en quelques mots ce qui était arrivé au bossu. Sans hésiter, le « taiseux » alla s'asseoir sur le lit, prit la tête du gisant sur ses genoux et pencha son visage vers le sien. C'est alors qu'il partit d'un énorme éclat de rire, à en tomber à la renverse.

— Chaque mort a sa cause, Sire, gloussa-t-il, mais l'histoire de ce bossu mérite d'être gravée en lettres d'or !

— Que veux-tu dire, « taiseux » ? s'étonna le roi.

— Sire, je jure par Votre Grâce que ce bossu est encore en vie !

Tirant de sa ceinture une fiole d'onguent, il en enduisit le cou du bossu, puis demanda qu'on lui apporte une tige de fer. Il dit à deux serviteurs de lui tenir la tête pendant qu'il lui ouvrait la bouche en grand pour introduire la tige dans son gosier, avant d'y glisser une petite pince avec laquelle il retira le morceau de poisson dégoulinant de sang. À ce moment, le bossu fut pris d'un formidable éternuement qui ébranla le silence de tout le palais, puis il bondit sur ses pieds en secouant la tête.

— Que m'arrive-t-il, que m'arrive-t-il ? répétait-il comme s'il venait de se réveiller d'un long rêve.

— Mon beau bossu, s'écria le roi, se peut-il vraiment que tu sois resté inconscient tout un jour et toute une nuit, et que ce barbier t'ait ramené à nous ?

Sans faire ni une ni deux, le bossu demanda son tambourin et se mit à taper dessus en chantant et en dansant.

— Mais au fait, Sa Majesté ne m'a pas dit comment elle a connu ce bossu, fit le barbier. À moins que vous ne préfériez que je vous raconte quelque chose moi-même ?..."

Jaafar venait ainsi d'achever l'histoire du bossu. Le calife, qui semblait en extase, applaudit avec beaucoup d'ardeur.

— Jaafar, dit-il, l'histoire de ce bossu et de ce "taiseux" est bel et bien extraordinaire et recèle des coïncidences encore plus stupéfiantes que celle des trois pommes.

Puis, se tournant vers Masrour, il fit :

— L'esclave...

Masrour alla chercher Basilic, qui s'inclina pour baiser le sol aux pieds du calife.

— Tu dois te défaire de cette effronterie et cette arrogance qu'ont les jeunes, lui dit-il. Je sais que tu ne pensais pas à mal ; il n'empêche que tu as causé un drame. Comme je l'ai promis à Jaafar, je vais te pardonner, mais à une condition : que tu ailles passer chaque jour quelques heures avec les enfants de cette pauvre femme innocente. Quand tu les entendras pleurer ou parler de leur mère, tu te souviendras que c'est à cause de toi qu'ils l'ont perdue.

Puis le calife cria :

— Le troisième derviche !

Masrour se dépêcha de lui amener le derviche, qui baisa le sol aux pieds du calife et resta agenouillé.

— Reconnais-tu que tu es responsable de ton crime ? fit le calife.

— Oui, seigneur, répondit le derviche en cachant sa tête dans ses mains.

— Sache qu'il ne faut jamais agir avec précipitation, ni écouter les racontars, mais toujours réfléchir et chercher la vérité par soi-même. Toutefois, puisque tu t'es puni en t'arrachant un œil, que tu t'es fait derviche – et qu'être derviche, c'est pardonner –, et qu'en outre tu es père de deux enfants qui ont perdu leur mère, eh bien, je t'absous.

À ces mots, le troisième derviche se laissa choir sur le sol, qu'il baisa avec ferveur, avant que Masrour le ramène dans un coin de la salle.

Tout le monde soupira de soulagement, parce que la nuit allait s'achever sans que personne ne soit tué ou jeté en prison. On s'attendait à ce que le calife se lève d'un moment à l'autre et quitte la demeure des trois dames avec son vizir Jaafar, le poète Abou Nuwas et le bourreau Masrour. Mais au lieu de cela, il attrapa un verre d'eau qu'il se mit à boire à petites gorgées tout en lorgnant les femmes d'un air renfrogné.

— Mes chères dames, cette soirée parfaitement impromptue vous a permis d'entendre des histoires et des péripéties qui sont arrivées à plusieurs d'entre nous. Certaines nous ont amusés, ou émerveillés, d'autres nous ont serré le cœur et remplis de regret et de tristesse. Mais à vrai dire, il me semble que tout cela n'a pas commencé avec le premier derviche, mais avec vous trois, mesdames... Souvenez-vous de ces sept esclaves qui ont surgi d'une trappe en brandissant leurs sabres, et qui voulaient nous trancher la tête sous prétexte que nous nous étions interrogés, sans aucune mauvaise intention, sur la sauvagerie de la maîtresse des lieux envers ces deux chiennes et la démence de cette femme battue. Mais je ne voudrais pas que la chalande s'estime irréprochable : je n'oublie pas qu'elle attisait le feu des deux autres, plutôt que de tenter de l'éteindre. Quant à nous, ce n'est pas par indiscrétion que nous avons cherché à comprendre ce qui se passait devant nos yeux, ni pour aller jaser; c'était simplement pour offrir notre aide. Le devoir de l'homme n'est-il pas d'aider son prochain ? Mais voilà qu'à notre grand effroi, nous nous sommes vus traités comme des malfrats, des coupeurs de route, non pas comme des derviches, ni des portefaix, ni de grands marchands de Mossoul... Je ne nie pas que j'aie d'abord été saisi d'épouvante, mais ensuite, c'est la rage et le dépit qui m'ont envahi et ne m'ont plus quitté. Comment se peut-il que des femmes de mon royaume aient en elles autant de barbarie ? Et qu'elles pratiquent leur propre vengeance, au lieu de porter leur affaire devant le *wali* ou le *qadi* ? Oui, mesdames, vous vous êtes permis d'édicter et d'appliquer des lois comme si vous étiez au-dessus de la justice. C'est proprement inacceptable ! Supposez que je ne sois pas le calife, et que vous ne soyez pas mes sujets ; que je sois un simple quidam, comme ce portefaix, ou ce derviche, ou ce marchand. Accepterais-je qu'une femme menace de me trancher la tête alors qu'en tant qu'homme, c'est moi qui suis censé protéger toute femme, qu'elle soit mon épouse, ma mère, ma sœur ou ma voisine, ou même une inconnue que j'aurais rencontrée dans la rue ? Que dire de moi, qui suis calife, et dois veiller au salut de mes compatriotes et tout faire pour débusquer les mauvais sujets des moindres recoins de mon royaume, fût-ce entre l'ongle et la peau ? Votre attitude m'offense et porte atteinte à ma renommée. Mais il y a plus grave...

Le calife suspendit sa phrase un instant, avant de reprendre :

— Vous faites insulte à Dieu : vous défiez sa volonté et les lois de la nature, telles qu'Il les a conçues, car vous avez choisi de vivre sans époux, ni frères, ni oncles ! Pis, vous n'avez recours aux hommes que pour tuer et violenter. N'est-ce pas le comble du mépris pour la gent masculine ? Mais à présent, j'aimerais que chacune de vous trois s'explique et nous ouvre le fond de son cœur… Commençons par toi, la maîtresse des lieux : pourquoi as-tu insisté, dès que nous avons passé le seuil de votre demeure, pour que nous lisions cette inscription : "Qui s'y frotte s'y pique" ? Il est clair que tu voulais dire : "Un seul mot sur ce qui se passe ici, et vous êtes morts."

Le calife se resservit de l'eau et porta le verre à sa bouche, mais se souvenant de quelque chose qui raviva sa colère, il n'arriva pas à boire.

— Peux-tu me dire, s'exclama-t-il en reposant son verre, d'où vient toute cette violence ? Pourquoi as-tu fouetté ces pauvres chiennes jusqu'au sang ? Et toi, la femme battue, pourquoi t'es-tu tordue de douleur en hurlant, au point de perdre connaissance, en entendant cette chanson et cet air de luth ? Et toutes ces cicatrices et ces horribles traces de fouet sur ton corps, comment les expliques-tu ? Quant à toi, la chalande, pourquoi as-tu encouragé tes sœurs à se vautrer dans cette bestialité, comme si tu y trouvais du plaisir, au lieu de tenter de les calmer ? Allons, maîtresse des lieux, dis ce que tu as à dire, nous t'attendons !

Le calife se tut et se remit à siroter son verre d'eau. Un lourd silence s'abattit sur l'assemblée. Les trois jeunes femmes étaient jaunes comme des coings et tremblaient de tous leurs membres, comme si, pour la première fois, elles venaient de prendre conscience de l'énormité de leurs actes – surtout la maîtresse des lieux, la tête pensante, celle qui avait posé les règles…

— Oh, commandeur des croyants, bredouilla-t-elle, comme je voudrais que l'on nous ait coupé la langue avant que nous proférions nos accusations ! Et comme je préférerais m'être tranché les deux poignets plutôt que d'avoir appelé ces sept esclaves d'un claquement de mains ! Mais à présent, j'implore votre bienveillance et votre noblesse : de grâce, épargnez-nous de devoir exposer devant vous les raisons qui nous ont contraintes à des actes aussi ignobles, car dévoiler nos secrets serait comme planter des poignards dans nos cœurs. D'ailleurs, nos histoires vous sembleraient si bizarres, si absurdes, si invraisemblables, que je crains que l'on nous prenne toutes les trois pour des folles.

Le calife lui répliqua d'un ton tranchant :

— Si tu ne nous racontes pas ton histoire, sache que je n'aurai pas de pitié, et qu'elle disparaîtra avec toi sous la terre.

Une rumeur monta dans l'assistance. Le portefaix marmonna dans sa barbe :

— Le monde est vraiment une malle à secrets.

Alors la femme hocha la tête et s'inclina d'un air grave, avant de s'avancer vers le centre de la salle.

LA MAÎTRESSE DES LIEUX

La voyant s'approcher d'un pas hésitant, le vizir Jaafar se dressa en clamant :

— Te voici devant le cinquième calife de la dynastie abbasside, Haroun al-Rachid, fils d'Al-Mahdi, frère d'Al-Hadi, petit-fils de Mansour – le frère du premier calife abbasside, Saffah "le sanguinaire" ! Allons, révèle-lui ton secret et dis-lui toute la vérité, même si les mots doivent brûler ta langue comme des flammes.

Gardant le regard baissé avec déférence, la maîtresse des lieux commença :

"Si je gravais mon histoire à l'aiguille au coin de mes yeux, elle servirait de leçon à autrui. Seigneur, ces deux chiennes ne sont autres que mes sœurs ensorcelées ! Chaque nuit, je dois leur donner trois cents coups de fouet pour qu'elles restent en vie…

Mais laissez-moi commencer par le début, quand nous étions cinq sœurs qui vivions sous l'aile tendre et aimante de nos parents. Lorsque mon père, un grand marchand de Bagdad, vint à mourir, la fortune qu'il nous laissa fut partagée entre nous et notre mère. Mais celle-ci ne tarda pas à le rejoindre dans la mort, alors nous partageâmes son legs entre nous cinq. Lorsque la période de deuil se fut écoulée, mes deux sœurs aînées se marièrent et partirent vivre chacune avec son mari – dont l'un habitait un pays lointain. Je restai à la maison à m'occuper de mes deux sœurs cadettes, repoussant l'idée de me marier jusqu'à ce qu'elles soient grandes, et me consacrant au commerce avec zèle – car j'avais repris les affaires de mon père. Mais deux ans plus tard, une de mes sœurs aînées revint à la maison, les vêtements en lambeaux, comme une mendiante.

— Que s'est-il passé ? m'écriai-je en la serrant dans mes bras.

Elle me dit en pleurant que son mari avait volé tout son argent, vendu leurs meubles et disparu sans laisser de trace.

Je la pris sous mon aile, la servant avec abnégation et partageant mon argent avec elle. Mais à peine avais-je remercié Dieu que ce nuage noir se fût dissipé, que mon autre sœur aînée vint s'écrouler sur le seuil de notre maison, pieds nus, sanglotant et se frappant le visage. Elle nous raconta comment son mari avait dilapidé toute sa fortune, puis l'avait abandonnée dans cette contrée lointaine sans même lui laisser un bout de pain. Elle avait erré de pays en pays jusqu'à arriver à Bagdad. Je la serrai contre moi et lui promis de m'occuper d'elle avec tendresse – en partageant mon argent avec elle, comme je le faisais avec mon autre sœur. Toutes deux me dirent alors en pleurant :

— Tu as beau être plus jeune que nous, tu es bien plus sage et plus perspicace. À présent, tu seras pour nous comme notre mère, paix à son âme. Et nous te jurons de ne plus jamais prononcer le mot « mariage ».

— Allons, répondis-je, louons un bateau et partons à Bassora vendre nos marchandises ; vous verrez que nous pourrons nous débrouiller sans hommes.

Elles acceptèrent sans hésiter, et nous revînmes de cette expédition la tête haute, après avoir fait de belles affaires et engrangé de copieux profits.

Deux ans passèrent ainsi, dans l'abondance et la plénitude. Puis vint ce jour funeste où elles m'annoncèrent qu'elles voulaient se remarier, car la vie de célibataire ne leur plaisait pas...

— Tout de même, firent-elles, Dieu a créé le monde par paires. Toutes les créatures de l'univers se marient, même les lézards et les moustiques.

Je me sentis obligée de leur rappeler qu'elles avaient déjà fait l'expérience du mariage et n'en avaient retiré que de la peine, de la misère et de l'avilissement. Mais elles ne voulurent rien entendre. Chacune se maria et emporta son pécule, tandis que je restai à la maison à prendre soin de mes sœurs cadettes.

Mais il arriva ce que je craignais : au bout de quelque temps, mes sœurs aînées revinrent dans un état encore plus pitoyable que la première fois. Elles me demandèrent pardon, jurant par le saint Coran, que chacune tenait dans une main, que si elles avaient le malheur de prononcer encore le mot « mariage », je devrais leur couper la langue. Sur quoi elles se jetèrent à mes pieds en poussant des lamentations.

— Prends-nous comme servantes, pleuraient-elles, c'est tout ce que nous méritons !

Pleine de chagrin et de pitié, je leur dis :

— Vous êtes mes sœurs, ma chair et mon sang, et vous le resterez. Vous m'êtes aussi précieuses que l'étaient mes parents.

Comme la première fois, je les serrai dans mes bras et les accueillis à la maison. Je les associai même à mon commerce. Il semble que le dépit qu'elles ressentaient les incita à se jeter dans le travail avec ardeur. Les affaires étaient florissantes, et nous engrangions des sommes considérables. Mais un jour, nous étions assises toutes les cinq sur le perron à compter notre argent loin des regards des domestiques, quand l'une de mes sœurs aînées fit en soupirant :

— À quoi bon toute cette fortune si nous ne sommes même pas mariées ?

Sans me laisser le temps de répondre, mon autre sœur aînée bougonna :

— Je suis bien d'accord avec toi. Une vie sans homme, c'est comme une cuisine sans couteau ! Nous savons bien que nous n'avons pas eu de chance les deux premières fois, mais, qui sait ? nous pourrions en avoir la troisième et rencontrer le meilleur des hommes…

En entendant cela, je me retins de me jeter sur elles.

— Savez-vous pourquoi je ne songe pas à me marier, m'écriai-je, alors que je suis plus jeune que vous ? Parce que j'ai retenu la leçon : je sais qu'il me serait impossible de trouver un homme intègre, un homme au cœur noble et aux bonnes manières, qui me respecterait et m'aimerait pour moi-même, pas pour mon argent. Bien sûr, je vous l'avoue, mon cœur palpite, et au fond de moi je rêve de tomber amoureuse et de me marier comme tout le monde. Mais où est l'homme qui ne se moquera pas de moi et ne se sauvera pas avec mon argent ? Montrez-le-moi, pour l'amour de Dieu !

Nous étions assises toutes les cinq face aux arbres et aux fleurs du verger, dans la lumière déclinante du couchant, quand soudain un gigantesque oiseau, comme je n'en avais jamais vu, a surgi en battant des ailes. Je me suis exclamée :

— Regardez ces ailes immenses et ces plumes colorées semblables à celles des paons. On croirait des ailes d'ange ! En serait-ce un qui cherche à vous délivrer de vos pensées ?

Nous éclatâmes de rire toutes les cinq. L'oiseau plana un moment dans le ciel, avant de se poser près de moi en agitant vigoureusement ses ailes et en poussant des cris étranges, à la fois stridents et étouffés. Cela fit dire à l'une de mes sœurs aînées :

— Ce n'est pas un ange, ma sœur, c'est l'homme de tes rêves !

Et nous nous remîmes à rire. Puis l'oiseau s'envola, rejoignant une volée de ces curieuses et énormes créatures aux plumes irisées.

J'oubliai cet oiseau. Mais un soir, en descendant vers l'étang pour voir si la manne « céleste » qui coulait des arbres était prête à être recueillie, je l'aperçus qui buvait de l'autre côté de l'étang. Médusée, je le vis trembler et s'ébrouer, jusqu'au moment où un homme émergea de ses ailes. Je mis ma main sur ma bouche, cherchant à étouffer mes hoquets de stupeur, et me pinçai pour vérifier que je ne rêvais pas. Puis je m'avançai vers lui, sans peur, comme hypnotisée, mais le jeune homme, qui regardait en direction de la maison, ne semblait pas m'avoir remarquée. Je restai là à le contempler. Il n'était pas comme les autres hommes. Il était beau comme le jour ! « Gloire à Dieu qui n'a pas de semblable », murmurai-je. Un visage illuminé comme un croissant de lune, des joues roses, des yeux pareils à ceux des nymphes du paradis, comme si Dieu l'avait créé pour qu'il ensorcelle les âmes humaines...

Je m'efforçai de rester calme pour ne pas éveiller son attention. Je le regardais s'éloigner vers notre perron, quand, tout à coup, il rentra dans son habit de plumes et s'envola, me laissant pétrifiée, les yeux fixant le ciel.

Ce soir-là, quand je me mis au lit et fermai les yeux, je ne vis que lui, toute la nuit, comme s'il s'était glissé sous mes paupières. Le lendemain matin, je courus à l'étang, mais n'y trouvai ni homme ni oiseau. Plusieurs fois dans la journée, je revins voir s'il n'était pas réapparu, en vain, jusqu'au crépuscule. C'est alors que dix de ces étranges oiseaux vinrent boire à l'étang, s'ébrouant, s'envolant, se posant sur l'eau, avant de tous disparaître à nouveau. Mon cœur s'effondra. Mais soudain j'en vis revenir un qui se mit à s'ébrouer et à trembler très fort, jusqu'au moment où le même jeune homme émergea d'entre ses plumes. Cette fois, il me vit qui me tenais non loin de lui, et me sourit. Je m'approchai pour toucher ses plumes douces et si joliment colorées.

— Qui es-tu ? lui dis-je. Que fais-tu là ?

Il répondit :

— As-tu oublié que c'est toi qui m'as demandé de venir ? Ne t'ai-je pas entendue dire l'autre jour : « Où est l'homme au cœur noble et aux belles manières qui m'aimera et me respectera, au lieu de se moquer de moi et de me voler mon argent ? » Je suis cet homme dont tu rêves, alors je me suis empressé d'exaucer ton désir. Tu n'as plus rien à craindre, ma beauté.

Il voulut prendre ma main dans la sienne. J'eus un mouvement de recul.

— N'aie pas peur, fit-il, je te promets que mon œil ne lorgnera pas un seul dinar de ta fortune, et que ma main ne touchera pas un bout de pain sur ta table. Au contraire, c'est moi qui te ferai dormir dans un lit en or, manger dans des assiettes en or et te baigner dans de l'eau d'or.

— Mais qui es-tu ? demandai-je, tentant de calmer les centaines de papillons qui voletaient dans mon cœur.

Il poursuivit avec ardeur :

— Quand je t'ai vue, j'ai perdu la raison… Je viens souvent avec mes frères boire le soir à l'eau douce de ton étang. Un jour, par hasard, je suis venu plus tôt. Alors que j'attendais mes frères, j'ai entendu des voix au fond du verger. Intrigué, je me suis approché et je t'ai vue, telle une gazelle, entourée de quatre jeunes femmes. Je suis resté là à écouter votre conversation et suis tombé sous le charme de ta beauté, mais aussi de ton éloquence et de ta merveilleuse personnalité. Rentré chez moi, je n'ai pas pu fermer l'œil de la nuit, tant je pensais à toi. Alors je suis revenu, le cœur en feu.

Ses mots m'effrayèrent encore plus, et ma pensée s'agita. Cet homme était peut-être en train de me tendre un piège, il voulait sucer mon nectar pour ensuite me jeter à la rue, comme les quatre qui avaient berné mes sœurs. Me voyant tétanisée, ne sachant que dire, il sortit de ses ailes des bijoux, des perles, des pierres précieuses… J'étais émerveillée par ce que je voyais, surtout ces perles grosses comme des œufs de pigeon.

— Alors, fit-il, me crois-tu maintenant, quand je te dis que c'est toi que je veux, pas ta fortune ?

Et là, il se pencha pour me baiser les mains et les pieds, avant de déclarer :

— Je souhaite t'épouser selon la loi de Dieu et de son prophète ; je serai ton serviteur jusqu'à la fin des temps.

D'un coup, je changeai d'avis sur les hommes. Je l'emmenai dans une grotte au fond de notre verger. Nous y échangeâmes des baisers comme Adam et Ève, et je me surpris à le laisser soulever ma robe. Arriva ce qu'il arrive entre les hommes et les femmes. Pour la première fois de ma vie, je connus l'extase. Puis je me couchai à ses pieds et quand je me réveillai, nous nous assîmes l'un contre l'autre, comblés, comme si nous tenions la lune et le soleil entre nos mains. Je lui demandai à nouveau :

— Tu ne m'as toujours pas dit qui tu es… Serais-tu un fils de prince, ou de grand marchand, ou de noble, auquel on a jeté un sort ? Je t'en prie, dis-le-moi.

— Je vais tout te dire, mais à une condition : que tu me promettes de ne pas me quitter, quoi qu'entendront tes oreilles.

Je me sentis ruisseler de sueur…

— Par la mémoire de mes parents, je te fais le serment de ne jamais te quitter, à moins d'apprendre que tu es le diable en personne !

Le jeune homme éclata de rire.

— Que Dieu nous préserve de Satan ; je suis le fils du roi Azraq le « bleu », le roi des djinns, ennemis de tous les diables. Mon père habite la citadelle d'Alakroum et gouverne six cent mille djinns qui plongent dans les profondeurs de la mer et planent haut dans le ciel. J'ai neuf frères. Nous portons tous le nom de mon père, Azraq, et nous volons ici et là dans le vaste monde de Dieu.

J'aurais voulu en savoir plus, mais j'étais sans voix. Après une profonde inspiration, je me contentai de souffler :

— Gloire au Tout-Puissant…

Et je rendis grâce à Dieu de m'avoir envoyé cet homme-oiseau.

— Viens, fit-il en me prenant par la main, envolons-nous jusqu'à mon palais. Il est construit dans les airs, et aucun homme ni djinn ne peut y accéder à part mes frères, qui seront pour toi une famille.

Tout à coup, la réalité me sauta aux yeux. J'étais en train de tomber amoureuse d'un homme qui était en fait un djinn… Désemparée, je bredouillai :

— Non, je ne veux aller dans aucun palais, ni dans les nuages, ni sur la terre. Je veux rester dans cette maison que mon père a construite pour nous et où j'ai grandi. Tu ignores sans doute que c'est moi qui m'occupe de mes quatre sœurs et que je suis une commerçante accomplie qui n'a rien à envier aux plus grands marchands de Bagdad. Comment veux-tu que j'abandonne tout ce que Dieu m'a donné pour m'envoler avec toi ? Je sais que mes sœurs et ma ville ne tarderaient pas à me manquer, et qu'alors je serais prise d'affreux regrets et ne pourrais plus dormir paisiblement dans tes bras.

Je me mis à pleurer de dépit. Alors que la vie me souriait enfin, que j'étais tombée amoureuse de l'homme de mes rêves – que je pensais ne jamais trouver dans ce monde peuplé de tant de gens –, voilà que c'était un djinn !

À son tour, le jeune homme se lamenta :

— Comment pourrais-je abandonner mes frères et cesser d'être un djinn ? Pourquoi a-t-il fallu que mon cœur palpite pour une créature humaine ?

Nous éclatâmes tous les deux en sanglots, nous enlaçant et nous embrassant avec fougue. Nous savions que nous étions en train de nous dire adieu, car notre amour était impossible. À peine nous écartions-nous l'un de l'autre que nous recommencions à nous embrasser et à nous enlacer, encore et encore. Puis j'essuyai ses larmes, et lui les miennes, et je courus à la maison, me retournant une dernière fois pour le voir s'envoler dans les airs et disparaître.

Mais je ne pus me tenir éloignée de l'étang. Chaque fois que, m'y rendant au crépuscule, je n'y trouvais ni l'oiseau ni le djinn, je sombrais dans la mélancolie et restais là immobile, les yeux rivés au ciel et les oreilles à l'affût du moindre bruissement d'ailes.

Ma passion devenant une torture, un soir, au beau milieu de la nuit, je quittai mon lit pour courir à l'étang, sans me soucier de savoir si mes sœurs m'avaient vue. Quelle ne fut pas ma joie de trouver mon amour qui m'attendait ! Il se mit à battre des ailes et à bondir d'allégresse, avant de quitter ses plumes pour venir me serrer contre lui. Face à moi, ses lèvres frôlant les miennes, il me dit :

— J'ai tenté en vain de m'éloigner de toi : j'ai compris qu'il me serait plus facile de mourir.

Je regardai ses beaux yeux tristes. La pensée de ne pas les voir jour et nuit me fit éclater en sanglots. Mais Azraq le « bleu » me prit dans ses bras et sécha mes larmes avec sa manche.

— Ne pleure pas, ma belle, me supplia-t-il. Je vais quitter mes frères pour venir vivre avec toi comme un être humain, car je ne peux plus me passer de toi un seul instant.

Je le pressai contre mon cœur, l'embrassai, pleurai tout en souriant. C'était comme si je venais d'entrer au paradis. Nous nous entendîmes pour que, dès le lendemain, il frappe à la porte de notre maison et se présente comme un marchand de Bassora. M'ayant croisée une fois dans sa ville, il s'était renseigné pour savoir qui j'étais, et voilà, il venait demander ma main. Nous nous dîmes l'un à l'autre :

— À demain, si Dieu le veut.

Je rentrai à la maison et me remis au lit en priant pour que la nuit passe vite. Mais peu après, je fus réveillée par du vacarme à ma fenêtre ; c'était mon oiseau qui battait des ailes. Je frémis d'inquiétude : se pouvait-il qu'il ait changé d'avis et soit venu me faire ses adieux ? Je courus ouvrir la fenêtre et l'aidai à se faufiler tant bien que mal à l'intérieur. Il tomba sur le sol de ma chambre à grand fracas, mais, sans s'en inquiéter, il se débarrassa aussitôt de ses plumes et nous nous enlaçâmes. Il me dit qu'il n'avait pas pu attendre la fin de la nuit pour me revoir. Collés l'un à l'autre comme une orange à son nombril, nous nous chuchotions des choses en poussant des soupirs, quand j'entendis mes sœurs aînées à la porte… Elles venaient voir si tout allait bien, parce qu'elles avaient entendu du bruit dans ma chambre. Je leur répondis que j'avais dû parler dans mon sommeil. Nous restâmes un moment pétrifiés, jusqu'à ce qu'à nouveau le silence s'installe dans la maison. Alors nous nous étreignîmes à en perdre le souffle.

Le lendemain matin, avant de s'en aller, Azraq me demanda s'il y avait un endroit sûr où il pouvait cacher ses plumes.

— Je te promets que personne ne les trouvera, lui dis-je.

— J'aimerais les cacher moi-même, car elles sont toute mon âme et ma force.

Je répondis en souriant :

— Ne crains rien, personne ne mettra tes ailes pour s'envoler !

— Bien sûr, aucun homme ne saurait s'en servir. Mais si une seule de ces plumes s'abîmait, toutes les autres en pâtiraient, et je perdrais le pouvoir de voler.

Je répliquai du tac au tac :

— Alors je serai la première à les malmener, pour que tu restes avec moi pour toujours.

Il me serra contre lui en souriant et me dit patiemment :

— Si je perds le pouvoir de voler, je perdrai aussi celui d'être un djinn et de me transformer en homme. Je me désagrégerai et ne serai plus qu'une poignée de cendres.

Je continuai à le taquiner, certaine que cela n'arriverait jamais :

— Alors cachons-les vraiment bien, parce que je n'aimerais pas que tu te transformes en cendres.

Et je pointai le doigt vers l'armoire de mes parents, où j'avais enfermé toutes leurs affaires de peur que mes sœurs ne les perdent. Puis, ôtant un bracelet en or que j'avais au poignet, je m'employai à le détordre pour en faire une clé. Azraq semblait ébahi. Je lui dis :

— Tu vois, les êtres humains non plus ne manquent pas d'invention !

Nous rîmes en chœur tandis que j'ouvrais l'armoire, où nous rangeâmes les plumes enveloppées dans un de mes manteaux. Puis je la refermai et, arquant la clé, j'en refis un bracelet que je passai à mon poignet.

Azraq ressortit par la fenêtre. Quelques instants plus tard, on frappa à la porte de notre maison. Une servante vint nous annoncer que nous avions un visiteur. Je m'arrangeai pour être la dernière à entrer dans le salon. Quand Azraq s'enquit de nos parents, mes sœurs cadettes et moi fondîmes en larmes, alors que mes sœurs aînées restèrent froidement assises à toiser le jeune homme d'un air soupçonneux. Il demanda laquelle de nous était l'aînée – celle à laquelle il devait demander ma main. L'interrompant, je me levai en disant que je voulais m'entretenir un moment avec mes quatre sœurs. Elles m'emboîtèrent le pas, et nous passâmes dans une autre pièce.

— Ce jeune homme me semble sérieux, honnête et de bonne famille, leur dis-je.

Curieusement, mes sœurs aînées ne parurent pas étonnées de m'entendre parler ainsi. Quant à mes sœurs cadettes, elles s'exclamèrent :

— Comme nous sommes heureuses pour toi ! Nous pensions que tu n'accepterais jamais de vivre avec un homme, mais il semble qu'en un clin d'œil ce beau garçon t'ait fait changer d'avis.

C'est ainsi que je me mariai à Azraq selon la loi de Dieu et de son prophète. Le jour des noces, je portai une robe qu'il m'avait offerte ; elle était ornée de tant de pierres précieuses qu'il me fallut plusieurs demoiselles d'honneur pour m'aider à marcher. Mes sœurs aînées firent remarquer :

— Nous n'avons jamais vu de telles pierres quand nous avons visité Bassora…

Mes sœurs cadettes, elles, dirent :

— Ta robe est un morceau de paradis !

Des jours et des nuits passèrent dans le plus pur bonheur. Il me semblait vivre une lune de miel sans cesse recommencée. Seulement, au bout de quelque temps, les frères de mon époux cherchèrent par tous les moyens à l'éloigner de moi pour le ramener dans leur monde. Chaque jour, de l'heure du couchant jusqu'au milieu de la nuit, ils rôdaient au-dessus de notre maison en poussant des cris d'épouvante et de détresse qui faisaient pleurer Azraq. Il me disait :

— Je suis pris entre deux feux : ton amour et celui de mes frères. S'ils font tout pour que je revienne, c'est parce qu'ils craignent que je me transforme en homme et qu'ainsi je perde mes pouvoirs de djinn.

Il me fit tellement pitié que je lui dis que, s'il le voulait, je le laisserais retourner à ses frères. Il me répondit aussitôt :

— Je ne peux pas vivre sans toi. J'ai décidé de ne plus les voir, car cela me ferait plus de peine que de bien.

De leur côté, mes deux sœurs aînées étaient dévorées par la jalousie. Elles faisaient une tête de six pieds de long et ronchonnaient à longueur de journée, me reprochant de leur préférer mon mari, auquel elles faisaient bien sentir qu'elles lui gardaient rancune de m'avoir « arrachée » à elles.

Un jour où je devais les accompagner à Bassora, je finis par y renoncer parce que Azraq me dit qu'il ne pouvait pas souffrir que je m'éloigne d'un pas. Mes deux sœurs se mirent dans une colère noire.

— Tu n'es qu'une sale égoïste ! me hurlèrent-elles.

Je leur conseillai alors de se trouver chacune un mari, en faisant attention, cette fois, de choisir un brave homme attentionné.

— Qui sait, ajoutai-je, vous aurez peut-être plus de chance la troisième fois.

Et en effet, mes sœurs aînées entreprirent de se chercher un mari. Elles remuèrent ciel et terre. Pas une marieuse qu'elles n'interrogèrent, pas un bain maure où elles ne se rendirent ; en vain... Alors elles se mirent à pleurer jour et nuit, et leurs sanglots se mêlèrent aux étranges glapissements des frères d'Azraq.

Hélas, elles ne se contentèrent pas de se lamenter ainsi sur leur sort ; elles tramèrent un véritable complot pour détruire mon amour pour Azraq. Quant à ses frères, ils perdirent toute mesure et se mirent à nous jeter des pierres et des mottes de terre, et à attaquer tout ce qui bougeait dans le jardin, même les chats et les gazelles. Nous ne pouvions plus sortir de la maison. Mes sœurs aînées ne cessaient de pousser des cris d'exaspération, tandis que les cadettes cherchaient partout où ces créatures pouvaient bien avoir caché leurs nids, persuadées que les oiseaux n'étaient violents que lorsqu'ils voulaient protéger leurs œufs.

Azraq finit par se résigner à rejoindre ses frères et à rester deux nuits avec eux pour les calmer. Il voulut que je l'accompagne, mais j'insistai pour qu'il y aille seul – j'étais certaine qu'il reviendrait. Au petit matin, alors que tout le monde dormait, nous courûmes à l'étang. Avant de remettre son habit de plumes, il m'embrassa trois cents fois. Puis il battit longtemps des ailes, au point qu'à un moment je crus que mon mari avait oublié comment on s'envolait, ou qu'il hésitait à partir. Comme une bête enragée, il essaya maintes et maintes fois, jusqu'à planter son bec dans ses plumes en poussant d'horribles grognements, comme les nuits où je l'entendais rêver qu'il ne pouvait plus voler. Voilà que ce jour était venu… S'extrayant de ses plumes, il cria :

— Je ne peux plus voler ! Je ne peux plus voler ! Quelqu'un a dû abîmer mes plumes…

— Ce n'est pas possible, lui dis-je, essaie encore. Personne ne sait où elles sont cachées, et la clé est toujours à mon poignet.

Il essaya encore une fois, en vain. Alors, me prenant par la main, il rentra avec moi à la maison, très agité, en grommelant des imprécations. Quand nous fûmes dans la chambre, il se rua vers l'armoire et l'inspecta de l'extérieur, très soigneusement, comme s'il cherchait une puce sur le dos d'un dromadaire. Puis brusquement, de toute sa force, il la tira pour l'écarter du mur, et à notre grand effroi, nous découvrîmes que le dos de l'armoire avait disparu !

— Tes sœurs aînées sont venues fourrager dans mes plumes, hurla-t-il. Elles devaient écouter à la porte le jour où je me suis introduit dans ta chambre, elles m'ont entendu te dire que si elles s'abîmaient, je perdrais le pouvoir de voler… Oh, mon Dieu, viens-moi en aide, sauve-moi !

Puis, sans lâcher ma main, il se dirigea vers la chambre de mes sœurs aînées et ouvrit la porte d'un coup de pied. Elles crièrent d'épouvante – elles croyaient qu'il était mort.

— Rendez-moi tout de suite la plume que vous avez arrachée à mes ailes ! ordonna-t-il.

Mais elles se contentèrent de pousser des hurlements en se serrant l'une contre l'autre.

Je les suppliai en pleurant :

— Allons, rendez-lui cette plume, et il vous pardonnera.

— Je ne vois pas de quoi vous voulez parler, osa dire une de mes sœurs.

Alors cette fois, Azraq brailla avec fureur :

— Je vous dis de me rendre ce que vous avez arraché à mes ailes !

Et je criai aussi :

— Ça suffit, sœurs ingrates, rendez-lui ce que vous lui avez pris !

Elles lorgnaient vers la porte, comme pour estimer leurs chances de s'enfuir.

— Si vous ne faites pas ce que vous dit votre sœur, fit Azraq entre ses dents, vous allez le regretter !

— C'est la première fois que nous voyons ces plumes, lâcha une de mes sœurs, nous ne savons même pas à quoi elles servent.

Je les attrapai chacune par une épaule et les secouai en pleurant :

— Pour l'amour de nos parents, donnez-lui cette plume. Ne voyez-vous pas comme je l'aime ? Comment voulez-vous que je vive sans lui ? Vous voulez ma mort ?

— Mais nous sommes là, dirent-elles, nous vivrons toutes les cinq comme autrefois…

Mon époux me serra contre lui.

— Sache que je t'aime encore plus que tu ne m'aimes, et que je continuerai à t'aimer quoi qu'il arrive.

Puis, se tournant vers mes sœurs aînées, il fit d'une voix faible et tremblante :

— C'est la dernière fois que je vous le demande. Rendez-moi cette plume, sans quoi je vous jetterai un sort, et vous vous transformerez en chiennes.

— Je ne pense pas que tu puisses faire grand-chose, le brava une de mes sœurs, tu as perdu tous tes pouvoirs de djinn…

Là, Azraq marmotta quelque chose dans sa langue à lui, avant d'énoncer :

— Sordides créatures, par égard pour ma femme, je vous laisse la vie sauve. Mais je veux maintenant que vous quittiez votre forme humaine pour devenir des chiennes à poil noir !

Je l'implorai :

— Non, Azraq, non ! Attends, elles vont te rendre cette plume, ne désespère pas !

Hélas, ma supplique ne fit qu'exciter sa détermination, car, d'un coup, mes deux sœurs se transformèrent en chiennes et se mirent à aboyer.

— De toute façon, lâcha Azraq, il ne fait aucun doute qu'elles l'ont détruite ; je ne voulais pas perdre plus de temps. Sache, mon amour, que chaque soir tu devras leur donner trois cents coups de fouet, sans quoi elles mourront aussitôt.

Et là, mon mari, mon oiseau, mon djinn, s'écroula par terre, et ne bougea plus.

Je me mis à crier :

— Tu dois survivre ! Tu es un djinn ! Je t'en supplie, dis-moi comment faire pour envoyer un message à tes frères ?

— C'est trop tard, me dit-il dans un souffle. Sans cette plume, ils ne pourront rien faire.

Je tentai de l'extraire de sa gangue de plumes, me disant que, peut-être, il pourrait survivre en tant qu'homme, mais il n'y avait plus que des cendres… Je m'évanouis. Quand je revins à moi, mes sœurs cadettes étaient à côté de moi, et les deux chiennes me léchaient les mains.

Je me relevai, pris les plumes dans mes bras comme on porte un enfant, et me dirigeai vers l'étang, espérant que les frères d'Azraq surgiraient et le ramèneraient à la vie, ne serait-ce que sous la forme d'un oiseau. Je les appelai, tantôt à pleins poumons, tantôt de ma voix la plus douce, mais rien, pas une réponse, pas un mouvement. J'étendis les plumes sur le sol et me mis à fouiller la rive du regard dans l'espoir d'y trouver une plume, ou autre chose qui vienne de lui ou de ses frères, et qui pourrait m'aider à le faire revivre, mais je ne trouvai que l'empreinte de ses pas. Je m'assis sur la rive et restai là dans le calme de l'étang. À l'approche du soir, ses neuf frères vinrent rôder autour de ses plumes, puis les prirent par le bec et s'élevèrent très haut dans le ciel, avant de disparaître.

Je me sentis comme un arbre mort. J'aurais voulu me réfugier dans la grotte qui avait vu naître notre amour et ne plus en sortir. Mais je me traînai jusqu'à la maison, où mes sœurs ensorcelées continuaient à aboyer en sautant sans cesse contre la porte d'un buffet. En grand désarroi, mes sœurs cadettes avaient tenté en vain de les calmer en leur donnant à boire et à manger, et en leur installant une paillasse. Ma vue, quant à elle, les fit hurler à la mort et s'attaquer au buffet encore plus sauvagement.

Je crus qu'elles redoutaient la tombée du soir, lorsque j'ouvrirais ce buffet pour en sortir le fouet. Mais quand vint l'heure maudite, et que, péniblement, d'une main hésitante, je me forçai à les fouetter trois cents fois de suite, au lieu de s'effondrer de douleur, elles se remirent à hurler en se jetant sur le buffet.

Perplexes, nous allâmes ouvrir le meuble et en sortîmes ce qu'il contenait : de l'encens, des flacons d'eau de fleur d'oranger, un luth... Quand l'une de nous attrapa un éventail de plumes de paon, les deux chiennes se mirent à glapir de la façon la plus étrange et devinrent proprement hystériques. Il ne nous fallut pas longtemps pour découvrir, au milieu des plumes de l'éventail, celle qui manquait à Azraq et qui avait causé sa mort et détruit notre amour. À présent, mes deux sœurs auraient voulu la rendre, afin qu'il leur pardonne et leur redonne leur forme humaine ; elles ne comprenaient pas que c'était trop tard.

La plume était nouée au manche de l'éventail par un bout de fil solide. Je défis le nœud, pris la plume et la tins contre mon cœur. Puis je courus ouvrir la fenêtre et, tendant la plume à l'extérieur, je criai :

— Azraq, Azraq, frères d'Azraq, voici la plume, voici la plume !

Je restai des heures à les appeler ainsi en pleurant, jusqu'à en perdre la voix. Alors je laissai mes deux sœurs cadettes m'emmener au lit, serrant la plume tantôt entre mes mains, tantôt contre mon cœur, avant de la poser sur l'oreiller. Depuis cette nuit-là, je ne m'en suis plus séparée.

Voilà mon histoire, commandeur des croyants. Vous m'avez vue fouetter mes deux sœurs jusqu'au sang. Chaque soir je recommence, craignant qu'elles ne meurent si je n'obéis pas aux ordres d'Azraq le « bleu ». Voilà pourquoi vous m'avez vu pleurer quand elles pleuraient, et essuyer leurs larmes avec mon mouchoir, en les implorant de me pardonner. Mais je suis certaine qu'elles sont conscientes que je n'ai pas d'autre choix que de leur infliger cette torture chaque soir."

Le calife était à la fois sidéré et profondément ému par ce qu'il venait d'entendre. Il se tourna vers la jeune femme battue en disant :

— À toi de nous parler de ces marques que nous avons vues sur ta poitrine et tes flancs…

S'avançant, la jeune femme commença…

LA FEMME BATTUE

“Ô commandeur des croyants… Je vivais paisiblement avec mes deux sœurs, la maîtresse des lieux et notre benjamine, et bien sûr nos deux sœurs aînées métamorphosées en chiennes par ce djinn, quand, un jour, une vieille femme vint frapper à la porte. S’inclinant pour baiser le sol à mes pieds, elle me dit :

— Nous fêtons ce soir le mariage de ma petite-fille orpheline. Comme nous ne sommes pas d’ici, nous n’avons personne à inviter, alors je vous implore de nous faire l’honneur de vous joindre à nous. Vous nous mettrez ainsi du baume au cœur, car, voyez-vous, un mariage sans invités, c’est comme le paradis sans humains.

Et là, elle se mit à pleurer. Je sentis mon cœur se serrer.

— Je ne vous cache pas, ajouta-t-elle, que si les femmes de la ville apprennent que vous venez, elles se précipiteront chez nous.

— Moi aussi, je suis orpheline, lui dis-je, alors par égard pour votre petite-fille, et pour faire plaisir à Dieu, je serai des vôtres, et je vous remercie sincèrement pour cette invitation.

La vieille se pencha pour me baiser les pieds, puis me dit qu'elle passerait me chercher à l'heure du dîner.

Je me dépêchai de me préparer. Je mis une de mes plus belles robes – qui m'avait coûté plus de mille dinars –, me parai de perles et de bijoux, me maquillai et me parfumai de musc des pieds à la tête.

Le soir, quand la vieille arriva, elle me trouva dans le hall avec mes servantes. Elle me dit avec un large sourire :

— Toutes les femmes que j'ai invitées ont accepté de venir ! Elles sont toutes à la maison à vous attendre !

Je lui souris en retour. En mon for intérieur, je songeai que ce qu'elle avait dit était vrai : j'étais connue dans tout Bagdad pour l'opulence dans laquelle je vivais. À la mort de mes parents, mes quatre sœurs et moi avions reçu un bel héritage, et la maîtresse des lieux – qui s'était occupée de moi et de ma sœur cadette – avait su le faire fructifier en reprenant les affaires de mon père, si bien que nous disposions à présent d'une très grande fortune.

J'emboîtai le pas à la vieille femme, suivie de mes servantes. Nous arrivâmes dans une ruelle dont le sol venait d'être aspergé d'eau fraîche et brillait comme un miroir. Une lanterne d'or était suspendue au-dessus d'une belle et grande porte. Un esclave vint nous ouvrir. Des tapis de soie étaient étendus çà et là, et des lampes scintillaient du vestibule jusqu'au salon ; les meubles étaient incrustés de pierres précieuses. Mais je fus surprise de ne pas entendre la clameur que l'on entend d'ordinaire dans les mariages, ni le battement des tambourins, ni les voix des chanteuses, ni la mélodie d'un luth.

Une belle jeune femme s'approcha de nous – je m'aperçus qu'elle ne portait pas de robe de mariée... Me voyant interloquée, elle me dit :

— J'ai un frère qui est bien plus beau que moi. Il vous a remarquée à plusieurs occasions et a été conquis par votre beauté et votre charme. Après quelques recherches, il a appris que vous étiez la fille d'un des plus grands marchands de Bagdad. En tant que chef de notre clan, il aimerait demander votre main et convoler avec vous en justes noces. Qu'en dites-vous ?

Je compris que j'étais tombée dans un piège.

— Mais alors, m'inquiétai-je, qui est donc cette vieille femme ?

— C'est la nourrice de mon frère, fit la fille. Je vous prie de lui pardonner ce subterfuge ; vous comprendrez qu'elle adore mon frère...

Là, elle tapa dans ses mains et une porte s'ouvrit. Un jeune homme entra, beau, gracieux, vêtu comme un prince. Il me regarda ; je fus aussitôt sous le charme. Nous échangeâmes quelques mots ; l'amour me terrassa. Nous voyant comme deux tourtereaux, sa sœur tapa encore dans ses mains. Quatre témoins et un cheikh surgirent par la même porte, et le contrat de mariage fut signé.

Le jeune homme me dit :

— À présent, je veux que tu me jures que quoi qu'il arrive, jamais tu ne regarderas ni ne parleras à un autre homme que moi.

Il me tendit le saint Coran, et je jurai d'obéir à sa volonté, tout en songeant au fond de moi : « Comment pourrais-je accorder un seul regard à un autre homme alors que j'ai un si splendide époux ? » Et je dépêchai mes servantes auprès de mes sœurs pour qu'elles leur annoncent la bonne nouvelle.

Nous eûmes des nuits d'amour enflammées. Il me comblait d'attentions et de faveurs. Nous nageâmes un mois dans le bonheur, jusqu'au jour où je lui demandai la permission d'aller au marché. Il y consentit à condition que la vieille femme m'accompagne.

Elle me fit entrer chez un des meilleurs marchands de tissus de la ville. Je lui chuchotai :

— Dites-lui de nous montrer ce qu'il a de plus beau.

Elle me répondit :

— Pourquoi ne pas le lui demander vous-même ?

— Avez-vous oublié que j'ai juré à mon mari de ne jamais regarder ni adresser la parole à un autre homme que lui ?

— Montrez-nous ce que vous avez de mieux, fit la vieille femme au marchand.

L'homme sortit d'un coffre de bois de somptueux tissus ornés de perles et de paillettes, si éblouissants que j'en eus le souffle coupé. Me tournant à nouveau vers la vieille femme, je lui dis de lui demander combien coûtaient trois pièces que je voulais absolument. Je fus atterrée d'entendre l'homme répondre :

— Oh, ces trois pièces n'ont pas de prix ! Je ne les vendrai ni pour de l'or ni pour de l'argent. Je ne les céderai que contre un baiser sur la joue de cette dame.

Je reculai en criant :

— Dieu m'en garde !

Seulement, la vieille fit tout pour me convaincre :

— Ton mari t'a interdit de regarder un homme ou de lui parler, mais ce marchand ne te demande rien de tout ça. Tu n'as qu'à pencher ton visage pour qu'il y appose un baiser, c'est tout. À moins que tu n'aies changé d'avis et que tu ne veuilles plus de ces tissus…

Je finis par faiblir; je tournai mon visage vers le marchand. Mais voilà qu'il planta ses dents dans ma joue et m'arracha un bout de chair! Je poussai un hurlement et tombai évanouie.

Quand je rouvris les yeux, j'étais étendue dans le giron de la vieille devant la boutique fermée. Elle me dit :

— Reprends-toi, ma petite, dis-toi que Dieu t'a sauvé d'un plus grand malheur. Allons, lève-toi, rentrons à la maison.

Je pleurai de terreur en entendant le mot « maison ».

— Que vais-je dire à mon mari quand il me demandera ce que j'ai à la joue?

— Ne t'en fais pas, me rassura la vieille, il n'y fera pas attention. Tu n'as qu'à dire que tu es malade et t'emmitoufler sous les couvertures. Pendant ce temps, je soignerai ta blessure avec des onguents, et je te promets que tu seras guérie en un rien de temps.

Reprenant courage, je me relevai, et nous marchâmes ensemble jusqu'à la maison, où je courus me mettre au lit, en remontant bien les couvertures sur mon visage.

— Qu'as-tu donc, chérie? s'inquiéta mon mari en me voyant ainsi.

— J'ai un horrible mal de tête, fis-je d'une voix languide.

Comme je regrettai d'avoir pris ce ton pathétique! Car voilà qu'il se pressa d'allumer une chandelle et d'écarter les couvertures. Voyant ma blessure, il s'écria :

— Qu'est-il arrivé à ta douce joue?

— Eh bien, j'étais au marché aux tissus avec ta nourrice, quand, dans une venelle étroite, j'ai croisé un chameau qui portait du bois. Une bûche m'a heurté le visage, transperçant mon voile et m'arrachant un bout de peau.

Il rugit :

— Dès demain, je dirai au *wali* de faire pendre tous les chameliers de Bagdad !

— Non, l'implorai-je, nous n'avons pas le droit de tuer des innocents !

— Mais alors, fit-il d'un air dérouté, qui t'a fait ça à la joue ?

— Voilà, je chevauchais un âne de louage, quand tout à coup il a refusé de faire un pas. Son maître s'est mis à tirer si fort sur la longe que la bête a trébuché et m'a désarçonnée. Par malchance, il a fallu qu'en tombant, ma joue s'écrase contre un éclat de verre...

— Je te jure qu'aux premières lueurs de l'aube, tu me trouveras devant Jaafar le Barmécide, et je lui dirai de faire pendre non seulement tous les âniers et tous les ânes de Bagdad, mais aussi tous les balayeurs !

Prise d'effroi, je m'empressai de retirer ce que j'avais dit :

— Non, non, je ne veux pas qu'à cause de moi tu fasses tuer tous ces hommes et ces animaux innocents ! C'est-à-dire que... ce n'est pas tout à fait ce qui m'est arrivé.

Mon mari commençait à perdre patience.

— Alors dis-moi ce qui t'est arrivé !

Je lui dis que cela n'avait pas d'importance, que c'était le destin, et puis voilà, mais il ne me laissa pas en paix. Plus il insistait pour me faire parler, plus je tournais autour du pot. À la fin, je me sentis tellement oppressée que je lâchai toute la vérité en grommelant des grossièretés. Mon mari poussa un hurlement qui fit trembler les murs de la maison. Je vis aussitôt surgir trois esclaves. Il leur dit de me sortir du lit et de me traîner jusqu'au centre de la chambre, où ils me jetèrent comme un sac. Puis il ordonna à l'un d'eux de s'asseoir sur ma poitrine, et à l'autre de me tenir la tête, ce qu'ils firent. Quant au troisième, qui avait un sabre à la main, il lui dit :

— Saad, frappe-la d'un coup qui la fende en deux.

Et il ajouta à l'adresse des deux autres :

— Que chacun de vous prenne ensuite une moitié de son corps et aille la jeter dans le Tigre pour que les poissons affamés la dévorent. Que son châtiment serve d'exemple à tous ceux qui trahissent leur serment !

D'une voix pleine de rage, il déclama ces vers :

Si mon amour me trahit
Je tue, même si mon âme est meurtrie
Mieux vaut souffrir dignement
Que de défier un amant.

Puis, me jetant un regard de mépris, il fit signe au bourreau de faire son travail. Comprenant que c'était sérieux, le bourreau se pencha au-dessus de moi pour me dire :

— Avez-vous un dernier souhait à formuler avant de mourir, madame ?

— J'aimerais que tu t'écartes pour me laisser parler à mon mari.

L'esclave se redressa. Relevant la tête, je sentis d'un coup la disgrâce et l'opprobre dans lesquels j'étais tombée. J'éclatai en sanglots ; de gros sanglots qui me nouaient la gorge. Mon mari, qui me regardait avec tout le dégoût et toute la fureur du monde, se mit à réciter :

Dis-moi pourquoi tu t'es lassée
Dis-moi pour qui tu m'as laissé.

En entendant cela, je pleurai encore plus fort, et je dis en le regardant :

Vous disiez que vous m'aimeriez toujours
Hélas, vous avez trahi la confiance
D'une enfant ignorant tout de l'amour
De grâce, ne tuez pas mon innocence.

Il semble que mes mots se plantèrent comme des poignards dans sa poitrine, car il répliqua avec fureur :

Je ne la laisse pas par ennui
Elle a péché avec un autre
Je suis comme Dieu
Je ne penche pas pour la duplicité.

J'implorai sa pitié, en vain. Il hurla à l'esclave :

— Allez, fends-la en deux et débarrasse-moi d'elle. Ni elle ni sa vie ne valent plus rien pour moi.

Cette fois, je compris que son cœur était une forteresse d'acier et que mon heure était venue. Je tremblai des pieds à la tête et faillis perdre connaissance, quand soudain j'entendis du tapage dans mon dos, puis la voix de tonnerre de la vieille. Elle se jeta aux pieds de mon mari en le suppliant :

— Par ce sein qui t'a nourri, pardonne-lui, mon fils. Ne le fais pas pour elle, cette dépravée, mais pour toi, car on dit que les assassins finissent toujours assassinés. Allons, relâche-la et éloigne-la à jamais de ta vue.

Là, elle se mit à pleurer comme une fontaine, jusqu'à ce que mon mari finisse par dire :

— Bon, d'accord, mais elle ne partira pas avant que j'aie marqué son corps d'une trace indélébile.

Il enjoignit aux esclaves de me déshabiller, attrapa une tige de grenadier et me flagella la poitrine et les flancs, si sauvagement qu'à ce moment-là j'aurais préféré mourir. Puis il dit aux esclaves de me ramener chez moi à la faveur de la nuit, et de me jeter sur le pas de la porte.

Quand mes deux sœurs me trouvèrent dans cet état, elles pleurèrent toutes les larmes de leur corps. Mais la maîtresse des lieux me dit :

— Sois forte, ma sœur, le monde est ainsi fait ; d'un coup, il peut nous arracher la gloire, la fortune et l'amour.

Elle tenta de me soigner avec des baumes et des onguents, mais rien ne put soulager ma douleur, ni effacer les marques qui me striaient le corps, ni panser mon âme meurtrie. Après cinq mois entiers passés au lit, je commençai à me rétablir, mais, comme vous avez pu le voir, commandeur des croyants, mon corps resta défiguré.

Un matin, je me dirigeai vers la maison de mon mari. Hélas, ce n'était plus qu'une ruine, et la ruelle était jonchée de gravats. Je rentrai chez moi en grand désarroi et jurai de ne plus penser à mon mari ni à aucun autre homme.

Vaines paroles… Jamais je n'ai pu cesser de penser au passé, ni de me rappeler ce mari au cœur de pierre, car chaque soir, quand mes deux sœurs métamorphosées en chiennes se font fouetter, je sens mes blessures se rouvrir et se mettre à suinter. Chaque coup de fouet est un supplice pour mon âme et mon cœur.

Ainsi, j'ai vécu recluse avec mes deux sœurs et les deux chiennes jusqu'à aujourd'hui, quand notre benjamine, la chalande, est rentrée du marché avec ce portefaix auquel nous avons permis de rester dîner.

C'est là toute mon histoire, commandeur des croyants."

Le calife balançait la tête d'un air ému. Il fit signe à la femme battue de se rasseoir et demanda à la jeune chalande de s'avancer au centre de la salle.

— Il me semble que toi aussi, tu as quelque chose à dire, car tout à l'heure je t'ai entendue chanter avec autant de détresse que de dédain. Ai-je raison ? Allons, raconte-nous ce que les hommes t'ont fait subir…

Alors la troisième sœur, la chalande, s'avança.

LA CHALANDE

— Ô commandeur des croyants, fit-elle, avant de s'arrêter pour relever le châle qu'elle avait sur les épaules et le serrer autour de sa tête, de sorte qu'on ne voyait presque plus son visage.

Elle reprit :

— Ô commandeur des croyants, permettez-moi de m'abstenir de raconter mon histoire.

— Tout le monde ici a raconté la sienne, rétorqua le calife. Souviens-toi que lorsque je suis entré dans cette maison déguisé, avec mon vizir Jaafar et mon ami Abou Nuwas, vous avez toutes trois menacé de nous tuer si nous ne révélions pas la vérité sur nous-mêmes. Allons, dépêche-toi de nous conter ton histoire.

— Pardonnez-moi d'insister, commandeur des croyants, mais mon récit ne ferait qu'embarrasser certaines personnes ici présentes, je crois donc qu'il vaut mieux…

Le calife l'interrompit :

— Préfères-tu mourir ?

Alors, les larmes aux yeux, la chalande s'éclaircit la gorge pour entamer son récit :

"Je ne vous cacherai pas qu'après avoir vu ce qu'avaient enduré mes quatre sœurs, je verrouillai mon cœur et me jurai de ne jamais songer ni à l'amour ni au mariage. Seulement l'infortune m'attendait au tournant. Oui, commandeur des croyants, je fus happée malgré moi par le destin, et faillis mourir comme une abeille noyée dans son miel. Je dis « miel », car en effet je nageais dans l'amour et le bonheur. Et où donc, Seigneur ? Dans le palais du calife… Oui, dans le palais du calife !"

Celui-ci semblait aussi dérouté qu'intrigué… La chalande poursuivit :

"Il se trouva que j'étais invitée chez une cousine pour célébrer la circoncision de son premier fils. Je fus surprise de voir entrer une femme scintillant des pieds à la tête. Avant même d'entendre les femmes se chuchoter les unes aux autres : « Dame Zoubeida, Dame Zoubeida… », je me dis : « Une femme aussi splendide ne peut être que la reine. »

Ma cousine m'apprit qu'elle avait fait le vœu d'égorger cent moutons pour les pauvres si Dame Zoubeida acceptait son invitation. On me demanda de jouer du luth. Je jouai avec une telle ardeur et une telle inspiration que la reine me pria de venir m'asseoir à ses côtés. Je m'inclinai pour lui baiser la main comme j'avais vu faire les autres femmes.

— Ta robe est magnifique, me dit-elle en se tournant vers moi. C'est un habit de conte de fées ! un poème ! un plaisir pour les yeux !

Je portais une des robes que le djinn Azraq avait offertes à ma sœur, rehaussée d'oiseaux et de bêtes brodés au fil d'or rouge. Je lui dis qu'elle était à ma sœur.

— Mais où a-t-elle bien pu la trouver ? Je n'en ai jamais vu de semblables !

Je prétendis qu'elle lui avait été donnée par une magicienne, et que jadis elle avait appartenu à une princesse qui était morte d'amour. Les larmes montèrent aux yeux de Dame Zoubeida, qui me demanda si j'étais mariée.

— Oh non, répondis-je. J'ai fait le vœu de ne jamais tomber amoureuse et ne jamais me marier.

La reine sembla très contrariée par ce qu'elle venait d'entendre.

— Ne dis pas ça ! Tu es encore dans la fleur de l'âge, tu as toute la vie devant toi. Je suis sûre que lorsque tu rencontreras la bonne personne, ton cœur dansera de joie et tu oublieras ton serment.

Je souris, la remerciant pour sa gentillesse et pour l'attention qu'elle me portait.

— À vrai dire, j'ai quelqu'un pour toi, ajouta-t-elle. Laisse-moi voir ce que je peux faire...

En rentrant chez moi, je rendis grâce à Dieu que Dame Zoubeida ait passé le reste de la soirée à bavarder avec les autres femmes, au point d'en oublier ses velléités d'entremetteuse. Mais je me trompais ! Pas plus tard que le lendemain matin, un eunuque se présenta chez nous pour me transmettre une invitation à venir dîner dans les appartements de la reine. La simple idée d'un prétendant me donna la nausée, mais je me rendis tout de même au palais, de mauvaise grâce, et là, je me mis à chanter et à jouer du luth pour divertir la reine et ses demoiselles de compagnie. Chaque fois que je m'apprêtais à prendre congé, elle insistait pour que je reste encore un peu. Au petit matin, quand mes doigts ne purent plus gratter les cordes et qu'il ne me resta plus de voix pour chanter, l'eunuque me raccompagna vers l'endroit où m'attendaient mes servantes. Mais subitement il disparut, et je vis s'approcher un homme.

— Que fais-tu ici à cette heure de la nuit ? me demanda-t-il.

Il exhalait le même parfum que les jardins alentour.

— J'étais chez Dame Zoubeida et je rentre chez moi avec mes servantes.

— Est-ce toi dont la voix est plus belle que le chant des courlis et des rossignols ?

Mes joues s'empourprèrent, et je ne pus m'empêcher de sourire.

— Je jure que ta beauté intimide les fleurs, la lavande et le basilic. Tout à l'heure, je marchais dans le jardin pour chasser mon insomnie, quand je t'ai entendue chanter et jouer sur ton luth. Maintenant que j'ai vu ton visage, je n'ai plus du tout envie de dormir !

Il ne faisait pas de doute que c'était le prétendant dont Dame Zoubeida m'avait parlé – d'ailleurs, l'eunuque et mes servantes avaient disparu en le voyant..."

Troublé par ce qu'il venait d'entendre, le calife poussait des exclamations. Il finit par interrompre la chalande pour lui demander de s'approcher et de lui montrer son visage. Elle se dévoila ; il laissa échapper un hoquet de surprise et secoua la tête en signe d'incrédulité. Puis, d'un geste de la main, il lui dit d'aller se rasseoir. À ce moment-là, le vizir Jaafar se leva et vint lui baiser la main et lui murmurer quelque chose à l'oreille.

Le calife réfléchit quelques instants, hocha la tête, et dit à la chalande :

— Reviens au centre de la pièce et poursuis ton récit.

À nouveau, elle s'avança, laissant son voile flotter sur ses tempes, et reprit :

“En entendant cet homme me parler, je fus séduite par la virilité de sa voix, qui seyait si bien à son visage. Qui pouvait-il être ? Je le regardai me couper une tige de jasmin de nuit. Sa fragrance s'exhala autour de moi et emplit mon cœur de bien-être. Seulement, tout à coup, je me rappelai la promesse que je m'étais faite de ne jamais me marier.

— Où sont passées mes servantes ? fis-je à voix haute.

— Elles ont dû aller se coucher, en pensant que tu allais dormir au palais.

Comme s'il lisait dans mes pensées, il laissa échapper un petit rire. C'est là que j'entendis les pas de mes servantes.

— Qui va là ? fit-il.

Et il s'éloigna pour disparaître dans la nuit.

Lorsque je fus tranquillement couchée dans mon lit, je me félicitai d'avoir réussi à échapper à mon sort en faisant bien comprendre à ce prétendant qu'il ne m'intéressait pas.

Mais pas plus tard que le lendemain soir, un autre eunuque vint frapper à notre porte, disant qu'il venait me chercher pour m'emmener au palais quand je serais prête. Je songeai qu'il devait m'être envoyé par Dame Zoubeida. Lorsque nous arrivâmes au palais, il me conduisit vers un autre pavillon, rempli de livres et de cages à oiseaux, et m'y laissa.

Je fus surprise de voir entrer le même homme – mon prétendant. Il nous versa à chacun un verre de vin, mais je refusai de boire. Alors il ouvrit une armoire et en sortit un luth, qu'il me tendit. S'installant en face de moi, il me dit :

— Chante-moi donc *Oh, comme je voudrais être dans tes bras, une année, un mois, ou même une heure…*

— Je ne connais pas cette chanson, monsieur, je suis désolée.

Il répliqua d'un air fripon :

— À vrai dire, ce n'est pas une chanson, c'est ce que je ressens quand je te vois. Me permets-tu de t'embrasser pour apaiser le feu qui embrase mon cœur depuis hier soir ?

Je me mis à contempler les motifs du tapis, m'efforçant de ne pas céder au désir d'être embrassée, et me répétant intérieurement le serment que j'avais prononcé : ne jamais me marier ni tomber amoureuse. Comme rien n'y faisait, je fis appel au souvenir, repassant dans ma tête tous les supplices que mes sœurs avaient endurés avec les hommes. En vain : je mourais d'envie d'enlacer et d'embrasser cet homme.

Je songeai alors que je pouvais boire du vin et prétendre que j'avais agi sous son effet. J'avalai ainsi un premier verre, puis un autre, et encore un autre, et il fit de même, jusqu'au moment où, brûlant de désir, il m'attira contre lui. Mais j'avais beau être ivre, je lui dis :

— Par Dieu, moi aussi je suis amoureuse de vous, mais c'est sans espoir, car j'ai fait le vœu de rester chaste !

Et je me dirigeai vers la porte.

— S'il vous plaît, ajoutai-je, ne dites rien à Dame Zoubeida…

— Je ne comprends pas. Que veux-tu dire ?

— Si elle apprend que j'ai refusé de vous épouser, elle sera très fâchée contre moi.

Il partit d'un grand éclat de rire.

— Oh, bien au contraire, elle sera aux anges ! Il se trouve que Zoubeida est ma cousine et ma femme !

Le souffle coupé, je mis une main sur ma bouche. Se pouvait-il que cet homme fût le calife Haroun al-Rachid ? Comme dans un rêve, je bredouillai timidement :

— Mais alors, pourquoi ne m'avez-vous pas dit tout de suite qui vous étiez ?

Il se remit à rire avec une malice enfantine.

— J'étais enchanté qu'une jeune femme ignorant qui j'étais puisse tomber amoureuse de *moi*, pas du calife… Et puis, pour être honnête, j'avais peur que tu disparaisses si tu apprenais la vérité.

Tremblant comme une feuille, je lui demandai s'il avait lu tous ces livres qui s'entassaient sur les étagères.

— J'en ai lu beaucoup.

Il me prit par la main et me fit asseoir à côté de lui. Nous parlâmes de musique, de sciences, d'astronomie, de poésie. Il était émerveillé par l'étendue de mes connaissances.

Quand le sommeil gagna mes paupières, je m'endormis sur un divan, et lui sur un autre.

Au matin, je me réveillai avant lui. Je songeai en souriant : « J'ai manqué à ma parole, mais je ne le regretterai jamais, car le calife n'est comme aucun autre homme sur la terre. » Un peu plus tard, il se réveilla à son tour.

Tout heureux de voir que j'étais encore là, il m'embrassa. Alors je lui montrai ce que j'avais brodé sur mon caleçon : *Mon corps, je te promets de ne jamais laisser un homme te toucher, pour que jamais tu ne souffres.*

Il me baisa le front.

— Je jure de ne jamais te faire souffrir. Donne-moi juste un mois et nous signerons notre contrat de mariage."

À ce point de l'histoire, la maîtresse des lieux et la femme battue se mirent à marmonner des choses en laissant échapper de petits cris d'effroi. La chalande poursuivit son récit :

"Le calife m'installa dans un somptueux pavillon et mit dix servantes à mon service. Nos jours se mêlèrent à nos nuits ; nous devînmes inséparables, comme les poissons et l'eau. Quand il me laissait un moment, je comptais les secondes, et si je me peignais les cheveux en sa présence, il me disait :

— Tu me délaisses…

Puis, un jour, Dame Zoubeida m'envoya une invitation à dîner par le biais de son eunuque."

La voix de la chalande commença à trembler. Elle se tut un moment – le calife et son vizir échangèrent des regards. Puis, avalant péniblement sa salive, elle reprit le cours de son histoire :

"J'acceptai l'invitation de la reine. Mais l'eunuque qui me servait courut derrière moi en disant :

— Faut-il vraiment que vous y alliez, madame ?

— Oui, répondis-je, je ne veux pas créer d'inimitié entre moi et Dame Zoubeida.

Je compris plus tard qu'il cherchait à me mettre en garde. Tout le monde au palais savait que Dame Zoubeida avait cessé de se nourrir pendant un mois entier quand les visites du calife s'étaient raréfiées et qu'il avait abandonné toutes ses concubines. Mais ce n'étaient pas seulement ses relations féminines qui souffraient de notre union. Ses ministres aussi se plaignaient qu'il ne vienne plus présider leurs réunions et néglige les affaires du pays. À dire vrai, il ne quittait plus mes appartements que pour se rendre à la prière du vendredi. Jaafar tenta de le raisonner et d'attirer son attention sur l'insatisfaction grandissante de la cour, mais il lui répliquait :

— Je n'y peux absolument rien, cette femme m'obsède, c'est incontrôlable.

Mais ce soir-là, le vizir avait longuement insisté, suggérant au calife qu'il pouvait bien reprendre ses activités publiques sans mettre en danger notre relation.

— Elle sera toujours là, elle vous attendra, commandeur des croyants…

Dans la foulée, il lui avait proposé une partie de chasse, histoire de le distraire un peu de moi. Le calife y avait consenti à condition de ne passer qu'une seule nuit dehors.

Bien entendu, j'ignorais tout de ces plans. Le calife m'avait enfermée dans un cocon, de sorte que je n'avais plus aucun pouvoir sur mon destin. Je me souviens que la nuit qui précéda son départ, nous nous étreignîmes comme si nous devions ne plus jamais nous revoir – et hélas, c'est ainsi qu'il en fut.

Dame Zoubeida me reçut à dîner avec beaucoup d'honneurs. Je m'inclinai pour baiser le sol à ses pieds, et lui dis :

— Paix sur vous, dame abbasside, descendante de la lignée du Prophète. Que Dieu vous protège, aujourd'hui et toujours.

— J'avais oublié comme tu es belle ! répondit-elle. Rien d'étonnant à ce que mon cousin ne puisse plus s'éloigner de toi…

Et elle ajouta :

— Il m'a dit qu'il allait bientôt t'épouser.

Je sentis monter en moi une bouffée de joie et d'orgueil.

Elle me conduisit vers un immense banquet qui eût suffi à nourrir cent convives, alors que j'étais seule avec elle. Puis elle me tendit une assiette en porcelaine avec des motifs de poissons.

— Goûte cette poutargue, dit-elle. Mon cousin t'en a sans doute déjà offert, c'est un mets très rare dont il raffole.

J'en avalai trois bouchées par respect pour le calife, mais, aussitôt, mes yeux s'alourdirent, puis la terre tourna autour de moi et je tombai évanouie.

Je rouvris les yeux dans un lieu parfaitement sombre et silencieux. J'avais mal dans tout le corps. Je voulus m'étirer, mais mes membres étaient tout raides. Je relevai la tête ; elle se heurta à quelque chose de dur. Je me mis à hurler, craignant d'avoir été enterrée vivante dans une tombe."

— Oh, ma pauvre sœur chérie, gémit la maîtresse des lieux.

“Mais grâce à Dieu, j’entendis soudain une voix d’homme. Je criai :

— Ouvre-moi, ouvre-moi, je ne suis pas morte !

— Bon Dieu, il y a un djinn dans cette caisse ! fit l’inconnu. Anges, venez à ma rescousse…

Là, une autre voix s’éleva :

— Tu délires, mon bonhomme. En tout cas, cette caisse est dure comme du roc, il faut l’ouvrir avec une grosse massue.

— Non, criai-je, je vous en supplie, pas avec une massue !

Les deux hommes poussèrent des exclamations.

— Laissons cette caisse et filons, dit l’un d’eux, j’ai la frousse. Et puis j’entends quelqu’un qui vient…

Je les entendis partir en courant, tandis que d’autres pas se rapprochaient.

— Au nom de Dieu, le Clément, le Miséricordieux, fit une nouvelle voix. Je me tourne vers Lui !

Je sentis la caisse se soulever, puis j’entendis les sabots d’un mulet battre le sol pendant ce qui me sembla une éternité, mais ne dura sans doute guère plus d’une demi-heure. Ensuite la caisse fut déchargée, et nous entrâmes dans une maison. L’homme marcha sur un tapis qui étouffait ses pas. Il déposa la caisse en douceur, et je l’entendis essayer d’ouvrir la serrure. Quand il put enfin soulever le couvercle, il se remit à bredouiller :

— Au nom de Dieu, le Clément, le Miséricordieux… je me tourne vers Lui… Que fait une nymphe du paradis dans cette caisse ? Qui a bien pu l’y mettre ?

Ouvrant les yeux, je vis un beau jeune homme.

— Où m’as-tu trouvée ? lui demandai-je.

— Au cimetière. J'allais me recueillir sur la tombe de ma mère, qui vient de mourir. J'ai vu deux hommes tenter d'ouvrir cette affreuse caisse. M'entendant m'approcher, ils ont pris la fuite. Viens, ma sœur, je vais t'aider à sortir de là.

Je lui tendis une main. Une fois debout, lorsque je voulus faire un pas, je me sentis défaillir. Le jeune homme se hâta de m'apporter un flacon d'eau de rose dont la bonne odeur m'aida à retrouver l'équilibre. Mais j'étais toute faible et je tremblais.

— Voici la salle de bains. Je vais te faire chauffer de l'eau et t'apporter une serviette.

Je le remerciai. Quand je vis mon visage dans le miroir, je me mis à sangloter. Puis, repensant au calife, je pleurai toutes les larmes de mon corps."

Le calife prit sa tête entre ses mains et la secoua de droite et de gauche comme s'il n'arrivait pas à croire ce qu'il venait d'entendre. Mais la chalande poursuivit :

"J'entendis le jeune homme qui me disait derrière la porte :

— Prends cette serviette et ce baquet d'eau chaude.

J'aurais voulu lui crier :

— Emmène-moi tout de suite chez le calife !

Mais à nouveau, je me contentai de le remercier. Je me lavai, me séchai et ressortis de la salle de bains. Il était là qui m'attendait. Il me conduisit vers une table garnie de quelques plats. Me rappelant ce qui m'était arrivé lors de mon dernier dîner, je recommençai à pleurer.

— Ne pleure pas, ma sœur, me dit-il. Essaie de manger un peu pour reprendre des forces.

— Que Dieu te protège, tu es si bon, si noble… Mais je n'ai vraiment pas faim.

Alors il alla faire du thé. Puis il me demanda :

— Maintenant, peux-tu me dire qui tu es ? et comment il se peut que ceux qui t'ont enfermée dans cette caisse ne t'aient pas volé les précieux bijoux que tu portes ?

J'hésitai. Devais-je révéler à cet homme aux yeux doux, qui semblait être de bonne famille, qui j'étais réellement ? Je décidai d'être sincère avec lui : je lui dis que j'étais la fiancée du calife. En entendant cela, il bondit hors de la pièce. Je le rattrapai et lui demandai ce qu'il avait. Il s'écria :

— Un homme ordinaire peut-il se trouver dans la même pièce que la fiancée d'un lion ?

— Que veux-tu dire ?

— Le calife est un lion parmi les hommes. Comment pourrais-je respirer le même air que la femme qu'il aime ?

Je le rassurai :

— Tu m'as sauvé la vie, le calife t'en sera pleinement reconnaissant.

Il me montra une chambre où il m'avait préparé un lit et me demanda si j'avais besoin de quelque chose avant qu'il aille se coucher à l'étage. Je voulus savoir son nom. Il me dit qu'il s'appelait Ghanem Ibn Saïd. Je lui demandai aussi quel était son métier. Il répondit qu'il travaillait dans le commerce, et il me laissa. Mais je ne pus fermer l'œil. J'avais la hantise de me retrouver à nouveau enfermée dans une caisse au milieu de ce cimetière. Et je songeais : comment une grande dame comme Zoubeida avait-elle pu commettre un crime aussi odieux, tel un truand professionnel ? Qu'avait-elle bien pu dire au calife quand, rentrant de la chasse, il ne m'avait pas trouvée dans le pavillon ?

Au point du jour, voyant que j'étais toujours vivante, je finis par succomber au sommeil. Je dus dormir longtemps. Je fus réveillée par Ghanem, qui frappait à la porte de la chambre. Il me dit qu'il s'était levé tôt pour aller voir le commissaire-priseur attaché à la cour. L'homme lui avait appris qu'une rumeur circulait au palais : on disait qu'on m'avait endormie et enfermée dans une caisse qu'on avait vendue aux enchères fermée à clé. Ensuite il était allé à la mosquée, où il avait prié à côté d'un vieil et brave eunuque qui travaillait depuis longtemps au palais. Ils avaient récité la *Fatiha* pour le salut de l'âme de leurs morts, et chacun avait pleuré au souvenir de sa mère défunte. Puis ils avaient marché un peu ensemble. Ghanem avait donné quelques dattes à l'eunuque pour qu'il les mette dans sa poche. Lui-même en avait mis une dans sa bouche et fait semblant de s'étouffer avec son noyau. L'homme s'était empressé de lui taper le dos en lui disant :

— Fais attention, jeune homme.

Lequel avait répondu :

— Bah, je ne risque rien, ce n'est qu'un noyau de datte.

Mais l'eunuque avait répliqué :

— Détrompe-toi ! Pas plus tard que l'autre jour, la favorite du calife s'est étouffée en mangeant quelque chose, et elle en est morte ! Dis-toi qu'il n'y a de force et de puissance qu'en Dieu…

Ghanem avait fait :

— Le calife a dû être dévasté en apprenant ça.

— Je pense bien : il a pleuré des fleuves de larmes, comme le Tigre et l'Euphrate réunis ! Et sur ordre de Dame Zoubeida en personne, toute la cour s'est mise à porter le deuil. Elle a même fait construire une tombe pour la pauvre jeune femme à l'intérieur du palais. Un ami m'a rapporté avoir vu le calife entourer la stèle de ses bras en récitant ces vers à faire pleurer la pierre :

Dis-moi, ô tombeau,
Sa beauté s'est-elle fanée ?
L'éclat de son visage s'est-il terni ?
Tu n'es pas, ô tombeau,
L'immensité du ciel
Comment peux-tu cacher
La lune entre tes murs ?

Ghanem me dit qu'au souvenir de ces vers, les yeux de l'eunuque s'étaient emplis de larmes. Puis il fit silence. Je me frappai les joues et éclatai en sanglots. J'avais disparu de la vie du calife ; il me pleurerait quelque temps, et puis il m'oublierait. Soudain, la rage se mit à bouillonner en moi comme la lave d'un volcan : comment le calife avait-il pu croire tout ce qu'on lui avait dit sur ma mort sans ouvrir une enquête, sans interroger les témoins ? Il n'avait même pas songé à faire ouvrir ma tombe, fût-ce de deux pouces, pour effleurer mon pied ou me dire adieu.

Dans un accès de fureur, comme possédée par un esprit malin, je me ruai vers la porte pour aller trouver le calife. J'allais dénoncer Dame Zoubeida et tous ceux qui avaient trempé dans ce complot démoniaque ! Mais Ghanem me rattrapa. Il prit mes mains dans les siennes, les embrassa, puis, me serrant dans ses bras, il me dit :

— Aie confiance en Dieu. Ne m'a-t-Il pas envoyé à temps pour te sauver ?

Ses mots me firent l'effet d'une rivière d'eau de rose. Apaisée, je rendis grâce au Seigneur de m'avoir envoyé ce jeune homme. Il me montra ce qu'il m'avait rapporté du marché : de beaux vêtements et quatre paires de babouches brodées, très chères, de différentes pointures. Puis il disparut dans une autre pièce pour revenir avec une somptueuse paire de boucles d'oreilles, dont chacune avait la forme d'une main tenant une rose, avec un doigt cerclé d'une bague en diamant. J'en eus le souffle coupé.

— Mets-les. Elles étaient à ma mère ; elle m'a fait promettre de ne les donner qu'à la femme que j'aimerais et que j'épouserais.

Je ne pus les accepter.

— Je suis complètement perdue, Ghanem... Je sais que tu es le meilleur des hommes que j'aie rencontrés après mon père, mais je tiens à rester fidèle au calife.

— Je comprends, fit-il.

Je le serrai très fort contre moi et restai un moment la tête sur son épaule. Mais très vite, nous nous séparâmes et il alla faire à manger. Je n'avais aucun appétit. Je commençais à douter que j'étais vivante : n'avais-je pas une tombe où était gravé mon nom ? Patiemment, Ghanem me fit manger une bouchée de ceci, une bouchée de cela, jusqu'à ce que la fatigue et le sommeil me gagnent. Le lendemain matin, quand je me réveillai, il était là à m'attendre. Il me dit qu'il était obligé de me laisser seule parce qu'il devait partir au travail, et me recommanda de n'ouvrir la porte à personne.

Lorsqu'il fut sorti, j'entendis les sabots de son mulet cliqueter sur le pavé de la ruelle ; je me mis à sourire… Je décidai de préparer à dîner avec le poulet et les légumes qu'il avait rapportés la veille pour lui faire une surprise. Quand j'eus fini, je regardai autour de moi ; je me dis que, ma foi, le calme qui régnait dans cette maison était fort agréable. Comme il faisait bon vivre loin de la clameur du palais, et des intrigues, des jalousies, de la méfiance qui suintaient de ses murs, dans toutes les allées, tous les pavillons, chez les nobles, les domestiques, et même les esclaves. J'entrai dans la salle de bains et fis ma toilette en attendant le retour de Ghanem. Je trouvai les boucles d'oreilles de sa mère posées pour moi sur une serviette. Je les mis à mes oreilles, regrettant de ne pas avoir rencontré ce jeune homme avant d'être tombée amoureuse du calife.

Quand il rentra du travail, nous dînâmes ensemble. Je lui rendis les boucles d'oreilles en disant :

— Je resterai fidèle au calife, même si mon cœur palpite quand je te vois.

— Je t'en prie, répondit-il, garde-les. Ainsi tu te souviendras de moi chaque fois que tu les porteras.

Je m'approchai de lui. Il prit ma main pour l'embrasser.

— Le calife est l'homme le plus heureux du monde… J'ai une idée : je vais me confier au vieil eunuque que je rencontre à la mosquée. Je vais tout lui raconter, lui dire que tu es toujours en vie et lui demander conseil.

Il m'attira vers lui. Apercevant la veine qui frémissait sur sa tempe, j'eus envie de le serrer dans mes bras pour le réconforter, mais je m'écartai de lui.

— Non, non, je resterai fidèle.

Au matin, avant de me quitter, Ghanem me promit que la bonne nouvelle parviendrait aux oreilles du calife sans que Dame Zoubeida en sache rien.

— Adieu, ma belle, me dit-il. Dieu soit avec toi. Souviens-toi de moi dans tes prières. Et qui sait, peut-être que le Seigneur exaucera aussi mes vœux en m'accordant une femme aussi loyale que toi.

Je m'étonnai :

— Tu ne reviendras pas me dire au revoir ?

— Il vaut mieux qu'on ne me voie pas avec toi quand le calife enverra quelqu'un te chercher.

Je le pressai vivement contre mon cœur, mais il se détacha de mon étreinte, me baisa les mains et disparut, après m'avoir dit de laisser la clé sous une jarre dans le jardin.

Je me préparai à partir pour le palais. Mais personne ne vint me chercher. Quand la nuit tomba, je songeai à aller rejoindre Ghanem chez sa sœur, mais je finis par m'endormir. Brusquement, on enfonça la porte à grand fracas et des soldats bondirent dans la maison, s'attendant à nous trouver ensemble dans le même lit. Quand ils comprirent que Ghanem n'était pas là, ils entreprirent de tout détruire. J'avais beau leur crier :

« Qu'est-ce que vous faites ? Celui qui m'a sauvé la vie n'a pas dormi ici une seule nuit ! », ils continuèrent leur saccage jusqu'à ce qu'il ne reste plus rien d'intact dans les pièces. Puis ils jetèrent mes affaires dans une charrette tirée par un mulet et m'emmenèrent. Après avoir été traitée ainsi, je craignais le pire, et j'avais raison. Je ne fus pas accueillie par le vizir Jaafar, ni même par mon eunuque, ni une de mes servantes ; je fus traînée comme une criminelle jusqu'à une cellule toute sombre au sous-sol du palais, avec une vieille chargée de s'occuper de moi."

— Il n'y a de force et de puissance qu'en Dieu, bredouilla la maîtresse des lieux.

"Je me mis à crier et à pleurer sans relâche, tantôt implorant, tantôt menaçant les gardiens, leur jurant qu'ils regretteraient ce qu'ils avaient fait quand le calife l'apprendrait. Je finis par me calmer au bout de vingt-quatre heures, lorsque la vieille, qui restait assise dans un coin à me regarder et à chasser les rats, me dit non sans sympathie :

— Écoute, ma petite, les gardiens et moi, on ne fait qu'exécuter les ordres du calife.

J'appris que l'eunuque que Ghanem avait chargé de faire passer le message au calife était allé trouver à son tour une servante qu'il connaissait bien, une femme de confiance dont il savait qu'elle détestait Dame Zoubeida. En lui confiant que j'étais vivante, il lui avait demandé comment il pouvait faire pour en informer le calife. Elle s'était entendue avec lui sur quelque stratagème, mais hélas, sa langue trop bien pendue avait gâché tous leurs plans… Il se trouvait qu'elle était la masseuse attitrée du calife. Ce jour-là, alors qu'elle massait les épaules de son maître qui ronflait tranquillement, elle n'avait pu se retenir de chuchoter le secret à une autre servante qui lui massait les pieds. Le calife avait sursauté en criant :

— Ai-je rêvé, ou quelqu'un vient-il de dire que ma fiancée n'est pas morte ?

La masseuse avait bafouillé quelque chose, mais le calife s'était emporté :

— Où est-elle ? Parle !

Apprenant que je me trouvais chez un homme nommé Ghanem Ibn Saïd, il avait convoqué son vizir sur-le-champ.

— Imagine-toi, Jaafar, que pendant tout ce temps, j'ai pleuré une femme adultère ! Retrouve-la et emprisonne-la !

Alors qu'on m'amenait au palais pour me jeter dans cette cellule, le calife avait fait irruption chez Dame Zoubeida, l'accusant d'avoir forgé l'histoire de ma mort pour m'aider à retrouver mon amant. Elle n'avait pas eu d'autre choix que de tout lui avouer, imputant la faute à la passion qu'elle lui vouait et à la folle jalousie qui dévorait son cœur. Pour finir, il lui avait pardonné, me laissant croupir, moi, dans ce cachot. Et pourquoi ? Croyait-il que si un homme et une femme se trouvaient sous le même toit, le diable était forcément de la partie ? À moins que le simple fait que l'on jase sur moi dans les allées du palais n'ait suffi à faire de moi un produit périmé…

Ayant appris que le calife avait tout pardonné à la reine, je me sentis anéantie.

— Ô commandeur des croyants, m'écriai-je, un jour tu rendras compte de ta traîtrise à la Justice ! Le juge, ce sera Dieu, et les témoins, ce seront les anges. Et tous attesteront le tort que tu as infligé à une femme qui ne te voulait que du bien.

Je répétais ces mots jour et nuit, tantôt en les chuchotant, tantôt en les criant à tue-tête, à tel point que les rats détalaient de frayeur. Je cessai de manger et de boire. Ghanem venait à moi en rêve, secouant la tête d'un air dévasté et incrédule, puis il disparaissait et je me réveillais en pleurant :

— Non, ne t'en va pas, reste avec moi !

Et je tendais les mains pour l'attraper.

Un jour, à force de me voir délirer, la vieille femme prit ma tête entre ses mains et récita des versets du Coran. Elle me demanda si j'avais une famille. Je fondis en larmes et me mis à répéter les noms de mes quatre sœurs, inlassablement, jusqu'à ce que la femme me chuchote :

— Fais semblant d'être morte, je te ramènerai chez tes sœurs.

À demi morte, je feignis d'avoir rendu le dernier soupir. Je l'entendis demander aux gardiens d'aller immédiatement informer le calife. Quelques heures plus tard, ils revinrent en disant qu'il avait oublié que j'étais toujours dans ce cachot, et qu'il ordonnait que l'on rende mon corps à ma famille. Tandis que je pleurais en silence, la vieille se hâta de m'envelopper dans des draps, puis chargea mon corps sur le dos d'un mulet avec l'aide du muletier. Ils cheminèrent de conserve jusque chez moi et frappèrent à notre porte.

Aussitôt qu'elle s'ouvrit, ils me laissèrent sur le seuil et disparurent chacun de son côté.

Mes sœurs furent médusées de me trouver là, vivante, après tout ce temps ! Elles s'étaient imaginé qu'on m'avait enlevée et emmenée dans un pays lointain. Je prétendis qu'en effet, j'avais été enlevée par un fou qui était convaincu que j'étais sa sœur. Il m'avait enfermée dans sa cave, mais sa femme m'avait aidée à m'enfuir en lui faisant croire que j'étais morte... Et je gardai ainsi la vérité au fond d'un puits creusé dans mon cœur."

La chalande tourna son regard vers le calife, qui avait toujours la tête entre ses mains.

— Telle est mon histoire, commandeur des croyants. Mais j'ai encore une chose à ajouter... Vous vous souvenez, quand vous disiez à ce derviche qu'avant d'agir, il faut chercher à savoir la vérité, plutôt que de prêter foi aux racontars ? Eh bien, je ne peux qu'abonder dans votre sens.

Là, elle se tut un moment, avant de conclure :

— En tout état de cause, il est dit qu'il faut toujours agir avec clémence, commandeur des croyants.

Elle retourna s'asseoir près de ses deux sœurs, qui la prirent tendrement dans leurs bras. Tous les yeux étaient fixés sur le calife. Mais les gens avaient beau se trémousser sur leurs sièges, il continuait à garder sa tête dans ses mains sans souffler mot.

LA RÉACTION DU CALIFE

L'histoire de la chalande avait profondément affecté le calife, qui ne savait que dire ni que faire. Cependant, plus il réfléchissait, plus il lui apparaissait qu'il était temps de réparer les erreurs du passé. Soudain, il déclara d'un ton résolu :

— Vous avez toutes les trois enduré assez de peines, de tourments et de solitude. Vous vivez recluses, sans maris ni famille, comme si vous attendiez la mort, alors que vous êtes dans la fleur de l'âge.

Il fut interrompu par les aboiements et les glapissements des deux chiennes enfermées dans le bahut. Il s'adressa à elles :

— Ne craignez rien, mes pauvres chiennes, je ne vous oublierai pas... Depuis que je vous ai entendues hurler et que j'ai vu couler vos larmes, vous n'avez pas quitté mes pensées.

Puis il se tourna vers Jaafar :

— Je veux que tu nous trouves quelqu'un qui désenvoûte ces deux femmes. Je suis certain qu'avec l'aide du Tout-Puissant, nous pouvons vaincre les djinns.

C'est là que le bourreau Masrour s'avança, s'inclina devant le vizir et lui murmura quelques mots à l'oreille. Jaafar dit au calife :

— Il semblerait que l'esclave Basilic ait appris la sorcellerie et la divination avec sa tante. Il prétend connaître cent secrets de magie et dit qu'il peut aider ces chiennes.

— Mais alors, dit le calife à l'esclave, qu'attends-tu pour les délivrer de ce supplice !

Basilic vint baiser le sol aux pieds du calife, puis, se redressant sans lever les yeux, il demanda à la maîtresse des lieux :

— Madame, pourriez-vous m'apporter la plume de votre mari – le djinn – que vous avez trouvée dans cet éventail ?

La sœur battue se hâta d'aller la chercher et la remit à l'esclave.

— Il me faut une flamme, dit-il.

Elle lui apporta une chandelle. Ensuite il demanda qu'on amène les deux chiennes. La chalande et le portefaix se dirigèrent vers le bahut. Tirant chacun une chienne, ils revinrent se poster devant l'esclave. Il fit brûler la plume, qui se consuma entièrement et se volatilisa dans l'air, puis il dit :

— Ô toi à qui appartient cette plume, que ton âme ou ton corps apparaisse maintenant, où que tu sois, au fond des mers, en haut des cieux, dans les entrailles de la terre, au sommet des montagnes.

Tout à coup, la maison tressauta et un nuage de fumée se forma dans la pièce. Azraq apparut comme une ombre, ou un spectre. La maîtresse des lieux allait faire un pas vers lui, quand Basilic la retint de la main. Fermant les yeux, il prononça des formules magiques :

— Toi, le djinn qui a ensorcelé ces deux femmes, nous te prions de les délivrer de ce sortilège, car même si c'était trop tard, elles ont tenté de te rendre cette plume. Elles ont assez souffert à cause de leur crime, et leurs trois sœurs aussi.

Toujours aussi beau et resplendissant, Azraq déclara :

— Que la paix soit avec vous. Il semble que la repentance ait purifié votre cœur. Au nom de Dieu tout-puissant et de l'alliance qui me lie à Lui, je souhaite que vous redeveniez telles que vous étiez.

Les deux chiennes furent prises de sursauts et de tremblements, et peu à peu, on vit apparaître à leur place les deux jeunes femmes, chacune en chemise de nuit, exactement comme quand Azraq leur avait jeté ce sort. Toute l'assistance eut un hoquet de surprise.

— Dieu est grand ! cria le portefaix.

Une rumeur monta dans la salle ; très vite, ce fut un brouhaha sans nom. La maîtresse des lieux accourut vers Azraq, qui lui lança un regard avant de disparaître. S'attendant à ce qu'il ressurgisse, elle retint son souffle et arrangea son châle avec coquetterie. Mais le temps passa, et il ne revenait pas. Alors la colère l'envahit. Pourquoi n'était-il pas apparu plus tôt, pour qu'au moins ils puissent échanger quelques mots ou quelques regards, comme il l'avait fait ce soir... Elle ne cessa ces ruminations que lorsque ses sœurs, folles de joie, se précipitèrent vers elle pour partager leur allégresse. Toutes les cinq s'enlacèrent pour célébrer leur réunion, et les deux aînées pleurèrent en tâtant leur visage et leur chemise de nuit, incapables de croire qu'elles étaient enfin délivrées de ce sortilège.

La chalande alla leur chercher deux châles et deux manteaux de soie et les aida à s'habiller, cependant que la maîtresse des lieux leur expliquait en chuchotant la raison de la présence du calife, de son vizir Jaafar et de tous ces gens dans la salle. Ensuite elle les présenta au calife. Les deux sœurs s'agenouillèrent devant lui et le remercièrent avec effusion, le visage baigné de larmes, en lui baisant chacune une main, jusqu'au moment où Jaafar leur demanda de se reprendre et d'aller se rasseoir à leur place. Le silence se fit dans la salle. Le commandeur des croyants déclara :

— Bien joué, Basilic ! Dieu te récompensera pour ce que tu as fait, et moi aussi. Mais, dis-moi, tes pouvoirs te permettent-ils aussi de savoir quel est le scélérat qui a dépouillé cette femme battue de tous ses droits ?

L'esclave se prosterna devant le calife et baisa le sol à ses pieds.

— Je vais essayer, avec l'aide de Dieu, fit-il, agenouillé.

Puis il se tourna vers le portefaix :

— Frère, peux-tu m'apporter un bol d'eau dans lequel tu auras versé une goutte d'huile ?

Le portefaix se hâta d'aller lui chercher ce qu'il voulait. Tenant les mains de la chalande, la femme battue avait posé sa tête sur son épaule et gardait les yeux clos. L'esclave prononça des mots et des formules étranges, fixa longuement le contenu du bol, puis laissa échapper une exclamation, avant de replonger son regard dans le bol en bredouillant :

— Commandeur des croyants, c'est… c'est…

Le calife cria d'impatience :

— Parle, esclave, qui est-ce ?

— Comment vous le dire, commandeur des croyants ? C'est l'homme qui vous est le plus proche... C'est votre fils Amin, le frère de Ma'moun ! Il l'a épousée en secret, mais selon la loi de Dieu et de son prophète.

— Masrour, rugit le calife, va de ce pas me chercher Amin !

Puis, se tournant vers son vizir, il dit :

— Ah, Jaafar, comme cette nuit ressemble à la vie ! Passion et jalousie, tyrannie et compassion, bonheur et infortune, loyauté et trahison... Des doigts qui jouent du luth, d'autres qui manient un fouet ! Des nuits de musique et d'extase, d'autres de sanglots et de lamentations !

— Ajoutons ceci, murmura Abou Nuwas : des nuits au vin et des nuits à l'eau.

Toute l'assemblée étouffa un rire. Quant au calife, il s'apprêtait à lui dire quelque chose lorsque son fils Amin entra, curieux de savoir pourquoi son père tenait à le voir dans cette demeure inconnue plutôt qu'au palais. De surcroît, il fut intrigué de le trouver avec Jaafar et Abou Nuwas, entouré de trois derviches éborgnés et de cinq belles femmes qui ne semblaient être ni des esclaves, ni des servantes... Mais le calife coupa court à sa perplexité en disant :

— Amin, regarde bien ces cinq sœurs. Y en a-t-il une que tu reconnais ?

Et il ajouta à leur intention :

— Mesdames, veuillez écarter un peu votre voile pour qu'il puisse voir votre visage.

Amin reconnut aussitôt la femme battue.

— Oui, seigneur, cette femme était mon épouse. J'avais entendu vanter sa beauté, alors je lui ai tendu un piège avec l'aide de ma vieille nourrice et d'une servante. Je l'ai épousée en secret, sans autre présence qu'un juge et des témoins. Mais la vie nous a séparés, et chacun a poursuivi son chemin de son côté.

— Il se trouve, dit le calife, que cette jeune femme nous a raconté la raison de votre séparation et que nous avons vu les traces de flagellation bleues et noires dont son corps est couvert. À présent, je veux t'entendre dire que c'est bien toi qui lui as causé ces blessures. Si son récit est véridique, je t'ordonne de lui demander pardon et de te remarier avec elle sous un nouveau contrat, au lieu de la laisser ainsi, livrée à ses souffrances et ses atroces souvenirs.

— Vos désirs sont des ordres, seigneur.

Le calife dit alors à son vizir :

— Allons, Jaafar, va nous chercher le *qadi* ; les gens qui sont ici nous serviront de témoins. Derviches, approchez.

Les trois hommes baisèrent le sol aux pieds du calife et restèrent à genoux. Le calife regarda le premier derviche.

— Aziz, je te nomme chef des eunuques du harem de mon palais. Je te donnerai des chevaux et un très bon salaire.

Aziz répondit :

— Vos désirs sont des ordres, seigneur.

Le calife se tourna vers le deuxième derviche.

— Cher prince, je veux que tu épouses la maîtresse des lieux. Tu compteras parmi les gentilshommes de ma cour et tu auras un palais dans Bagdad.

— Vos désirs sont des ordres, seigneur, fit le prince.

Restait le troisième derviche.

— Toi, le marchand de tapis, je veux que tu épouses une des sœurs aînées qui étaient ensorcelées. Tu feras partie de mon cercle intime, et je te donnerai un palais dans Bagdad et beaucoup d'argent.

— Vos désirs sont des ordres, seigneur, dit le marchand de tapis.

Puis, regardant autour de lui, le calife déclara :

— Quant à toi, portefaix…

S'empressant d'imiter les trois derviches, l'homme vint s'agenouiller devant le calife.

— Tu épouseras l'autre sœur aînée ; tu seras nommé chef de la chambre du calife et je ferai de toi un homme très riche.

— Vos désirs sont des ordres, seigneur, fit le portefaix. Mais, avec votre permission, je préférerais épouser la maîtresse des lieux, car je suis tombé sous son charme dès l'instant où je suis entré dans cette maison.

Le calife sourit.

— Soit, nous te marierons à la maîtresse des lieux, et le prince épousera cette sœur aînée.

Le portefaix et le deuxième derviche répondirent d'une seule voix :

— Vos désirs sont des ordres.

Et le portefaix d'ajouter :

— Longue vie au calife ! Je vous promets, seigneur, que si Dieu me donne des garçons, je les appellerai tous Haroun al-Rachid !

Des rires résonnèrent dans la salle. Mais toute l'assistance retenait son souffle, impatiente de savoir ce qu'allait dire le calife quant à la chalande… C'est alors qu'il clama :

— Que Dieu soit loué d'avoir fait que mon chemin croise à nouveau celui de ma dame ! À présent, je veux réparer tous les tourments et toutes les affres qu'elle a traversés par ma faute : je lui déclare à nouveau mon amour et demande solennellement sa main, en lui promettant de lui offrir tout le bonheur et le confort qu'elle mérite.

Tous les yeux se tournèrent vers la chalande, qui vint s'incliner devant le calife.

— Je voudrais remercier le calife pour sa sagesse et sa mansuétude. C'est un homme juste, défenseur des opprimés, toujours soucieux du bien-être de ses sujets. Je lui suis extrêmement reconnaissante pour sa générosité et n'oublierai jamais la tendresse et l'honneur qu'il m'a accordés en décidant de me prendre pour femme. Mais je m'excuse de ne pouvoir accepter de vous épouser, commandeur des croyants, non par esprit de revanche, ni par ingratitude – Dieu m'en garde –, mais parce que la douleur et moi ne faisons plus qu'un. Je ne souhaite plus rien d'autre que cette vie que je mène, seule, sans homme. Depuis que mes deux sœurs sont revenues de cet enfer, je dois dire qu'une partie de ma peine s'est envolée ; quant à ce qu'il en reste, je suis certaine de pouvoir continuer à vivre avec.

Le calife fut sidéré par un tel affront. Il se racla plusieurs fois la gorge, mais ne put dire un mot. Quand la maîtresse des lieux se leva, il poussa un soupir de soulagement, croyant, comme les autres personnes dans la salle, qu'elle allait faire la leçon à cette sœur ingrate et écervelée.

— Que le commandeur des croyants me permette d'exprimer toute ma gratitude pour ses nobles intentions. Je suis très touchée qu'il souhaite que nous entamions une nouvelle vie et jetions nos tourments derrière notre dos, mais je ne puis qu'appuyer la décision de ma sœur et refuser à mon tour d'épouser le portefaix, ou qui que ce soit d'autre. Je sais que je ne trouverai pas le bonheur avec un homme. Avant d'épouser le djinn Azraq, j'avais fait le serment de ne donner mon cœur à personne. Comme je regrette de ne pas avoir suivi mon instinct, et d'avoir enduré ces supplices pendant toutes ces années. Non seulement j'ai vu mes sœurs transformées en chiennes, mais j'ai dû les fouetter chaque nuit jusqu'au sang. Qui peut imaginer à quel point je me sentais traîtresse et cruelle ?

Là-dessus, la sœur battue se leva.

— Commandeur des croyants, je me tiens devant vous avec mon cœur brisé pour vous dire, moi aussi, sans hésitation, que je ne pourrai plus jamais vivre avec un homme. Je vous prie de me pardonner. Ces sentiments sont plus forts que moi. On a beau faire, les mauvais souvenirs ne meurent jamais. *Ne te marie jamais à un ancien amant ni à ton ex-mari*, dit le proverbe… Mais je vous remercie du fond du cœur pour votre intérêt et votre bienveillance.

La sœur battue resta là à attendre une réaction du calife. Les minutes passèrent lentement. Mais comme il restait muet, elle retourna s'asseoir à sa place.

Puis les deux sœurs aînées se levèrent à leur tour. L'une d'elles parla, pendant que l'autre hochait la tête en signe d'acquiescement.

— Commandeur des croyants, nous avons fait à notre sœur, la maîtresse des lieux, ce qu'un animal pourrait faire à quelqu'un qui lui tend à manger : lui arracher à la fois la main et la nourriture. Une graine de mal a germé en nous et nous a menées à la ruine. Mais pourquoi cette graine est-elle venue se planter dans notre sol ? Parce que les deux hommes que nous avons épousés ne se sont pas contentés de dilapider notre fortune, mais nous ont abandonnées comme des mouches sur un tas d'ordures. Aussi je souhaite que vous nous pardonniez, à ma sœur et à moi, de ne pas accepter de convoler en troisièmes noces.

Les deux sœurs retournèrent à leur place. Tout le monde dans la salle attendait la réaction du calife. Allait-il se mettre en colère, ou se montrer compréhensif ? Enfin, il parla :

— Permettez-moi, mesdames, de saluer votre courage et votre détermination. Mais je suis désolé, vous allez devoir faire ce que je vous demande. Je veux que vous réfléchissiez posément. Considérez votre passé comme un mauvais rêve et regardez le futur avec un cœur neuf et plein d'espoir. Vous avez encore de longues années à vivre, à la grâce de Dieu ; il vous faut à chacune un homme qui protège votre honneur et veille sur votre bien-être. À l'heure de la vieillesse, la solitude est comme la mort. Si vous parvenez à cet âge sans mari ni enfants, vous le regretterez amèrement, et finirez aigries et pleines de fiel.

Sur ce, sans laisser aux cinq sœurs le temps d'ouvrir la bouche, il se tourna vers Jaafar.

— Le *qadi* est-il arrivé ?

Mais le vizir dit en s'inclinant devant lui :

— Permettez-moi, commandeur des croyants, de vous rappeler votre attachement à la justice. Pourquoi ne pas laisser ces femmes vivre comme bon leur semble, d'autant qu'elles font preuve d'une moralité sans faille ? N'oublions pas non plus que ce sont des femmes d'affaires chevronnées qui n'ont rien à envier aux hommes, et qu'elles sont restées fidèles à la mémoire de leurs parents. N'ont-elles pas suffisamment souffert à cause de la gent masculine ? Ne craignez-vous pas de causer leur perte en les entraînant dans une nouvelle aventure conjugale ?

Le calife s'emporta :

— Une moralité sans faille ? Qu'est-ce que tu racontes, Jaafar ? Elles ont failli nous tuer tous les sept sous prétexte que nous avions cherché à comprendre pourquoi elles frappaient ces pauvres chiennes ! Et puis, de toute façon, après avoir entendu ce qu'elles ont enduré, qui de nous pourrait leur faire le moindre mal ? Moi ? Mon fils Amin ? Ces trois derviches, ce portefaix ?

Jetant un regard à ce dernier, il ajouta :

— Cet homme peut sembler fripon, mais je ne doute pas qu'il traitera la maîtresse des lieux avec le plus grand respect et une extrême bonté, d'autant que je serai son beau-frère.

La chalande bondit sur ses pieds.

— Pardonnez-moi d'insister, commandeur des croyants : je ne me marierai sous aucun prétexte. Je ne supporterai pas de passer une seule nuit sous le même toit qu'un homme, même dans une chambre à part.

Abou Nuwas ne put se retenir de faire remarquer :

— Le jour va bientôt se lever, et il me semble, madame, que vous venez de passer une nuit entière avec pas moins de sept hommes ; je veux dire cinq hommes et deux semi-hommes, fit-il en se désignant lui-même ainsi que le premier derviche.

Le calife sourit de sa repartie, mais se remit à fulminer :

— Pourquoi faut-il toujours que les hommes soient pointés du doigt ? Réfléchis un peu. Qui a ourdi contre toi ce plan démoniaque, un homme ou une femme ? Qui t'a endormie, enfermée dans un coffre et vendue aux enchères, avant de te faire construire un tombeau et d'ordonner à tout le palais de porter le deuil ? Quant à l'homme qui t'a aimée puis pleurée comme jamais il n'avait pleuré personne avant toi, l'as-tu oublié ?

La chalande répliqua :

— Oui, commandeur des croyants, c'est à cause de la fourberie d'une femme que j'en suis arrivée là. Mais je blâme aussi l'homme que j'ai aimé et avec qui j'ai vécu en concubinage, sans aucun acte de mariage, alors que j'appartiens à une noble famille. Je ne lui reproche pas de ne pas avoir enquêté sur les circonstances de ma mort, mais de m'avoir abandonnée quand il a su que j'étais vivante, au lieu de venir me trouver pour comprendre ce qui s'était passé – exactement comme le troisième derviche avec sa femme. Comment pourrais-je faire confiance aux hommes, quand celui que j'adorais, et dont j'ai protégé l'honneur jusque dans mes râles d'agonie, a pardonné à celle qui m'a tendu ce piège satanique et m'a jetée dans les ténèbres d'un cachot, comme un rebut, pour sauver son nom et son amour-propre…

C'en était trop pour le calife. Il tonna :

— Assez ! Tu as épuisé ma patience ! Toi et tes sœurs allez m'obéir, sans quoi vous irez toutes à la mort.

Un lourd silence s'abattit sur la salle, tel un gros nuage noir. Les cinq sœurs se rapprochèrent, semblant chercher refuge au contact l'une de l'autre. Puis la sœur aînée, qui n'avait encore rien dit de la soirée, se mit à parler :

— Commandeur des croyants, nous vous implorons de nous pardonner… Nous sommes tout simplement incapables d'exaucer vos souhaits, car, à présent, les hommes sont pour nous comme une maladie mortelle.

Là, craignant pour la vie des cinq sœurs, Abou Nuwas bondit sur ses pieds comme s'il venait d'être mordu par un serpent, et dit au calife, dont la colère était prête à exploser :

— Le calife me permet-il de démontrer à ces dames que les femmes sont plus rusées et plus perfides que les hommes ? N'oubliez pas ce que dit le diable : "J'apprends aux hommes ce que j'apprends des femmes…"

Semblant apprécier l'intervention du poète, le calife lui fit signe de continuer.

— On sait que les hommes sont rudes avec les femmes. Ils leur infligent les pires supplices et ne leur font aucune confiance, alors qu'eux-mêmes sont des tricheurs et des trompeurs. Tout cela est vrai. Mais les femmes aussi sont capables de faire du mal aux hommes ! On peut dire sans hésiter que leur comportement est identique à celui des hommes, mais que leur approche et leur manière diffèrent. Les femmes usent de voies détournées et sournoises ; tandis que nous, les hommes, nous ignorons la ruse. Certes, nous les traitons avec une franche brutalité, mais elles, elles vous mènent tranquillement vers une rivière dont vous revenez assoiffé. Elles sont si malignes qu'elles pourraient coudre un caleçon à une puce. Même quand elles sont épuisées, leur langue continue à vous mordre comme un serpent, et leur esprit est toujours en éveil. Il en est qui sauraient vous vendre des œufs sans leur jaune. Leur faire confiance ? La belle affaire ! Une femme sans surveillance est comme un verger sans murs. Elle pourrait voler le khôl de l'œil d'une autre femme, ou mettre le feu à la grange, puis sortir dans la rue en criant : "Au feu !" Rappelez-vous, mes amis, qu'il y a trois choses auxquelles on ne saurait se fier : un cheval, un sabre et une femme.

Il éclata de rire.

— Laissez-moi vous parler de Baqbouq, notre voisin ! Celui dont les longues oreilles stupéfiaient les étrangers et que tous ceux qui le connaissaient aimaient pour sa candeur. À vingt ans, il voyait encore la vie avec des yeux d'enfant.

"Un jour, l'herboriste refusa de lui réparer l'aile cassée d'un papillon. Il était assis sur le seuil de l'échoppe, avec son papillon dans la main, quand une jeune servante en sortit.

— Viens donc chez nous, notre maison est comme le paradis. Nous avons au jardin un rosier dont les pétales guérissent tout – des blessures au doigt aux rages de dents. Si tu poses ton papillon dessus, son aile se réparera toute seule.

Baqbouq sourit de toutes ses dents. La servante ajouta :

— À ce propos, moi aussi, j'ai mal au cou. Mais quelque chose me dit que si tu lui donnes un baiser, il ira tout de suite mieux.

Baqbouq se sentit très embarrassé ; il n'avait jamais touché la main d'une femme à part celle de sa mère. Il se hâta néanmoins de suivre la servante, jusqu'à une maison entourée d'un jardin luxuriant où poussaient toutes sortes d'arbres et d'arbrisseaux.

— Est-ce donc là le paradis dont on parle ? s'exclama Baqbouq.

La servante se mit à rire. Au lieu de le conduire vers le rosier magique, ou de lui demander de lui embrasser le cou, elle le fit asseoir dans un vaste salon. Sa maîtresse, qui était aussi belle qu'elle, vint lui souhaiter la bienvenue et dit à ses servantes de dresser la table. Baqbouq se jeta sur le repas avec délectation, s'émerveillant du nombre de plats disposés devant lui, et de ces mets dont il ignorait l'existence, comme le pigeon farci et les langues d'oiseaux.

La maîtresse lui donna la becquée comme à un nourrisson. Le pauvre Baqbouq crut que c'était ainsi que mangeaient les riches. Il voulut faire pareil avec elle, mais elle éclata de rire en jetant un regard en coin à ses servantes, qui gloussèrent en chœur. Elle servit un verre de vin au jeune homme, puis un autre, et s'en versa un pour elle-même. Toute guillerette, elle se mit à flirter avec lui. Il ne lui fallut pas longtemps pour se convaincre que cette belle dame était tombée amoureuse de lui. Comme il aurait aimé que sa mère soit là pour qu'elle voie que le bon Dieu avait enfin exaucé ses prières et lui avait trouvé une femme qui veuille bien l'épouser... Dire que cinq cousines l'avaient refusé, outre sept jeunes filles du quartier, et même la vieille fille qui n'avait quasiment plus un cheveu sur la tête. « Et maintenant, voyez ça, je suis comme un coq en pâte ! » songea-t-il. Mais lorsqu'il pencha la tête pour embrasser la belle femme, elle lui appliqua une telle gifle sur la nuque qu'il en pleura. Cela la fit pouffer de rire, et les servantes aussi, même celle qui l'avait amené dans cette maison. Furibond, Baqbouq se leva pour partir, mais il ne se souvenait plus par quelle porte il était entré, ce qui déclencha l'hilarité générale. « Par là », criait l'une ; « Non, ne la crois pas, c'est par là », faisait l'autre, ajoutant à sa confusion et à son désarroi. Puis la belle servante vint le prendre par la main en lui expliquant :

— Ma maîtresse t'a frappé parce qu'elle est follement amoureuse de toi.

— Que veux-tu dire ? s'étonna Baqbouq. Est-ce qu'on frappe ceux qu'on aime ?

— Ta mère t'aime bien, pourtant il a dû lui arriver de te frapper, non ?

L'ingénu se mit à sourire et alla se rasseoir à côté de la belle femme, qui le frappa de plus belle, bientôt imitée par ses servantes. La femme félicita la servante qui lui avait amené ce Baqbouq :

— Quel bon choix, je n'ai jamais vu meilleur spécimen !

Ne pouvant plus supporter cette violence, Baqbouq s'évanouit. La maîtresse ordonna à ses servantes de l'asperger d'eau de fleur d'oranger et de faire brûler de l'encens. Quand il reprit ses esprits, la belle servante lui dit :

— Ma maîtresse voulait tester ton endurance. Maintenant qu'elle sait qu'elle vaut celle du chameau, elle va te donner une récompense.

La belle femme apposa près de sa bouche un baiser furtif qui le fit tourner en rond comme un chien chassant sa queue.

— Je suis votre esclave, madame, répétait-il. Vous pouvez me faire tout ce que vous voulez.

— Je voudrais que ma servante te teigne les sourcils et t'épile la moustache, dit la femme.

Baqbouq répliqua vivement :

— Je suis d'accord pour que vous me teigniez les sourcils, mais épiler ma moustache, cela doit faire très mal, je ne supporterai pas la douleur.

— Dieu m'a créée ainsi : j'aime m'amuser. Celui qui me suit dans mes batifolages gagnera mon cœur et mon corps.

— Mais j'ai peur, il y a tant de poils dans ma moustache…

À ce moment-là, la belle servante lui tendit une coupe de vin en chuchotant :

— Un peu de patience, tu es presque parvenu à tes fins. Si tu refuses de te faire épiler la moustache, tu auras souffert pour rien.

Baqbouq s'y résigna, la peur au ventre. Fermant les yeux, il porta ses mains à son cœur en sanglotant, avant même que la servante s'approche de lui. Pendant toute l'épilation, il ne cessa de pleurer et de pousser des hurlements. Mais quand la jeune femme se mit à lui teindre les sourcils, il resta assis, heureux comme un mollusque, à compter les secondes qui le séparaient du moment où il serait uni à sa bien-aimée.

Enfin, la maîtresse vint s'asseoir près de lui et feignit d'embrasser ses sourcils roussis tout en faisant des grimaces moqueuses.

— Où est passée ta moustache ? lui demanda-t-elle d'une voix câline.

— As-tu déjà oublié qu'on me l'a arrachée ? Ne m'as-tu pas entendu pleurer comme un veau ?

Elle se mit à ricaner. Puis, passant sa main sur sa barbe, elle soupira :

— Comme j'aimerais que tu te rases la barbe et que ton visage soit lisse comme une prune…

Aussi irrité par ce qu'il venait d'entendre qu'émoustillé par ses caresses, Baqbouq objecta :

— Si je me rase la barbe, tout le monde se moquera de moi au marché. Non, non, je ne veux pas faire ça !

Mais, attrapant sa main, la femme lui fit toucher son visage.

— Sens-tu comme ma peau est délicate ? Ne dirait-on pas un pétale de fleur ? Elle est si sensible qu'une petite brise l'éraflerait. Alors imagine ce que pourrait faire ta barbe en s'y frottant, quand tu m'embrasseras, me lècheras, me serreras contre toi…

Baqbouq la regardait d'un air éperdu. Dévoré par le désir, il restait là, muet comme une carpe, ne sachant que faire. Mais, l'entraînant dans une autre pièce, la belle servante lui dit :

— Es-tu devenu fou ? Ne vois-tu pas que ma maîtresse se pâme d'amour pour toi ? Pourquoi crois-tu qu'elle t'accorde autant d'attention ? Suis mon conseil : fais-toi raser cette barbe. Allons, tu es bientôt au bout de tes peines. Et puis de toute façon, dans quelques jours, ta barbe aura déjà repoussé. Viens, allonge-toi et ne pense plus à rien, hormis aux moments d'extase que te réserve ma maîtresse.

Baqbouq s'en remit ainsi à Dieu et à la servante, qui lui rasa la barbe au couteau. L'opération achevée, il sentit quelque chose d'humide sur sa joue.

— Qu'est-ce que tu fais ? demanda-t-il.

— Je te passe une pommade qui fera repousser ta barbe en moins de deux jours.

Puis elle le prit par la main pour le ramener vers sa maîtresse. Voyant son visage peinturluré, la femme partit d'un grand éclat de rire.

— Ah, je suis ravie ! Tu es beau comme un prince ! Ta patience et ta noblesse ont conquis mon cœur. Mais à présent, danse un peu pour moi, mon chéri, afin d'aiguiser mon appétit. Je rêve de te voir onduler de la taille et frétiller des hanches.

Pour la première fois de sa vie, Baqbouq se sentit fier comme un paon. Il se mit à danser sans aucun rythme ni aucune harmonie, à tel point que la femme en attrapa le fou rire. Elle lui lança des poufs et des coussins, et les servantes l'imitèrent en le bombardant de citrons et de pommes de terre. Tel un singe souffrant d'indigestion, Baqbouq se tortillait pour éviter les projectiles, tout en continuant à danser sous les encouragements hystériques de la femme. Là-dessus, elle se déshabilla devant lui – qui crut mourir de gêne.

— Ma maîtresse est ivre de désir, vint lui souffler la belle servante à l'oreille. Attends qu'elle soit en sous-vêtements, puis déshabille-toi à ton tour et suis-la.

En effet, quand elle fut presque nue, la femme s'échappa en criant :

— Attrape-moi si tu peux !

Arrachant ses vêtements comme s'ils étaient en feu, Baqbouq courut derrière elle.

— Est-ce que tu me veux vraiment ? faisait-elle.

— Oui, oui, oui ! répondait Baqbouq.

— Alors viens m'attraper !

Elle courait de pièce en pièce, et Baqbouq galopait à sa suite en haletant, le pénis tendu, aiguillonné par les servantes qui clamaient :

— Allez, tu l'as presque rattrapée !

Baqbouq cavala longtemps à travers la villa, bavant comme un chien enragé, le pénis long comme une branche d'arbre, quand soudain il se retrouva dans une pièce toute sombre. Il sentit qu'il tanguait sur de drôles de planches, mais dévoré par son désir, il ne put s'arrêter de courir. Tout à coup, le sol céda, et il chuta en plein cœur du souk des cuirs. Le voyant atterrir là, nu comme un ver, le pénis en érection, sans barbe ni moustache, les sourcils roussis et le visage rouge comme un derrière de babouin, les tanneurs le frappèrent avec des lanières de cuir en s'esclaffant, jusqu'à ce que le pauvre bougre perde connaissance. Alors ils le perchèrent sur un âne et paradèrent avec lui dans les souks, avant de le remettre au chef de la police, qui leur demanda :

— Qu'est-ce que c'est que cet énergumène ? D'où sort-il ?

— Il est tombé de la maison d'un gentilhomme ! s'écrièrent les tanneurs.

Il lui fit donner cent coups de fouet, puis ordonna qu'on l'expulse à jamais de Bagdad. Apprenant la nouvelle, ses deux frères vinrent me supplier de les aider – ils n'étaient pas sans savoir que j'avais mes entrées à la cour du calife. Je me hâtai d'aller trouver le *wali* et de lui exposer la nature du personnage, qui n'aurait pas fait de mal à une mouche. Je lui soutins qu'on avait dû lui jouer un mauvais tour ; alors le *wali* me permit de le raccompagner dans sa famille.

Depuis ce jour, Baqbouq n'a plus jamais passé le seuil de sa maison. Il ne peut plus faire confiance à personne, ni homme, ni femme, ni même à moi, qui l'ai pourtant sauvé."

Parvenu à la fin de son histoire, Abou Nuwas regarda les cinq sœurs tour à tour, avant de dire :

— À présent, mesdames, je vous demande d'admettre, en toute conscience et en toute humanité, que ce qu'a fait cette odieuse créature à Baqbouq était tout ce qu'il y a de plus vil et de plus abject. Elle a fait souffrir le martyre à un être dont le seul crime était d'être un brave garçon un peu simplet ! Si vous voulez mon avis, Baqbouq a souffert autant que vous, mais de la main d'une femme. Et imaginez un peu ce qui lui serait arrivé si je n'étais pas intervenu auprès du *wali* ! Il aurait vécu comme un paria, loin des siens, dans des contrées désolées, sans argent, ni toit, ni vivres, ni amour, ni tendresse…

DALILA LA MALIGNE

Navrée pour le pauvre Baqbouq, l'assistance dodelinait de la tête.

— Cher poète, dit le portefaix, vous avez oublié de dire que depuis ce temps-là, le malheureux ne cesse de répéter : "Pourquoi ? pourquoi ?" en soufflant comme une bête – je suis bien placé pour le savoir parce que, voyez-vous, Baqbouq est le voisin de mon frère pêcheur !

Abou Nuwas se tourna d'un air triomphal vers les cinq sœurs, mais leurs visages demeurèrent impassibles. Alors il leur lança :

— Sachez que cette petite histoire n'est qu'un brin de menthe pour vous ouvrir l'appétit ; le plat de résistance, c'est celle de Dalila la maligne…

À la surprise générale, l'une des sœurs aînées se dressa en disant :

— Ô commandeur des croyants, me permettez-vous de vous conter moi-même l'histoire de Dalila la maligne ? Car il se trouve que dans notre famille, nous l'avons bien connue.

— Bien, conte-nous cette histoire, répondit le calife.

La femme s'éclaircit la gorge, tandis qu'Abou Nuwas la narguait en jappant comme un chien. Le calife s'écria d'un air irrité :

— Peut-on faire cesser ces aboiements ?

Imperturbable, la femme ignora le chahut et commença son histoire.

"Le mari de Dalila était dresseur de pigeons voyageurs à la cour du calife. Il recevait un salaire de mille dinars et deux repas quotidiens pour lui et sa famille. Quand il mourut, tout cela s'arrêta. Dalila tenta en vain de convaincre la cour de lui verser une pension. Elle se vit obligée de travailler comme femme de ménage chez les uns et les autres, pour gagner sa vie et nourrir ses enfants, jusqu'à un âge avancé.

Il advint qu'elle entendit parler de deux Cairotes qui avaient intrigué de mille façons à Bagdad jusqu'à pouvoir être introduits auprès du calife, lequel les avait nommés au commandement des murailles de la ville, l'un sur le flanc droit, l'autre sur le flanc gauche. On leur prodiguait argent, nourriture, respect, toutes choses qu'aux yeux de Dalila ils ne méritaient aucunement. Elle résolut de se venger en se faisant connaître elle aussi à Bagdad, par la ruse et la combine, pour pouvoir réclamer le salaire de son mari. « Le *wali* va entendre parler de moi, se jura-t-elle, et le calife aussi ! Je vais leur montrer que je suis capable de traire une fourmi ! » Elle s'habilla comme un ascète soufi : elle enfila une robe de bure qui lui descendait jusqu'aux chevilles, se ceignit la taille d'une large ceinture, se coiffa d'un bonnet de laine et s'enroula des chapelets autour du cou. Puis elle remplit une cruche d'eau et fourra dans son bec trois pièces d'un dinar enveloppées dans un bout de tissu, et, se couvrant le visage d'une fine voilette, elle arpenta les ruelles en criant :

— Allah, Allah !

Ses yeux étaient comme deux aigles guettant une proie.

« Quel tour vais-je pouvoir jouer, et à qui ? » songeait-elle, le cœur palpitant.

Elle se hâta de franchir les faubourgs miséreux de la ville pour gagner le quartier où vivaient les riches et les notables. Tous les sens en éveil, elle explora chaque rue jusqu'à ce qu'elle aperçoive une porte avec une arche de marbre. Elle s'arrêta et, contemplant la maison, elle s'écria :

— Allah, Allah, Allah !

Une belle jeune femme apparut à la fenêtre, entourée de ses demoiselles de compagnie. Voyant les bijoux et les étoffes précieuses dont elle était parée, Dalila décida de l'attirer hors de chez elle pour la dépouiller de tout ce qu'elle avait sur elle. Elle se mit à pirouetter comme un derviche, avec sa robe de bure blanche qui tourbillonnait autour d'elle – on eût cru un dôme de feu.

— Saints de Dieu, venez nous bénir de votre présence ! clamait-elle en tournant.

En entendant cela, le gardien se précipita pour embrasser la main de Dalila, qui l'écarta en disant :

— Éloigne-toi, tu vas gâcher mes ablutions. En revanche, bois donc un peu de cette eau bénite.

Elle fit tournoyer la cruche dans les airs, en la secouant jusqu'à ce que le bout de tissu enveloppant les trois dinars tombe aux pieds du gardien. L'homme se hâta de les ramasser et de les lui rendre, mais Dalila dit en haussant la voix, pour que la belle jeune femme accoudée à la fenêtre l'entende bien :

— Garde ça, je n'ai que faire des choses de ce bas monde.

— C'est vraiment un cadeau du ciel ! s'exclama-t-il d'un air ébahi.

Feignant de l'ignorer, Dalila s'employa à faire gicler des gouttes d'eau en direction de la fenêtre.

— Saints de Dieu, venez bénir ces femmes, implorait-elle.

Tout excité, le gardien cria aux demoiselles de compagnie :

— Allons, demandez à votre maîtresse si elle veut que cette vieille soufie monte bénir sa maison. C'est sans aucun doute une femme d'une grande piété et d'une grande clairvoyance.

Cependant que Dalila poursuivait ses dévotions, une des demoiselles de compagnie descendit, lui baisa la main et la fit entrer dans la demeure. La jeune femme s'empressa de faire servir à manger à son hôte.

— Je ne mange que la nourriture du paradis, et seulement cinq jours par an, s'excusa Dalila tout en lorgnant ses bijoux.

Sur ce, la jeune femme demanda à toutes ses servantes et ses demoiselles de compagnie de les laisser seules. La sentant contrariée, Dalila lui prit la main et lui murmura en fermant les yeux :

— Je sens que quelque chose te tracasse. Dis-moi de quoi il s'agit, ma fille, je pourrai peut-être t'aider.

Elle lui répondit en pleurant :

— Mon mari est le prince Sharr al-Tariq*. Nous sommes mariés depuis un an, mais je ne lui ai pas encore donné d'enfant. Hier, il m'a repoussée en disant qu'un homme sans descendance tombe dans l'oubli après sa mort. Il m'a accusée d'être stérile et m'a dit que dès demain, il prendrait une autre femme. Je lui ai rappelé que j'avais pilé tellement de poudres que tous les mortiers de la maison avaient fini par se briser ; et j'ai ajouté que ce n'était pas ma faute si rien n'avait marché, et que, du reste, tout cela venait peut-être de lui. Il m'a répliqué que coucher avec moi, c'était comme tailler dans de la pierre.

Les pleurs de la jeune femme redoublèrent. Toute ravie, Dalila faisait mine de compatir.

— Je pleure parce que je ne veux pas que ce mulet au nez épaté, avec son sperme pareil à de l'eau de vaisselle, me répudie et me prive de mon statut et de ma fortune.

— Il a parlé de demain ? Alors il n'y a pas de temps à perdre. Dépêche-toi de te préparer pour que je t'emmène chez le cheikh Abou al-Hamalât – on l'appelle comme ça parce qu'il porte sur ses épaules toute la misère et les soucis d'autrui. Si nous allons le voir tout de suite, et que ce soir tu convaincs ton mari de coucher avec toi, je te promets que tu te réveilleras enceinte demain matin.

Dalila prit la main de la jeune femme et se précipita avec elle vers la porte. Les voyant sortir ainsi, main dans la main, le gardien s'exclama :

— Je jure de jeûner une année entière si cette soufie n'est pas une sainte !

---

* "Périls du chemin".

Pendant ce temps, sainte Dalila ruminait en ces termes : « Où pourrais-je bien l'emmener pour lui arracher ses bijoux et ses vêtements ? Les rues et les ruelles grouillent de passants… »

Elle dit à la jeune femme, qui répondait au nom de Khatoun :

— Marche derrière moi, ma fille, parce que les gens vont se bousculer pour me baiser la main ou me couvrir d'offrandes. Mais ne me quitte pas des yeux.

Dalila mena ainsi Khatoun jusqu'au souk des marchands, à l'affût de celui que séduiraient le tintement de ses bracelets de cheville et le froufrou de ses nattes. Elle en aperçut un, encore imberbe, que l'on appelait maître Hassan. Elle fit signe à Khatoun de l'attendre de l'autre côté de la rue et, s'approchant de son échoppe, elle lui dit :

— Êtes-vous bien maître Hassan, le fils de maître Mohsen ?

— En effet, mais qui vous a donné mon nom ?

— Je cherche un mari pour ma fille, et beaucoup d'honorables personnes m'ont parlé de vous. Regardez-la, n'est-elle pas belle comme une princesse ? Son père – mon époux – est mort en lui laissant une grande fortune. *Laisse ton fils se débrouiller, mais trouve un mari pour ta fille*, dit le dicton. Alors voilà, j'aimerais que vous l'épousiez.

Le jeune marchand regardait Khatoun en lâchant des soupirs. Rassurée, Dalila lui dit avec désinvolture :

— Je t'ouvrirai une boutique bien plus grande que celle-ci et te comblerai d'argent.

Hassan se mit à sourire.

— C'est incroyable… Ma mère veut absolument me trouver une promise, elle ne cesse de me seriner avec ça ; et moi, je lui répète que je ne me marierai qu'avec une fille que j'aurai vue de mes propres yeux.

— Je te garantis que tu vas la voir de près, et même toute nue, si tu nous suis, fit Dalila en baissant la voix.

Et elle se mit en marche, avec Khatoun à sa suite, tandis que Hassan se hâtait de fermer sa boutique en emportant mille dinars pour payer le contrat de mariage.

« Seigneur, dis-moi où je peux emmener ces deux dindons pour les plumer », fit Dalila *in petto* en regardant le ciel. Aussitôt qu'elle eut baissé les yeux, elle aperçut une échoppe de teinturier. Son propriétaire, le *hajj** Mohamed, était assis devant la porte, à manger des figues et à éplucher une grenade. Le son des bracelets de cheville de Khatoun lui fit relever la tête. Il vit Dalila s'asseoir sur une chaise à côté de lui.

— Êtes-vous bien Mohamed le teinturier ? lui demanda-t-elle.

La bouche pleine de figues, il répondit :

— C'est bien moi. Que puis-je faire pour vous, vieille dame ?

— D'honorables personnes m'ont dit que vous aviez deux chambres que vous louez de temps en temps. Vous voyez ma fille, et derrière elle mon fils ? Il marche à distance parce qu'il a honte que nous soyons à la rue. Il se trouve que les rats ont attaqué le bois de notre

* Un *hajj* est une personne qui a accompli le pèlerinage à La Mecque, et, par extension, toute personne d'un âge vénérable.

grande maison. Le maçon nous a dit qu'il fallait agir très vite parce qu'elle menaçait de s'effondrer, que les réparations prendraient un mois, et qu'en attendant, nous ne pouvions pas y habiter. Pensez-vous que nous pouvons loger chez vous ?

Sans discuter, le *hajj* Mohamed lui tendit trois clés.

— Celle-ci, c'est celle de la porte d'entrée, celle-là, celle de la chambre, et la troisième, celle de l'étage.

Dalila le remercia, se rendit à la maison, déverrouilla la porte et précéda Khatoun à l'intérieur.

— Voici la maison du cheikh Abou al-Hamalât. Monte à l'étage, enlève ton voile et attends-moi.

Quand Hassan arriva, elle lui dit :

— Attends dans cette pièce que j'aille chercher ma fille à l'étage pour que tu la voies de près, comme je te l'ai promis.

Et elle s'éloigna vers l'escalier en lui décochant un clin d'œil. Là-haut, Khatoun lui dit nerveusement :

— Il faut absolument que je voie le cheikh tout de suite, avant que d'autres gens arrivent et me reconnaissent.

— Tu vas le voir dans un instant, mais il faut d'abord que je t'explique quelque chose. Mon fils est l'assistant du cheikh Abou al-Hamalât, mais malheureusement, il est un peu simplet : il ne distingue pas l'hiver de l'été, ni le froid du chaud, alors il reste à moitié nu toute l'année. Mais ce n'est pas tout : chaque fois qu'une belle fille vient voir le cheikh, cet idiot lui arrache ses boucles d'oreilles en lui fendant les lobes et lui déchiquette ses vêtements aux ciseaux ! Alors, un conseil : débarrasse-toi de toutes tes affaires, je te les cacherai en lieu sûr.

Khatoun se hâta de remettre tout cela à Dalila, ne gardant sur elle que son maillot de corps et sa culotte.

— Je vais les suspendre au-dessus des rideaux du cheikh, précisa Dalila. Comme ça, tu recevras encore plus de bénédictions.

Elle s'éclipsa pour aller cacher les affaires, puis redescendit dans la pièce où le jeune marchand attendait sur des charbons ardents.

— Où étiez-vous passée ? Où es donc votre fille ? demanda-t-il avec brusquerie.

Dalila fondit en larmes.

— Que Dieu maudisse le diable qui a semé la jalousie dans le cœur des voisins ! gémit-elle. Par malheur, ils t'ont vu entrer chez nous, alors ils sont venus me demander qui tu étais. Je leur ai répliqué fièrement que tu étais le promis de ma fille, mais ces mufles lui ont dit : « Ta mère en a-t-elle assez de te nourrir et de t'habiller ? Pourquoi est-elle si pressée de te marier à ce lépreux ? » Ma pauvre fille s'est offusquée et n'a plus voulu entendre parler de ce mariage. J'ai dû user de toute ma force de persuasion pour la convaincre que ces gens étaient des menteurs et des envieux. Seulement, maintenant, elle pose une condition : de la même façon que tu demandes à la voir déshabillée, en maillot et en culotte, elle insiste elle aussi pour que tu sois à moitié nu.

Le sang du jeune Hassan ne fit qu'un tour.

— Fais-la venir tout de suite, qu'elle voie si je suis un lépreux ! s'exclama-t-il en arrachant sa toque de fourrure et ses vêtements pour ne garder que son caleçon et son maillot, qui découvrait ses bras et le haut de son torse, blancs comme de l'ivoire.

Dalila ramassa ses vêtements, lui assurant qu'elle allait les mettre en lieu sûr, prit les mille dinars, et fit mine d'aller chercher Khatoun. Au lieu de cela, elle récupéra les vêtements de la jeune femme, les enveloppa dans un baluchon avec ceux de Hassan, et prit la fuite après avoir verrouillé la porte de la maison.

Se mêlant à la foule du souk des herboristes, elle acheta en chemin un flacon de parfum d'ambre qu'elle laissa chez le vendeur, avec son baluchon, en disant qu'elle repasserait les prendre un peu plus tard. Sur ce, elle courut chez le teinturier pour lui dire qu'elle allait chercher quelques meubles chez elle pour les mettre dans l'appartement, qui, dit-elle au passage, lui plaisait beaucoup. Puis elle lui tendit un dinar et lui demanda s'il pouvait apporter quelque chose à manger à ses enfants affamés, en lui suggérant de prendre le déjeuner avec eux.

Laissant là le teinturier, elle retourna vite chez le parfumeur, récupéra son baluchon et revint de ce pas à la boutique du teinturier. Elle y trouva son commis. Elle lui dit :

— Ton maître est parti chez le marchand de kebab pour acheter de la viande grillée à mes enfants. Va donc l'aider et profites-en pour déjeuner avec eux, je garderai la boutique.

Alors qu'il s'éloignait sur le chemin, elle lui lança :

— Assure-toi que les enfants mangent bien !

Et elle se mit à rire en imaginant Khatoun et Hassan en sous-vêtements, chacun se morfondant dans une pièce différente.

En fait, les deux jeunes gens s'étaient déjà rencontrés… N'en pouvant plus d'attendre, Khatoun était sortie de la pièce pour chercher le cheikh Abou al-Hamalât. Elle était descendue au rez-de-chaussée, et là, s'était trouvée nez à nez avec Hassan. Pensant que c'était le fils un peu dérangé de Dalila, elle s'était enfuie, mais il l'avait rattrapée et coincée contre un mur.

— Haha, regarde-moi bien, est-ce que j'ai l'air d'un lépreux ? cria-t-il en soulevant son maillot.

Khatoun lâcha un hurlement de terreur.

— Pourquoi brailles-tu comme ça ? Serais-tu folle ? Cela expliquerait pourquoi ta mère voulait tant que je t'épouse !

— D'abord, rétorqua Khatoun, cette femme n'est pas ma mère ; ma mère est à Bassora. Ensuite, je suis déjà mariée ! Mais toi, n'es-tu pas le fils de cette femme, celui qui est détraqué ?

— Moi, détraqué ? et fils de cette arnaqueuse ? Ah, je comprends tout à présent... Elle m'a bien eu ! Elle m'a pris mille dinars et tout ce que j'avais sur le dos !

— Eh bien, moi, elle m'a fait croire qu'elle allait m'emmener chez le cheikh Abou al-Hamalât pour qu'il m'aide à tomber enceinte, et elle m'a dépouillée de tous mes bijoux et tous mes vêtements !

Sceptique, Hassan lui fit remarquer qu'il les avait vues se faire des signes et échanger des regards entendus quand elle l'attendait en face de son échoppe.

— Je te tiens responsable de ce qui m'est arrivé. Tu dois me rapporter mon argent et mes habits, déclara-t-il.

— Et moi, je te tiens responsable du vol de mes vêtements, et surtout de mes bijoux, qui valent mille fois plus que tout ce qu'elle t'a pris.

Ils continuèrent à se chamailler de la sorte, sans oser sortir de la maison dans une tenue pareille, pendant que

Dalila, non loin de là, devant la boutique du teinturier, réfléchissait : « Je vais devoir louer un âne, je ne pourrai pas porter tout ça… »

Voyant passer un homme avec un âne, elle lui demanda s'il connaissait son fils, le teinturier. Il lui répondit qu'il le connaissait fort bien. Alors elle lui dit :

— Le pauvre homme a fait faillite, on l'a jeté en prison ! Me permettez-vous de louer votre âne pour aller rendre la marchandise à ses fournisseurs ? Et pendant mon absence, nous vous serions reconnaissants de bien vouloir briser tous les pots et toutes les jarres qu'il y a ici. Ainsi, si le tribunal envoie des enquêteurs, ils ne trouveront plus rien dans la boutique.

Comme elle lui tendait deux dinars, l'homme la remercia en disant :

— Le teinturier a toujours été bon envers moi. *Telle mère, tel fils !* Rassurez-vous, je ne laisserai rien dans l'échoppe.

Dalila s'en alla avec l'âne, qu'elle avait chargé de tant de choses qu'il faillit s'écrouler. Quand le teinturier revint vers sa boutique, après avoir envoyé son commis livrer du kébab aux "enfants" de sa locataire, il vit des filets de teinture dégoulinant partout sur le sol. L'ânier était en train de fracasser la dernière jarre.

— Arrête, arrête ! cria-t-il en attrapant sa tête dans ses mains. Es-tu devenu fou ?

Mais l'ânier lui répondit d'un air joyeux :

— Dieu merci, ils vous ont libéré ! Votre mère m'a tout raconté…

— Ma mère ? Ça fait vingt ans qu'elle est morte !

Comprenant ce qui s'était passé, le teinturier se mit à pleurer.

— Mes teintures, ma boutique, mes jarres, mes clients !

— Mon âne ! gémit l'ânier. Dites à votre mère de me rendre mon âne.

— Je t'ai déjà dit que ma mère est morte il y a vingt ans, hurla le teinturier en attrapant l'autre au collet.

— Mais alors, si ce n'est pas votre mère, pourquoi l'avez-vous laissée garder votre boutique ?

— Eh bien, parce que ce matin, elle m'a loué des chambres, et elle a laissé ses enfants dans la maison.

— Alors, allons la chercher chez toi. Il faut absolument qu'elle me rende mon âne ! C'est mon seul ami et mon seul gagne-pain.

Ils coururent à la maison du teinturier, mais la trouvèrent fermée à double tour. Ils réussirent à enfoncer la porte de la cuisine et tombèrent sur Khatoun et Hassan à moitié nus, prostrés, épuisés par toutes leurs disputes.

— Que faites-vous ensemble dans cette tenue, espèces de débauchés ? leur cria le teinturier. N'êtes-vous pas frère et sœur ? Et où est passée votre maquerelle de mère, avec sa face de chien ?

— Et mon âne, où est-ce qu'elle l'a emmené ? cria l'ânier à son tour.

Maître Hassan leur raconta comment la vieille l'avait roulé dans la farine, pendant que Khatoun tentait de cacher sa nudité d'une main ou d'une autre. En entendant cela, le teinturier éclata en sanglots.

— Adieu, boutique, pots, jarres, clients ! se lamenta-t-il.

Et l'ânier de s'exclamer :

— Ah, mon âne, mon âne, où es-tu à présent ? Qu'on me rende mon âne !

Le teinturier finit par retrouver son sang-froid.

— Partons à la recherche de cette bonimenteuse, dit-il, et livrons-la au *wali*, ou mieux, au calife !

Comme ni Hassan ni Khatoun ne bougeaient, il leur cria :

— Qu'est-ce que vous attendez ?

— Vous voudriez que l'épouse du prince Sharr al-Tariq marche nue dans la rue ? fit Khatoun.

— Que dirait-on de vous si l'on nous voyait sortir nus de votre maison, alors que nous y sommes entrés habillés comme tout le monde ? renchérit Hassan.

Le teinturier leur apporta des vêtements, et Khatoun se dépêcha de rentrer chez elle, tandis que Hassan accompagnait les deux hommes chez le *wali*, qui leur ordonna de retrouver cette fripouille et de la lui amener pour qu'il la fasse avouer, dût-il lui arracher la langue.

Et voilà le teinturier, l'ânier et le jeune Hassan partis à la recherche de Dalila. Mais ils eurent beau passer au crible toutes les ruelles, tous les souks, elle resta introuvable. Alors ils décidèrent de se séparer pour que chacun ratisse un quartier différent. Finalement, ce fut l'ânier qui la reconnut – bien qu'elle fût maintenant drapée de noir des pieds à la tête.

— Dis-moi, fit-il en l'attrapant par la manche, tu es née arnaqueuse ? Et mon âne, où est-il ?

Dalila se mit à larmoyer.

— Pardonne-moi, mon enfant, je vais te le rendre tout de suite. Mais pas de scandale, je t'en supplie… Sache qu'il y a une raison à tout ce que j'ai fait. Enfin, laisse-moi d'abord te rendre ton âne. Je sais que tu es pauvre et qu'il est ton gagne-pain. Je l'ai laissé chez le barbier.

Ils cheminèrent ensemble de souk en souk jusqu'au salon du barbier.

— Attends-moi ici, je vais aller lui demander gentiment de te le rendre.

À peine entrée dans la boutique, elle fondit en larmes, se frappa les joues et la poitrine, baisa la main du barbier, pleura encore, jusqu'à ce que l'homme lui demande ce qu'elle avait. Séchant ses larmes, elle l'entraîna sur le palier pour lui montrer l'ânier.

— C'est mon fils unique. Me croirez-vous si je vous dis qu'il est devenu fou ? La semaine dernière, il est tombé malade ; une forte fièvre. Et ce matin, voilà qu'il se lève en criant : « Mon âne ! Où est mon âne ? » Alors qu'il n'a jamais eu d'âne de sa vie ! Quoi que je dise, il entonne sa rengaine : « Où est mon âne, où est mon âne ? » Même en mangeant... Je l'ai montré à plusieurs médecins ; tous m'ont dit qu'il n'y avait qu'une seule façon de déloger son mal : lui arracher deux molaires et lui cautériser les tempes deux fois de suite. Or on m'a dit que vous étiez la meilleure personne pour pratiquer ce genre d'opérations.

Elle lui tendit un dinar, avant de reprendre :

— Je vous en prie, appelez mon fils et dites-lui que vous allez lui donner son âne.

Plein de compassion, le barbier répondit :

— D'accord, pauvre mère, laissez-le-moi. Je jure par Dieu que je vais vous le soigner ; et si je n'y arrive pas, je marcherai dans les rues de Bagdad avec des oreilles d'âne par-dessus les miennes.

Dalila le remercia avec effusion et s'éloigna.

— Eh, fiston, cria le barbier à la porte de sa boutique, viens que je te rende ton âne.

L'ânier accourut, tout sourire, en demandant :

— Où est-il, mon âne ?

— Suis-moi, mon pauvre petit, on va aller le chercher.

Il l'entraîna dans l'arrière-boutique, toute sombre, où l'attendaient deux assistants, qui se jetèrent sur lui et lui lièrent les pieds et les mains, après quoi le barbier entreprit de lui arracher deux molaires et de lui cautériser les tempes. L'ânier n'arrêtait pas de hurler :

— Qu'est-ce que tu fais, barbier, tu es fou ?

— Je fais ça pour que ta mère, espèce de détraqué, ne t'entende plus crier jour et nuit : « Où est mon âne, où est mon âne ? »

— Mais ce n'est pas ma mère, c'est une fripouille !

Le barbier et ses assistants se contentèrent de ricaner.

— Que le Seigneur frappe cette démone d'une maladie mortelle, cria l'ânier, et qu'il te châtie pour ce que tu m'as fait !

Là, il envoya un coup de poing dans la figure du barbier et, repoussant les trois hommes, s'enfuit de la boutique. Mais les autres le rattrapèrent et le rouèrent de coups de poing et de pied, jusqu'à ce que des passants viennent à son secours – or, parmi eux, il y avait maître Hassan et le teinturier. L'ânier essuyait le sang de son visage en leur racontant ce qui lui était arrivé, quand le barbier ressurgit en hurlant :

— À l'aide, à l'aide ! Rattrapez cette femme ! Elle a dévalisé ma boutique, regardez, il ne reste plus rien !

Il se jeta sur l'ânier.

— Dépêche-toi de m'emmener chez ta mère avant qu'elle vende tous mes peignes, mes ciseaux et mes rasoirs ! Elle a même pris mon manteau !

— Combien de fois faudra-t-il que je te le dise ? Ce n'est pas ma mère. C'est une fripouille qui m'a volé mon âne !

— Et moi, elle m'a volé mille dinars et tous mes habits, s'écria maître Hassan.

— Eh bien, moi, fit le teinturier, je préférerais qu'elle m'ait tout pris, plutôt que d'avoir saccagé ma boutique et ruiné à jamais mon commerce.

Le barbier ferma sa boutique vide, et les quatre hommes allèrent trouver le *wali*, auquel ils demandèrent dix hommes armés pour les aider à débusquer cette Dalila. Ils commencèrent par se poster à l'endroit où l'ânier l'avait reconnue, mais pas une femme ne passa dans la rue. Cela n'entama pas leur détermination. Ils poursuivirent leur battue jusque vers le milieu de la nuit. Là, ils aperçurent un aveugle qui marchait en traînant les pieds. Étrangement, aussitôt qu'il les eut dépassés, il accéléra l'allure. L'ânier se lança à ses trousses.

— Tu ne m'auras pas, diablesse ! cria-t-il à l'aveugle, qui se mit à courir à toutes jambes.

Alors les autres se joignirent à la poursuite, et Dalila finit par être attrapée. Ils l'emmenèrent chez le *wali*. Les gardes leur demandèrent d'attendre à la porte, car il se trouvait que, ce soir-là, leur maître organisait une réception. L'ânier fut pris d'angoisse. Il leur expliqua que Dalila était si maligne qu'elle pouvait berner un serpent, et qu'il fallait la surveiller comme le lait sur le feu. Mais les gardes lui dirent de ne pas s'inquiéter, qu'ils ne la quitteraient pas des yeux.

Au bout d'un moment, Dalila fit semblant de s'endormir. Elle se mit à ronfler comme un ours, tout en observant à la dérobée le barbier, l'ânier, le teinturier et le jeune Hassan. Quand ils eurent tous succombé au sommeil, elle se leva et s'approcha d'un garde.

— Mon fils, dit-elle, j'ai embobiné des gens, c'est vrai, et je sais que le *wali* va me jeter en prison. Sauf que j'ai très envie de faire pipi, poursuivit-elle en saisissant son entrejambe, et je ne sais pas comment faire avec ces quatre, là, qui restent collés à moi comme mon ombre.

Sursautant au son de sa voix, les quatre hommes bondirent sur leurs pieds.

— Tu vois ce que je veux dire ? fit-elle. Si je pouvais, je pisserais par la bouche, mais je ne pense pas que ce soit possible.

Les gardes se concertèrent à mi-voix. Finalement, le plus costaud lui dit :

— Je vais t'emmener au harem pour que tu fasses ce que tu as à faire, et je t'attendrai à la porte. Compris ?

Dalila fit oui de la tête.

— Que Dieu te prête longue vie.

Au harem, elle aperçut beaucoup de servantes et de dames de compagnie qui dormaient, et d'autres qui bavardaient encore en sirotant du vin. En ayant repéré une qui lui semblait bien éméchée, elle lui donna cinq dinars.

— Écoute, ma fille, je suis la femme d'un marchand d'esclaves. Je viens d'arriver avec quatre mamelouks noirs que le *wali* lui a commandés – mon mari n'a pas pu se déplacer parce qu'il est souffrant. Comme il craint qu'ils s'échappent, il m'a dit de les livrer sans tarder au *wali*. J'ai demandé à un garde d'aller le prévenir, mais il a refusé parce que son maître a des invités. Penses-tu que sa femme puisse les réceptionner ? C'est que je suis pressée, mon mari m'attend…

La servante la conduisit jusqu'à la femme du *wali*, qui batifolait dans la pièce d'à côté. Dalila se précipita pour lui baiser la main, lui raconta sa prétendue histoire, et lui demanda si elle voulait voir les esclaves avant de payer les mille dinars. La dame passa la tête par la fenêtre, vit les quatre hommes attendant dans le noir, et donna l'argent à Dalila, qui la remercia, avant de prier la servante de la faire sortir par la porte de service, car elle craignait que les esclaves ne s'en prennent à elle.

Tard dans la nuit, quand le *wali* rentra dans la chambre conjugale, sa femme lui demanda si les quatre mamelouks lui plaisaient. Le voyant secouer la tête sans comprendre, elle lui expliqua qu'elle venait de payer mille dinars à la femme du marchand d'esclaves, et que les quatre hommes attendaient dehors avec les gardes.

Le *wali* descendit voir à la porte, et comme il faisait nuit noire, il ne reconnut ni Hassan, ni l'ânier, ni le barbier, ni le teinturier. Il dit :

— Mamelouks, vous êtes maintenant à mon service. Entrez donc.

— Mais, *wali*, nous ne sommes pas des esclaves ! firent-ils en chœur.

Il rétorqua :

— Ma femme affirme pourtant avoir payé mille dinars en l'échange de vous quatre.

— Enfin, honorable *wali*, souvenez-vous, nous sommes ceux que cette vieille femme a escroqués ! Nous venons de la retrouver et de vous l'amener.

— Dans ce cas, où est-elle ? fit le *wali*.

Les quatre hommes et les gardes échangèrent des regards. L'un des gardes finit par dire :

— Mon collègue l'a accompagnée au harem pour qu'elle puisse faire ses besoins.

C'est là que, tout à coup, le prince Sharr al-Tariq surgit à la porte du palais en criant :

— Une vieille femme vient d'escroquer mon épouse ! Elle l'a dépouillée de tous ses bijoux et de tous ses vêtements. *Wali*, je vous tiens pour responsable de ce qui lui est arrivé, parce que vous laissez de telles canailles sévir en toute liberté dans notre ville. Je veux que vous retrouviez immédiatement les affaires de ma femme.

En entendant cela, les quatre hommes s'enhardirent à s'adresser au prince :

— Eh bien, nous aussi, c'est la même chose, nous avons tous été escroqués par cette femme !

Mais le *wali* se tourna vers eux en faisant :

— Laissez-moi vous remercier d'avoir aidé cette bonimenteuse à trouver le chemin de ma maison et à soutirer mille dinars à ma femme. Elle a même réussi à tourner mes gardes en ridicule ! Regardez celui-là, qui l'attend encore à la porte du harem !

Le prince Sharr al-Tariq en rit si fort que ses énormes moustaches remontèrent sur son nez. Alors le barbier se mit à rire à son tour, puis le teinturier, le jeune Hassan, l'ânier, et même les gardes. Quand le *wali* lui-même fut gagné par l'hilarité générale, sa femme et ses servantes, postées les unes contre les autres à la fenêtre, partirent elles aussi d'un franc éclat de rire.

Bien sûr, le *wali* promit d'attraper Dalila. Il dit que s'il le fallait, ses hommes frapperaient à toutes les portes de Bagdad. Et dès le lendemain, il tint sa promesse : Dalila fut arrêtée le plus simplement du monde, chez elle. On l'amena devant le *wali*, qui lui rappela le nombre de personnes qu'elle avait escroquées. Elle le corrigea :

— Monsieur le *wali*, vous oubliez le garde qui m'a attendue à la porte du harem. Cela fait huit personnes, pas sept.

Ensuite elle promit de rendre tout ce qu'elle avait volé, même l'âne, mais à une condition : qu'on la présente au calife.

Et c'est ainsi qu'il en fut. Le prince Sharr al-Tariq et le *wali* la conduisirent dans la salle du conseil du calife, qu'elle régala du récit de ses ruses et de ses stratagèmes. Quand elle eut achevé sa tirade, il lui demanda :

— Mais pourquoi avoir floué ainsi ces pauvres gens ?

— Pour vous prouver, ô commandeur des croyants, que j'ai plus de tours dans ma poche que ces deux hommes que Votre Seigneurie a nommés commandants des murailles de la ville. Et pour pouvoir être introduite dans votre palais et demander à recevoir la pension de mon défunt mari, qui s'occupait de vos pigeons voyageurs.

Le calife lui demanda son nom.

— Dalila, fit-elle.

— Dalila la maligne ?

Et il ordonna qu'elle reçoive chaque mois la pension de son mari.

On raconte que, lorsqu'il fut seul avec son vizir, le calife lui dit :

— Hé! hé! maligne, en effet, cette Dalila ! Mais j'avoue que toute menteuse, fourbe et voleuse qu'elle soit, son courage et son astuce m'impressionnent.

Là, se rappelant comment elle avait réussi à tous les berner, même l'épouse du prince Sharr al-Tariq et celle du *wali*, il se mit à rire à gorge déployée."

LA FEMME DU DJINN

Subitement, à la surprise de tous, le calife se leva.

— Votre calife lui aussi a une histoire à vous raconter ! Celle du roi Shahrayâr, qui régnait sur les provinces de l'Inde et de l'Indus, et de son frère, Shahzamân, qui était roi de Samarcande…

"Tous deux menaient une vie heureuse, jusqu'à ce que la trahison vienne ruiner leur destin. Shahzamân surprit son épouse dans les bras d'un garçon de cuisine ; quelque temps plus tard, Shahrayâr vit la sienne folâtrer près d'une fontaine, nue, entourée d'esclaves des deux sexes, quand soudain, surgi de nulle part, un esclave noir tomba sur elle et lui fit l'amour en la traitant de « traînée ».

Quittant chacun son royaume, ils se mirent à errer ensemble de par le vaste monde et firent le vœu de ne rentrer chez eux que le jour où ils rencontreraient quelqu'un dont le malheur était plus grand que le leur.

Déguisés, ils cheminèrent jour et nuit à travers des déserts arides et des terres verdoyantes, se couchant dans l'affliction, se réveillant pleins de détresse. Ils marchèrent, marchèrent, et puis, un jour, ils arrivèrent devant une mer bordée d'une verte prairie. L'immensité de la mer ne fit qu'aggraver leur sentiment de solitude. Ils s'assirent là à ressasser leur infortune, quand tout à coup un énorme cri monta de la mer, faisant s'entrechoquer les vagues. Les eaux se fendirent, et il en surgit une colonne de fumée noire qui s'éleva de plus en plus haut, jusqu'à toucher le ciel. Pris d'effroi, les deux rois coururent vers la prairie, grimpèrent à un arbre touffu et se cachèrent dans son feuillage. La colonne s'approcha. Ils s'aperçurent que c'était un djinn, tout noir, portant un coffre de verre sur la tête. Il s'arrêta près de leur arbre, posa le coffre par terre, le déverrouilla et en fit sortir une jeune femme aux formes charmantes et au visage beau comme la lune. L'asseyant à l'ombre de l'arbre, il lui dit :

— Belle d'entre les belles, laisse-moi me coucher sur ta cuisse.

Allongeant ses jambes – qui descendaient jusqu'à la mer –, il posa sa tête contre sa cuisse et sombra aussitôt dans un profond sommeil. Ses ronflements étaient si forts qu'ils couvraient le grondement de la mer. La belle jeune femme se boucha les oreilles, mais rien n'y fit, alors elle leva les yeux au ciel pour implorer l'aide du Seigneur. C'est là qu'elle découvrit Shahrayâr et Shahzamân, cachés entre les branches. Soulevant délicatement la tête du démon, elle la posa sur son châle, puis s'éloigna sur la pointe des pieds en faisant signe aux deux rois de descendre. La peur les paralysa. Et si le djinn se réveillait et les trouvait là en train de lui parler ? Shahrayâr, le puissant roi de l'Inde et de l'Indus, lui souffla d'une toute petite voix :

— Au nom du créateur des cieux et de la terre, nous te supplions de nous laisser à l'abri de ce démon. Rien que de le voir d'en haut, nous sommes transis de peur...

— Ah non, fit-elle, je veux que vous descendiez.

— Il est bien connu que les djinns sont les ennemis des hommes, dit Shahrayâr. Si celui-ci se réveille et nous voit là, nul doute qu'il nous tuera et nous sucera le sang.

Mais elle rétorqua :

— Si vous ne descendez pas tout de suite, je le réveille !

Alors, tout doucement, sans faire de bruit, les deux rois redescendirent de l'arbre. Mais voilà qu'aussitôt, la jeune femme se jeta par terre et leva les jambes en l'air en disant :

— Vite, vite, éteignez le feu qui me dévore, faites-moi l'amour !

Shahrayâr bredouilla :

— Nous sommes profondément désolés, mais nous ne saurions satisfaire votre requête, car l'effroi que nous inspire ce démon nous glace le corps autant que le cœur.

Elle insista :

— Je suis assoiffée comme une terre en plein été. Si vous n'étanchez pas ma soif, je vais me mettre en colère et réveiller mon mari. Il peut vous ôter la vie d'une simple chiquenaude, puis, d'un seul souffle, il vous enverra dans la mer, et vous coulerez comme deux épaves.

La mort dans l'âme, Shahrayâr finit par lui faire l'amour en tremblant comme une feuille ; puis, à son tour, son frère cadet s'exécuta, les yeux fixés sur le démon. Chaque fois que la jeune femme atteignait l'orgasme, elle regardait le djinn endormi avec bravade. Quand elle fut enfin comblée, elle se releva comme si de rien n'était et leur dit :

— Maintenant, donnez-moi vos alliances.

Elle sortit des plis de sa robe une petite bourse dans laquelle se trouvaient des bagues de toutes les tailles et de toutes les formes.

— Regardez combien d'alliances j'ai dans cette bourse : quatre-vingt-dix-huit. Savez-vous d'où elles viennent ?

— Non, nous l'ignorons, firent les deux rois.

— Eh bien, ce sont celles des quatre-vingt-dix-huit hommes avec lesquels j'ai couché. Et voilà, maintenant ça fait cent ! Cent hommes qui m'ont prise à la barbe de ce djinn répugnant qui ronfle comme une scie à bois, croyant que je n'appartiens qu'à lui. Il me garde enfermée dans une caisse au fond de la mer ! Mais c'est un imbécile : il ne sait pas que lorsqu'une femme veut quelque chose, personne ne peut l'empêcher de l'obtenir, fût-elle emprisonnée au fond d'une mer déchaînée et surveillée par un démon jaloux.

À ces mots, Shahrayâr et Shahzamân se mirent à danser de joie.

— Mon Dieu, la ruse des femmes est vraiment sans limites…

Chacun lui tendit son alliance. Elle les mit dans sa bourse, qu'elle secoua gaiement en répétant :

— Rendez-vous compte, cent alliances, c'est cent hommes qui ont couché avec moi !

Puis elle reprit sa place sous l'arbre et, soulevant très délicatement la tête du djinn, elle la reposa contre sa cuisse, avant de faire signe aux deux rois de déguerpir.

— Allez-vous-en, si vous ne voulez pas que je le réveille.

Ils filèrent comme l'éclair.

Quand ils furent hors de danger, Shahrayâr dit à son frère :

— Par Dieu, voilà une infortune bien plus grande que la nôtre ! Ce djinn a beau enfermer sa femme dans un coffre de verre parfaitement verrouillé et la laisser croupir au fond des flots, elle a réussi à le tromper avec cent hommes. Allons, mon frère, rentrons chez nous, allons chacun retrouver notre royaume. Mais ne tentons plus jamais l'aventure du mariage ! Tu vas voir ce que je vais faire…"

LA FEMME AUX CINQ AMANTS

La seconde sœur aînée se leva à son tour.

— Commandeur des croyants, puis-je moi aussi vous conter une histoire ?

— Soit, fit le calife.

— Comme je sais gré à Dieu, à Votre Seigneurie et à l'esclave Basilic d'être encore en vie et de pouvoir parler à nouveau ! dit-elle en guise de préambule.

"Il était une fois une femme dont l'amant venait d'être jeté en prison pour s'être bagarré avec un autre homme. Cette femme était prête à tout pour que son amant soit libéré. Revêtant ses vêtements les plus chics et les plus féminins, elle se rendit chez le *wali*. Quand il vint à la porte, elle lui tendit une lettre dans laquelle elle clamait que son frère était innocent – elle ne pouvait pas décemment lui dire que c'était son amant –, et que les gens qui avaient témoigné contre lui étaient tous des menteurs. Le *wali* lut la lettre avec attention, puis leva les yeux vers la femme.

— Je vous supplie de le libérer, dit-elle, car je n'ai plus que lui.

Mais l'homme semblait tout aussi intéressé par ses lèvres, qui lui rappelaient le rouge des anémones sauvages, ou le pourpre de certaines roses…

— Entrez donc, fit-il d'un air troublé. Dès demain, je ferai libérer votre frère.

— Je m'excuse, répondit-elle, mais je n'ai pas d'autre protecteur que Dieu, et il ne serait pas convenable que j'entre seule dans la maison d'un homme.

Alors le *wali* lui dit sans ambages :

— Vous ne croyez tout de même pas que je vais vous rendre ce service sans contrepartie ?

— Oh, je comprends à présent, fit la femme. Dans ce cas, il vaut mieux que nous fassions cela chez moi. Venez donc me voir demain, nous passerons la journée ensemble.

Elle lui donna son adresse et ils s'entendirent sur une heure.

De là, elle se rendit chez le *qadi*.

— Maître, je vous supplie de m'aider, lui dit-elle.

L'homme tomba instantanément sous son charme.

— Dites-moi donc qui vous a fait du tort, chère dame.

— Mon frère a été jeté en prison sur la base de faux témoignages. Je suis sûre que vous pouvez user de votre influence auprès du *wali* pour qu'il le fasse libérer.

Séduit par son élégance et son éloquence, le *qadi* eut un large sourire.

— Je vois que vous avez grandement besoin de moi, madame. Eh bien, sachez que moi aussi, j'ai un besoin impérieux de vous faire entrer dans ma chambre pour que nous passions un peu de temps ensemble. Ensuite, je serai disposé à faire tout ce que vous me demandez.

La femme s'exclama :

— Monsieur le juge ! Mais si vous vous comportez de la sorte, comment pouvez-vous punir ceux qui profitent des pauvres gens ?

— Si cela ne vous va pas, fit le *qadi*, vous n'avez qu'à trouver un autre moyen de faire sortir votre frère de prison.

La femme changea aussitôt de ton.

— Ne pensez-vous pas, dit-elle de sa voix la plus douce, que nous serions mieux chez moi ? Votre demeure est pleine d'esclaves, de domestiques, de servantes. Enfin, ce n'est pas que je sois experte en la matière, mais comme on dit, n'est-ce pas, nécessité fait loi…

Il lui demanda où elle habitait et lui dit qu'il était d'accord pour venir la voir le lendemain.

Elle repartit en le maudissant entre ses dents et se dirigea vers le palais du vizir. Elle lui raconta l'histoire de son pauvre frère en versant quelques larmes, dans l'espoir qu'il la prenne en pitié et se comporte en gentilhomme – pas comme les deux premiers –, mais à son grand effroi, tout de go, le vizir voulut la serrer contre lui pour l'embrasser. Elle le repoussa.

— Si vous vous laissez faire, lâcha-t-il, je vous promets de libérer votre frère.

Là, prenant sa voix câline, elle lui dit :

— Alors venez plutôt chez moi demain, j'ai couru partout aujourd'hui et je suis épuisée. Et puis, n'est-ce pas, il faudrait d'abord que je prenne un bain et fasse brûler de l'encens…

Le vizir s'empressa de lui demander son adresse et l'heure du rendez-vous. Au moment où elle partait, il tenta encore de lui arracher un baiser. Elle s'éloigna à pas pressés, faisant route cette fois-ci vers le palais du roi.

— J'implore l'aide du Seigneur, créateur des cieux et de la terre, et de Votre Majesté, fit-elle après lui avoir raconté son histoire.

La femme plut beaucoup au roi, qui lui demanda d'entrer dans la troisième chambre sur la gauche et d'attendre qu'il la rejoigne. Il ajouta :

— Sois certaine que le *wali* libérera ton frère dès que nous aurons fini notre affaire.

— Sire, tout ce que le roi peut vouloir de moi est bien sûr une bénédiction, mais me feriez-vous plutôt l'honneur de me rendre visite dans ma modeste demeure ?

— Eh bien, avec plaisir, répondit le roi.

Elle lui expliqua comment venir, et ils convinrent d'un rendez-vous. Puis, prenant congé, elle se hâta d'aller chez le menuisier, encore abasourdie d'avoir parlé au roi.

Après avoir souhaité le bonsoir à l'artisan, elle lui dit :

— Je voudrais que tu me fabriques une armoire avec quatre compartiments superposés, chacun doté de sa propre porte et de sa propre serrure. Peux-tu me dire combien cela me coûtera ?

— Chaque compartiment vous coûtera un dinar, répondit le menuisier ; en tout, cela fera donc quatre dinars. Mais si vous me laissez coucher avec vous, chaste et respectable dame, cette armoire ne vous coûtera rien.

— Vraiment ? fit la femme. Dans ce cas, fais-m'en une à cinq compartiments.

Elle allait repartir, quand le menuisier lui dit :

— Si vous voulez, vous pouvez attendre ici que j'aie fini de faire votre armoire, et l'emporter de suite. Comme ça, je viendrai vous voir tranquillement demain.

La femme s'assit et attendit que l'armoire soit prête, puis elle loua un âne pour la transporter jusque chez elle. L'ayant installée dans son salon, elle la tapota du plat de la main en disant :

— Bienvenue dans ma maison, chère amie !

Ensuite elle alla au marché et acheta quatre djellabas – une jaune, une rouge, une bleue et une mauve –, des bougies parfumées, des victuailles, des fruits, du vin et des pâtisseries. Le lendemain, elle se leva de très bonne heure. Elle lava les sols, étendit des tapis, jeta quelques coussins de plus sur le divan, puis fit une grande toilette, se parfuma des pieds à la tête, se para de ses plus beaux vêtements, alluma des chandelles, disposa la nourriture et le vin ici et là, et enfin s'assit à attendre.

Le *qadi* fut le premier à arriver. Elle l'accueillit avec effusion, en baisant le sol à ses pieds, puis s'allongea sur le divan en susurrant :

— Je suis à vous, cher *qadi*...

Sautant sur le divan, l'homme se mit à la caresser et à l'embrasser. Quand il voulut aller plus loin, elle lui dit :

— Pourquoi ne pas vous mettre à l'aise ? Ôtez donc ces vêtements et ce turban, et passez cette djellaba jaune – c'est moi-même qui l'ai teinte pour le jour où je rencontrerais un homme qui la mérite. Regardez, elle a même un capuchon !

Le *qadi* se hâta de se changer devant la femme, qui faisait semblant de fermer les yeux. Elle alla poser ses vêtements dans une autre pièce, puis vint se rallonger à côté de lui sur le divan. C'est là que, tout à coup, on entendit frapper à la porte. La femme sursauta.

— Mon Dieu, ce doit être mon mari !

— Ah bon, et que suis-je censé faire maintenant ? fit le *qadi* avec agacement.

Elle chuchota :

— Ne craignez rien, mon *qadi*, je vais vous cacher dans cette armoire.

Et elle le mit dans le compartiment du bas, qu'elle ferma à clé, avant de se dépêcher d'aller ouvrir la porte. C'était le *wali*. Elle lui sourit, lui fit la révérence, et lui dit :

— Entrez, faites comme chez vous, maître, je suis ici pour vous servir. Déshabillez-vous donc et passez cette djellaba rouge que j'ai rapportée d'un voyage en Chine, pendant que j'allume encore quelques chandelles.

Elle garda le dos tourné le temps qu'il enfile la djellaba, puis, en virevoltant, elle s'exclama :

— Oh, cette couleur vous sied à merveille ! Allongez-vous donc sur ce divan, je reviens de suite.

Elle se dépêcha d'aller cacher les vêtements du *wali*, avant de le rejoindre sur le divan. Là, elle se mit à le caresser et à l'embrasser, jusqu'à ce qu'il commence à être très excité. Alors elle s'écarta et lui dit :

— Puisque nous allons passer toute la journée ensemble, pouvez-vous avoir l'extrême gentillesse de rédiger dès à présent une lettre ordonnant que mon frère soit libéré de prison, histoire que j'aie l'esprit serein ?

Attrapant une feuille de papier, le *wali* s'empressa de lui écrire ce qu'elle voulait, de sceller la lettre et de la lui tendre. Elle le remercia, puis se remit à le caresser. Mais voilà que soudain on entendit des coups contre la porte.

— Qui cela peut-il être ? fit le *wali*.

Bondissant sur ses pieds, la femme s'écria :

— Ce ne peut être que mon mari !

— Qu'est-ce qu'on fait ? chuchota le *wali*, énervé.

Le prenant par la main, elle se dépêcha de le conduire vers l'armoire en marmonnant :

— Grimpez là et ne bougez pas, je vais me débarrasser de lui.

Elle le mit dans le deuxième compartiment, le ferma à clé et courut ouvrir la porte au vizir, qu'elle accueillit lui aussi en s'inclinant pour baiser le sol à ses pieds.

— Votre visite est pour moi un immense honneur, lui dit-elle.

S'asseyant à côté de lui, elle lui demanda d'une voix douce et suave :

— Que diriez-vous d'ôter vos vêtements pour passer cette djellaba ? Vous serez bien plus à l'aise ainsi.

Elle lui tendit la djellaba bleue, qui avait un capuchon rouge. Il s'exécuta en la remerciant.

— Maintenant, mon vizir, tâchez d'oublier votre bureau et les soucis de votre fonction. Comblez-moi d'amour et de passion, fit-elle en s'allongeant lascivement sur le divan.

Chacun caressa l'autre, mais quand le vizir devint plus entreprenant, elle lui chuchota à l'oreille :

— Pourquoi se précipiter ? Nous avons tout notre temps…

Elle n'avait pas fini sa phrase qu'on entendit frapper à la porte.

— Qui est-ce ? s'étonna le vizir.

— Ce doit être mon mari, répondit la femme. Ne vous inquiétez pas, cachez-vous dans cette armoire ;

je vais vite le congédier, pour qu'ensuite nous puissions retourner sur notre divan !

Elle l'enferma dans le troisième compartiment, puis s'empressa d'aller ouvrir au roi. Toute troublée de le voir là sur le seuil, elle se jeta à ses pieds et baisa le sol avec ferveur. Puis elle le conduisit au même divan et, s'étant assurée qu'il était bien confortablement installé, elle lui dit :

— Sachez, Sire, que si l'on me donnait la lune, le soleil, les étoiles, et même l'univers tout entier, cela ne me rendrait pas aussi heureuse qu'un pas de Votre Majesté dans ma modeste demeure. Mais me permettez-vous d'ajouter quelque chose ?

Subjugué par sa beauté, le roi répondit d'un ton rêveur :

— Tu peux me dire tout ce que tu veux…

— Vos vêtements et votre turban doivent être bien lourds. Pourquoi ne pas revêtir quelque chose de plus léger et de plus confortable ? Ainsi, plus rien ne fera obstacle entre nous.

Tout émoustillé, le roi arracha ses somptueux vêtements et jeta son turban pour enfiler cette djellaba mauve à trois sous, sur quoi la femme entreprit de caresser chaque parcelle de son corps. Mais quand il fut sur le point de passer aux choses sérieuses, elle lui dit :

— Si vous patientez un peu, Sire, je vous promets une surprise qui vous enchantera.

Et elle commença à défaire les innombrables petits boutons de sa robe, un à un, quand, brusquement, on frappa à la porte.

— Qui est-ce ? fit le roi.

— Mon mari !

— Dis-lui de disparaître, gronda-t-il. À moins que tu préfères que je m'en charge ?

Elle répliqua :

— Sa Majesté, s'abaisser à traiter avec mon mari ? Laissez-moi faire, je sais comment m'y prendre avec lui. Mais, sauf votre respect, il vaut mieux que vous m'attendiez dans cette armoire. Je vous promets que cela prendra moins d'une minute.

Un large sourire aux lèvres, elle l'entraîna par la main et l'enferma dans le quatrième compartiment. Cette fois, le visiteur n'était autre que le menuisier, qui ne cessa de tambouriner contre la porte jusqu'à ce qu'elle vienne lui ouvrir. Elle lui dit d'emblée :

— Je ne suis pas du tout satisfaite de l'armoire que tu m'as faite.

— Qu'est-ce qu'elle a qui ne va pas ? fit-il, inquiet que la femme ne veuille plus coucher avec lui.

— Les compartiments sont trop étroits.

— Étroits ? s'étonna-t-il. Je suis pourtant sûr de les avoir faits assez grands.

— Va voir à l'intérieur, si tu ne me crois pas.

Aussitôt que le menuisier eut grimpé dans le cinquième compartiment, elle ferma la porte à clé et s'enfuit de la maison en emportant ses biens les plus légers et les plus précieux. Puis elle courut remettre la lettre du *wali* au responsable de la prison, qui fit libérer son amant sur-le-champ, et tous deux se hâtèrent de quitter la ville pour partir vers des pays lointains.

Quant aux cinq hommes qui avaient failli être les amants de cette femme, craignant d'être découverts, identifiés et jetés dans l'opprobre, ils restèrent tous parfaitement silencieux. Seulement, au bout de trois jours, quand la vessie de chacun fut sur le point d'éclater, le menuisier, n'en pouvant plus, urina sur la tête du roi. Quasiment au même instant, le roi urina sur la tête du vizir, et le vizir sur la tête du *wali*, et le *wali* sur la tête du *qadi*.

— Comment se fait-il que je sois trempé d'urine de mulet ? s'exclama ce dernier.

Le *wali* n'eut pas de mal à reconnaître la voix du *qadi*.

— *Qadi*, vous feriez mieux de vous poser une question plus essentielle : trempés d'urine ou pas, que faisons-nous dans cette galère, vous comme moi ?

Reconnaissant les voix coléreuses du *qadi* et du *wali*, le vizir cria :

— Que Dieu vous récompense pour votre bonne action !

— Et vous aussi, monsieur le vizir, répliqua le *qadi*.

Le vizir grommela :

— Cette crapule a réussi à enfermer tous les grands du royaume, à part le roi…

Et voilà que celui-ci, qui tout ce temps était resté muet, lâcha :

— Silence, messieurs… Votre roi est le premier à être tombé dans le piège de cette sale garce !

À ces mots, les trois autres bredouillèrent :

— Au moins, Sire, vous pouvez être tranquille : le peuple ne saura rien de tout cela.

C'est là qu'une cinquième voix se fit entendre :

— Excusez-moi, messieurs, mais je suis le menuisier qui a fabriqué cette armoire pour quatre dinars. Quand je suis venu chercher mon argent, la femme m'a embobiné comme vous et m'a enfermé à l'intérieur.

Le roi lui dit alors :

— Eh bien, qu'attends-tu pour nous sortir de là, menuisier ?

— Je ne peux rien faire, Sire, car pour cette pendarde, j'avais choisi les meilleures serrures !

Les cinq hommes tentèrent de les forcer en secouant, tirant, martelant la porte de leur compartiment, en vain…

Le lendemain, les voisins de la femme commencèrent à se poser des questions, parce que cela faisait plus de trois jours qu'ils ne l'avaient pas vue. Ils décidèrent d'enfoncer la porte de sa maison. À peine entrés, ils entendirent des cris et des gémissements à l'intérieur de l'armoire. Perplexes, ils se mirent à réfléchir ensemble à ce qu'ils devaient faire, en se bouchant le nez à cause de l'odeur. Le *qadi* finit par dire d'une voix forte :

— Écoutez-moi tous, je suis le *qadi*. Je vous demande instamment d'aller chercher un menuisier qui puisse ouvrir les serrures de cette armoire.

— Mais qui vous a enfermés là-dedans, vénérable *qadi* ? fit un des voisins.

— Serais-tu Zein al-Dîn ? répliqua le *qadi*.

— En effet, c'est bien moi.

— Alors cesse de te mêler de ce qui ne te regarde pas, comme toujours, et va de ce pas nous chercher un menuisier, car nous mourons tous de faim et de soif !

— Je vais aller chercher Hassan, le roi des menuisiers, fit Zein al-Dîn.

Mais une voix s'éleva de l'armoire :

— Hassan, c'est moi, et je suis enfermé là-dedans. Va donc chercher mon frère Ali.

— Je ne comprends vraiment rien, s'étonna Zein al-Dîn, comment peut-on enfermer un menuisier dans une armoire ?

— Vas-tu te taire ? gronda le roi. Je t'ordonne de nous trouver un menuisier sur-le-champ !

Les voisins avaient tous reconnu la voix du roi. Ils restèrent là, silencieux, à échanger des regards sidérés, tout en continuant à se pincer le nez, jusqu'à l'arrivée d'Ali, le frère du menuisier.

L'homme ouvrit d'abord le compartiment du *qadi*. Quand il sortit dans sa djellaba jaune, avec son capuchon sur la tête, tout le monde partit d'un grand éclat de rire, qui s'amplifia à mesure que les autres membres de la cour surgissaient de l'armoire. Les captifs eux-mêmes s'esclaffèrent en pointant du doigt l'accoutrement des uns et des autres. Mais l'hilarité ne fut à son comble que lorsque le roi, incapable de retrouver ses vêtements et son turban, dut quitter la maison de la femme dans la pauvre djellaba mauve dont elle l'avait affublé."

LE PRINCE ET LA PRINCESSE

Abou Nuwas revint se placer au centre de l'assistance.

— Les hommes comme les femmes, dit-il, nous n'arrêtons pas de nous faire des reproches. Mais au fond, pourrions-nous nous passer les uns des autres ? Personnellement, je peux vivre sans femmes, seulement tout le monde n'est pas comme moi… Voyons un peu ce qu'il advient quand la vie nous prive de la compagnie de l'autre sexe.

“Il y avait autrefois un roi nommé Shahramân, qui, après bien des supplications et des prières à Dieu, eut le bonheur d'avoir un fils. Il l'appela Qamar al-Zamân, « lune des temps et des siècles », car pendant la grossesse de la reine, il contemplait chaque mois la pleine lune en priant le Seigneur de lui donner un garçon qui puisse un jour hériter de son trône.

Qamar al-Zamân fut l'unique enfant du couple royal. Quand il atteignit l'âge adulte, son père songea à le marier pour qu'il lui donne des petits-enfants et perpétue la dynastie régnante. Mais le jeune homme refusa tout net l'idée du mariage.

— Mon père, dis-toi que jamais je ne m'approcherai d'une femme. J'en ai trop entendu sur leur ruse et leur perfidie. N'oublie pas ce qu'a dit le poète :

Si tu veux plaire au Seigneur
Garde-toi de céder à Ève
Sitôt qu'elle gagnera ton cœur
Elle y plantera une flèche empoisonnée.

Le roi fut profondément affligé par ce qu'il venait d'entendre. Mais, en homme sage et avisé, il laissa son fils tranquille ; il le combla même d'encore plus de tendresse, se disant qu'avec le temps il finirait par changer d'avis. Une année entière avait passé, quand, espérant que son fils avait mûri, il voulut aborder à nouveau le sujet.

— Mon fils, si je te demande quelque chose, le feras-tu ?

Qamar al-Zamân s'agenouilla devant lui avec respect.

— Je me trouve sur cette terre pour t'obéir, mon père.

Alors, plein d'optimisme, le roi lui déclara :

— Je veux que tu te maries de mon vivant pour que je puisse te céder mon royaume.

Mais Qamar al-Zamân répondit :

— Pardonne-moi, mon père, c'est la seule chose à laquelle je ne puisse acquiescer. Je reste déterminé à ne pas me marier, et mes raisons n'ont pas changé.

À nouveau, le roi se sentit fort dépité. Cependant, comme il adorait son fils, il se dit qu'il allait attendre encore un an avant de lui reposer la question. Mais la réponse de Qamar al-Zamân resta la même. Alors le roi se dit qu'il devait s'y prendre autrement. Il décida que, la prochaine fois, il lui parlerait en présence de son conseil et de son vizir – espérant le mettre ainsi au pied du mur.

Un jour, il envoya donc quérir son fils, pour lui déclarer devant tous les grands du royaume :

— J'ai quelque chose à te demander, mon fils, et j'aimerais que tu exauces ma volonté sans me contrarier : je veux que tu épouses une princesse royale avant que je disparaisse.

Qamar al-Zamân baissa la tête un moment, puis, la relevant, il dit avec toute l'impudence et la déraison de la jeunesse :

— Père, je crains que ton grand âge ne te fasse perdre la mémoire. Ne m'as-tu pas déjà parlé de mariage à trois reprises ? et n'ai-je pas chaque fois refusé ? Alors, pour la quatrième fois, c'est non. Et ma décision est sans retour, dussé-je en mourir.

Humilié, le roi cria à son fils :

— Comment oses-tu me parler ainsi en public ?

Il se tourna vers ses soldats :

— Enfermez-le dans la tour abandonnée, cela lui apprendra les bonnes manières.

Qamar al-Zamân y fut conduit sur-le-champ. Quand les gardes eurent verrouillé la porte et qu'il se trouva seul, il hurla avec rage :

— Maudits soient le mariage et la traîtrise des femmes jusqu'à la fin des temps ! Les femmes sont des rapaces. Je sais que si j'en épouse une, elle me mènera à la perdition et me détournera de la piété, du bonheur et de la réussite.

Plus tard, quand un garde vint allumer des bougies et lui apporter à manger, c'est à peine si le jeune prince put avaler deux bouchées. Il resta assis à lire des versets du saint Coran, puis il s'endormit, sans se douter de ce que le destin lui réservait.

Il se trouve qu'une femme djinn répondant au nom de Maymouna, fille de Dimiryât, le fameux roi des djinns, vivait dans le puits de cette tour abandonnée. Chaque soir, elle quittait son puits pour voler dans le ciel et regarder les anges invoquer et glorifier le Seigneur. Ce soir-là, quand Maymouna remonta à la surface de la terre, elle aperçut une lueur qui brillait dans la tour – pour la première fois de sa vie, c'est-à-dire depuis plus de deux cents ans. Intriguée, elle vola jusqu'au sommet de l'édifice et se faufila à l'intérieur par une fissure courant sur le mur. Un garde dormait devant la porte. Elle se glissa dans la pièce à travers le trou de la serrure. Une silhouette était couchée sur un lit, avec une bougie près de la tête et une lanterne aux pieds.

— Gloire à Dieu qui crée si bien les êtres ! fit-elle en s'approchant.

À la lueur de la bougie, la beauté du jeune homme était saisissante. Ses lèvres étaient comme des raisins écarlates, parfaitement mûrs. « Qui peut bien être ce jeune homme ? » songea la démone. Il semblait emprisonné, il y avait un garde devant la porte. Mais est-ce que beaucoup de prisonniers dormaient sur un lit de plumes d'autruche ? Sans attendre, elle entra dans le rêve du garde et le questionna sur ce bel endormi, jusqu'à ce qu'elle comprenne toute l'histoire de Qamar al-Zamân. Furieuse que le roi ait pu traiter ainsi une aussi charmante créature, elle se pencha pour l'embrasser entre les yeux et se fit la promesse de venir lui rendre visite chaque soir. Puis elle s'envola et resta à planer près de la tour pour s'assurer qu'aucun mauvais génie ne rôdait dans les parages.

C'est alors que, brusquement, elle perçut un bruissement d'ailes. Interloquée, car cette portion de ciel lui appartenait et aucun autre djinn n'était censé y voler sans sa permission, elle prit de la hauteur et tournoya dans les airs jusqu'à ce qu'elle aperçoive l'intrus, un djinn qui s'appelait Dahnâsh. Sans faire ni une ni deux, elle fondit sur lui comme un aigle et planta ses griffes dans son ventre. Le djinn comprit aussitôt qu'il avait affaire à la redoutable Maymouna ; il se mit à implorer son pardon et sa clémence.

— Que fais-tu sur mon « territoire » ? lui cria-t-elle.

— L'amour m'a aveuglé, vénérable dame. Je rentre des îles de Chine, où, chaque soir, je rends visite à une princesse. Son éblouissante beauté a dû me faire perdre le sens de l'orientation.

Maymouna ne croyait pas un mot de ce qu'il disait.

— Les îles de Chine ? Que faisais-tu là-bas, menteur ? Jure-moi par le nom sublime gravé sur la bague du roi Salomon que tu dis la vérité. Mais si je découvre le contraire, je t'écorcherai vivant et te briserai les os !

Le djinn Dahnâsh s'écria :

— Je jure par le roi Salomon et par ton père, le roi Dimiryât, que chaque soir je m'envole pour les îles de Chine afin de me repaître de la vue de la princesse Boudour, la fille du roi Ghayyour le « jaloux ». Elle est d'une rare beauté : des cheveux noirs comme la nuit, un nez fin comme la lame d'une épée, des joues rouges comme deux anémones de printemps, une langue douce comme du miel – et en plus, elle parle six langues. Et puis ses seins sont ronds et fermes comme des œufs d'autruche, sa taille est aussi fine que le cou d'une gazelle, ses fesses sont comme deux dunes de sable alanguissant sa démarche. Quant à ses cuisses, ce sont des colonnes d'ivoire, et ses pieds…

Maymouna l'interrompit :

— Tu veux me dire que cette beauté divine est tombée amoureuse de toi ?

— Amoureuse de moi ? fit le djinn. Ah, si tu savais… Elle refuse tous les prétendants qui se présentent à elle – et qui sont tous princes, ou fils de roi ou d'empereur. Elle leur dit que le mariage ne l'intéresse pas du tout. Mais curieusement, chaque fois qu'elle en éconduit un, la foule de ses admirateurs n'en est que plus grande. Le dernier en date était un prince, et pas n'importe lequel : le fils d'un roi surnommé le « roi des rois ». Autant dire qu'il n'était pas du genre à se résigner. Cent fois, il a redemandé sa main ; en vain. Le père de Boudour avait beau s'appliquer à inventorier toutes les qualités du jeune prince, elle lui répliquait : « Je tiens à rester maître de mon existence. En tant que princesse, j'ai du pouvoir ; si je me marie, je tomberai sous la coupe de mon époux. » Il n'a eu de cesse de la raisonner, jusqu'à ce qu'elle menace de se planter une épée dans le ventre. Le pauvre homme a failli en mourir d'effroi. Reste qu'il ne savait pas quoi dire au fils du roi des rois… Alors, un jour, il a ordonné à Boudour de vivre enfermée dans sa chambre, complètement recluse.

Dahnâsh acheva son récit en disant à Maymouna :

— C'est le désarroi qui m'a égaré.

— Tu veux me faire croire, rétorqua-t-elle sèchement, que c'est une raison suffisante pour circuler dans mon espace ?

— Si vous voyiez ma princesse, madame, je suis sûr que vous me pardonneriez.

— Eh bien, moi, je suis sûre que non, ricana Maymouna, parce que ta princesse m'a tout l'air de ressembler à un urinoir. Dire que je m'attendais à ce que tu me décrives une créature de rêve ! Cela dit, il y a une curieuse coïncidence : lorsque je t'ai surpris dans mon espace, je surveillais les environs pour protéger un prince dont l'histoire est tout à fait identique à celle de ta princesse. Figure-toi en effet que son père l'a fait enfermer dans cette tour abandonnée parce qu'il refusait de se marier ! Il est d'une beauté époustouflante, on croirait une étoile brillant au firmament.

— C'est tout ce que tu as trouvé pour le décrire ? fit Dahnâsh. Allons, un peu d'imagination…

— Eh bien, fit-elle en poussant un gros soupir, la peau de mon prince est douce comme celle d'un nouveau-né et sa taille est souple comme une branche de saule. Si tu le voyais, tu en aurais l'eau à la bouche !

— Malgré tout le respect que j'ai pour toi, Maymouna, je ne saurais comparer ma princesse à ton prince, car elle est tout simplement incomparable.

— Quel charlatan ! cria-t-elle. Quel djinn exécrable ! Voilà qu'il ose comparer sa princesse à mon prince ! Mais, espèce de cinglé, personne au monde ne ressemble à mon prince, tu comprends ?

Dahnâsh commençait à avoir peur... Il bredouilla en hâte :

— Et si nous volions ensemble pour aller chercher ma princesse, avant de revenir voir ton prince ?

— D'accord. Mais prépare-toi à perdre, odieux personnage, car il ne fait aucun doute que mon prince est plus beau que ta princesse.

Puis, lui donnant une bourrade qui lui arracha un cri, elle ajouta :

— Qu'est-ce que tu attends ? Dépêche-toi, avant que je te fasse rôtir dans les flammes et te jette dans le désert. Emmène-moi chez ta princesse, que je voie ça !

— On est partis, fit Dahnâsh d'une voix chevrotante.

Ils volèrent longtemps, jusqu'à ce qu'apparaisse un palais au sommet d'une montagne. Là, ils entrèrent dans la chambre de la princesse Boudour. Maymouna n'entrevit qu'un visage rond et une chemise de nuit qui scintillait dans le noir. Dahnâsh tremblait d'émotion. Prenant la princesse dans ses bras, il faillit la faire tomber. Il murmura :

— Ah, ma belle, comme j'aimerais que tu dormes à jamais sous ma paupière...

— C'est sûr qu'elle ferait mieux de rester endormie, ironisa la démone, car si elle voyait ta tête au réveil, elle prendrait ses jambes à son cou, même entre ciel et terre.

Puis, le poussant du coude, elle attrapa la princesse par la taille, laissant Dahnâsh tenir ses jambes, et ils s'envolèrent. Les cheveux de Boudour, qui flottaient derrière elle, les faisaient ressembler à une étoile filante.

Arrivés dans la pièce où dormait Qamar al-Zamân, à l'intérieur de la tour, ils allongèrent la princesse à côté de lui. Les deux djinns eurent chacun un hoquet de stupeur tellement la ressemblance entre les deux était frappante. Mais Dahnâsh s'écria :

— Ne t'avais-je pas dit que ma princesse était plus belle ?

Maymouna s'agenouilla pour baiser Qamar al-Zamân entre les yeux, avant de répondre à Dahnâsh :

— Bon, je vais être clémente, car je vois bien que tu es myope comme une taupe et que tu as le cœur un peu sclérosé. Disons que je te pardonnerai si la beauté de ta princesse te suggère une description supérieure à celle que m'inspire mon prince. Tiens, par exemple : « Ce grain de beauté sur sa joue est une source de musc. »

— Écoute un peu ceci, répliqua Dahnâsh en baisant la main de Boudour : « Un seul regard de ma belle suffirait à me nourrir pour l'éternité. »

— Te nourrir ? Ventre affamé, tu la compares à de la nourriture ! Mais assez perdu de temps, il nous faut décider lequel des deux est le plus beau.

— Je ne changerai pas d'avis, déclara Dahnâsh, c'est ma princesse.

— Non, non, c'est mon prince.

— Tu peux me tordre le cou, je n'en démordrai pas. J'ai trop de respect pour toi, Maymouna, pour ne pas être honnête avec toi.

— Écoute, fit-elle, j'ai une idée : nous allons les réveiller chacun à son tour, et celui qui brûlera d'amour pour l'autre sera le moins beau !

— D'accord, je vais plonger ma princesse dans un sommeil très profond, puis me transformer en puce et piquer ton prince pour qu'il se réveille.

Dahnâsh planta ses dents dans le cou de Qamar al-Zamân, qui se réveilla en sursaut. Il était là à se frotter le cou, quand il vit la princesse Boudour endormie à côté de lui. Écarquillant les yeux, il ne put s'empêcher d'écarter sa couverture.

— Quelle beauté ! s'écria-t-il après avoir relevé son maillot de corps et abaissé sa culotte.

Il tenta de la réveiller en poussant un gros soupir, puis pencha la tête pour l'embrasser. Là, Dahnâsh chuchota à Maymouna :

— Je suis ravi que ce jeune homme brûle ainsi pour ma princesse, seulement je vois aussi que c'est un débauché qui n'a aucune morale, et si tu me le permets, j'aimerais l'empêcher de l'embrasser.

Enrageant à l'idée qu'elle allait perdre son pari, Maymouna le fit taire. Mais voilà que Qamar al-Zamân redescendit le maillot de corps de Boudour, remonta sa culotte, puis la secoua doucement en disant :

— Réveille-toi, ma chérie, arrête ce jeu. Je sais que c'est mon père, le roi, qui t'a envoyée dans mon lit pour que je tombe follement amoureux de toi, que je t'épouse et que j'aie des enfants de toi. Cela fait trois ans que je résiste à l'idée de me marier... Alors ne perdons pas de temps, lève-toi, ma douce, ma précieuse beauté ; nous nous marierons dès le lever du jour, si je peux attendre jusque-là.

Il allait l'embrasser à nouveau, quand il se reprit en se disant à lui-même : « Un peu de patience, Qamar al-Zamân... Seigneur, pardonne-moi pour ce que j'avais l'intention de faire. »

Et il se mit à caresser les longs cheveux de la jeune femme.

— Mon père t'a-t-il dit de faire semblant de dormir pour que tu lui rapportes tous mes gestes ? Je parie qu'il veut me tester… Il est peut-être même caché quelque part à m'observer en se réjouissant d'avoir gagné la bataille, après l'humiliation qu'il a essuyée devant les hommes de son conseil. Car voilà, je suis épris de toi des pieds à la tête !

Il toucha son visage, et comme elle ne bougeait pas, il dit :

— Tu sais, j'aime ta force de caractère autant que ta beauté.

Puis il prit sa main et la porta à son visage. C'est là qu'il vit la bague qu'elle avait au doigt. Il la lui ôta pour l'examiner.

— Elle est marquée d'un sceau… Qui peux-tu être, princesse ? Je garde cette bague en souvenir de toi et en gage de notre amour.

Il la mit à son auriculaire et ferma les yeux en disant :

— Mieux vaut que je me rendorme, c'est la seule façon de ne pas céder à la tentation.

Maymouna battit des mains avec jubilation.

— Tu vois, la noblesse de mon prince n'a d'égale que sa beauté !

— C'est vrai, concéda Dahnâsh.

— Maintenant, fit Maymouna, à moi de me transformer en puce pour réveiller ta princesse.

Elle sauta dans les habits de Boudour et la piqua à la cuisse et au nombril. La princesse ouvrit les yeux en sursautant et se redressa sur son séant. Voyant ce jeune homme qui dormait à côté d'elle en respirant lourdement, elle s'exclama :

— Qui es-tu, sublime créature ? Qui t'a amené ici ? Les nymphes du paradis cesseraient de vanter la beauté de leurs yeux si elles voyaient tes longs cils veloutés. Mon Dieu, que m'arrive-t-il ? Je ne peux pas y croire : mon cœur bat la chamade ! Moi qui ai toujours fui les hommes et l'idée du mariage... Si le fils du roi des rois – qui a demandé ma main je ne sais combien de fois – te ressemblait, j'aurais accepté sans hésiter !

Qamar al-Zamân n'eut aucune réaction. Alors Boudour le secoua doucement en disant :

— Ouvre les yeux, mon maître, ma beauté, ce que tu verras pourrait te plaire.

Mais Maymouna l'avait plongé dans un sommeil si profond que tous les efforts de la princesse furent vains.

— Réveille-toi, enlace le narcisse, joue avec moi jusqu'au lever du jour, jusqu'à midi, jusqu'au soir. Lève-toi, mon chevalier, goûte le fruit qui a mûri à ta vue.

Qamar al-Zamân ne bougeait toujours pas. Alors Boudour changea de méthode.

— Je n'arrive pas à croire que tu continues à dormir. Ton charme et ta beauté t'ont-ils gonflé d'orgueil ? À moins que tu obéisses aux instructions de mon père ? Te ferais-tu désirer, pour que je retienne la leçon et ne m'avise plus de lui tenir tête ? Mais n'es-tu pas heureux que j'aie refusé tous les autres avant toi ? Allons, me voici, toute prête, prends-moi dans tes bras.

Comme il ne faisait rien, Boudour l'enlaça. Elle vit alors sa bague à son auriculaire. Folle de joie, elle baisa ses doigts un à un.

— Je suis au comble de l'extase, dit-elle. Enfin non, pas encore tout à fait… Tu es donc venu quand j'étais endormie, et, craignant que je te refuse, tu as préféré ne pas me réveiller et demander ma main en silence. Sois certain que je t'accepte pour époux, d'ailleurs, regarde : je prends ta bague pour la mettre à mon doigt.

Et elle ôta la bague qu'il avait à l'annulaire. Puis, soulevant la couverture, elle caressa son torse en disant :

— À présent, ton torse est ma maison, et ces poils sont les arbres qui m'ombragent.

Elle fit glisser sa main jusqu'à sa taille, puis en haut de ses cuisses, et quand elle atteignit l'endroit que vous connaissez tous…"

Baissant la voix comme pour révéler un secret, Abou Nuwas se permit une digression :

— Certains d'entre vous ignorent peut-être que l'appétit sexuel de la femme est plus fort que celui de l'homme. Pauvres petites ! Quand elles sont excitées, elles cherchent à se satisfaire par tous les moyens, avec n'importe qui, n'importe quoi.

Il gloussa dans sa barbe, puis fit :

— Revenons à nos moutons…

"Lorsque sa main atteignit l'endroit que vous connaissez tous, Boudour se mit à trembler de gêne. Cessant de toucher le corps du jeune homme, elle se contenta d'embrasser ses lèvres, avant de se rendormir en le serrant dans ses bras.

Maymouna s'écria alors :

— Ah, comme j'aime la victoire ! As-tu vu ce que ta princesse a fait à mon prince ? Vas-tu enfin reconnaître, djinn effronté, que mon prince est plus beau et plus vertueux qu'elle ?

— Oui, oui, marmonna Dahnâsh.

— Excuse-moi, je n'ai pas entendu ce que tu as dit…

— J'ai dit « oui, oui ». Tu as gagné, c'est bon ?

— Alors dépêche-toi de raccompagner ta princesse vaincue dans son pays. Et ne compte pas sur moi pour t'aider, je ne suis pas en état de voler, je n'ai qu'une envie : danser, danser de joie !

Dahnâsh s'envola jusqu'en Chine avec sa princesse endormie, et Maymouna passa le reste de la nuit à danser avec frénésie en chantant à tue-tête :

— J'ai gagné le pari, j'ai gagné ! C'est toujours moi qui gagne !

Le lendemain matin, au réveil, Qamar al-Zamân se tourna de droite et de gauche. Ne trouvant pas la jeune femme, il bondit hors de son lit et tambourina comme un fou contre la porte. Le garde vint ouvrir. Le prince lui demanda :

— Qui est entré dans ma chambre ? Qui a enlevé cette jeune femme ?

— Une jeune femme ? fit l'autre d'un air interdit. De qui voulez-vous parler, maître ? Je vous assure que personne n'est entré dans votre chambre cette nuit, pas même une mouche.

Le prince lui hurla à la face :

— Je te demande ce qui est arrivé à la jeune femme qui dormait dans le lit à côté de moi. Où est-elle passée ?

— Maître, je n'ai pas quitté mon poste de la nuit. Et pour votre gouverne, quand je m'assoupis, je garde la tête appuyée contre la porte de façon à pouvoir me réveiller sur-le-champ si vous avez besoin de quelque chose.

Les mots du garde ne firent qu'attiser la fureur de Qamar al-Zamân.

— Avoue que tu l'as fait sortir en douce de ma chambre, brailla-t-il, sur ordre de mon père !

Comme l'autre répétait que personne n'était entré ni sorti de cette chambre, le prince perdit la tête. Épouvanté à l'idée de ne plus jamais revoir la jeune femme, il le roua de coups de pied et de coups de poing, puis le traîna jusqu'au puits de la tour. L'attachant à la corde, il le fit descendre dans l'eau comme un seau, puis le remonta un peu en le sommant d'avouer ce qui était arrivé à la jeune femme. Il répéta l'opération maintes et maintes fois, tandis que le garde hurlait de terreur et appelait au secours du fond du puits, jusqu'à ce qu'il finisse par crier :

— Oui, oui, maître, je vais vous dire la vérité !

Qamar al-Zamân remonta le garde à la surface. Tremblant comme une feuille, claquant des dents et tout dégoulinant, il demanda en bégayant s'il pouvait aller se changer avant de lui raconter toute l'histoire.

— Si je ne t'avais pas menacé de mort, pendard, tu aurais continué à me mentir, fit le prince en lui décochant un coup de pied.

Le malheureux garde courut jusqu'au palais, sans parvenir à croire qu'il s'en était tiré indemne. Se présentant au roi, il lui dit :

— Sire, je suis au regret de vous apprendre que le prince Qamar al-Zamân est devenu complètement fou...

Mais lui-même semblait avoir perdu la tête. Les cheveux plaqués contre le crâne, le visage tuméfié, plein de marques rouges et bleues, il pleurait à gros sanglots.

— Regardez ce qu'il m'a fait, Sire ! Il a failli me tuer ! Ce matin, quand il s'est réveillé, il m'a demandé ce qui était arrivé à une fille... Une fille dont il prétendait qu'elle avait dormi à côté de lui et qu'au matin elle avait disparu. Il voulait à tout prix que je lui dise qui l'avait enlevée. J'ai eu beau lui répéter que personne n'était entré dans sa chambre, que j'avais bien verrouillé la porte, comme d'habitude, rien à faire...

Quand l'homme eut achevé son récit, le roi courut jusqu'à la tour, talonné par son vizir et par le garde, et fit irruption dans la chambre. Son fils, qui était en train de lire des sourates du Coran, referma aussitôt le livre saint et se dressa sur ses pieds, la tête baissée et les mains derrière le dos, en signe de respect et d'humilité.

— Ma faute est sans mesure, mon père, pleura-t-il. Je m'en repens et j'implore ton pardon.

Le roi enlaça son fils et l'embrassa sur les deux joues. Puis, s'asseyant à côté de lui sur le lit, il prit ses mains dans les siennes et lui dit d'une voix douce :

— Quel jour est-on, mon fils ?

— On est jeudi, et demain on sera vendredi, et après-demain samedi, répondit Qamar al-Zamân, qui égrena ainsi les sept jours de la semaine et les douze mois de l'année.

Alors le roi cracha sur le garde en tonnant :

— Chien, comment oses-tu accuser mon fils de folie ? S'il y a un fou ici, c'est toi !

Puis il se tourna à nouveau vers son fils.

— Dis-moi, mon enfant, est-ce vrai que tu as demandé au garde où était passée la fille qui a partagé ta couche hier soir avant de disparaître ?

Qamar al-Zamân se mit à rire.

— Ne tournons pas autour du pot. C'est vrai, tu avais raison de vouloir que je me marie et te donne des petits-enfants. Je reconnais que je me suis montré bêtement têtu et insolent. Mais à présent, je suis prêt à épouser cette jeune femme que tu m'as envoyée dans l'espoir qu'elle me séduise.

Le roi secoua la tête d'un air désemparé.

— Je jure par Dieu tout-puissant que je n'ai aucune idée de cette fille qui t'obnubile. Écoute-moi, mon fils : se pourrait-il que l'enfermement et la solitude t'aient causé des hallucinations ? Ou que tu aies mangé un repas trop lourd qui t'ait fait faire des rêves que tu as pris pour la réalité ? Maudits soient le mariage et celui qui voulait t'y contraindre ! Ah, comme j'ai mauvaise conscience, comme je me sens coupable ! Viens, mon fils, rentrons au palais et tournons cette page funeste.

Qamar al-Zamân tenta de garder son sang-froid.

— Puis-je te poser une question, mon père ? fit-il calmement.

— Bien sûr, mon enfant, tu peux me poser toutes les questions que tu veux.

— As-tu entendu parler de ce soldat qui, après s'être vu en rêve au cœur d'une bataille enragée, se réveilla avec un sabre ensanglanté dans la main ?

— Non, mon fils, répondit très vite le roi, je n'ai jamais entendu parler d'une chose pareille !

— Alors il faut que je te raconte ce qui m'est arrivé. Hier, me réveillant au milieu de la nuit, j'ai trouvé une jeune femme belle comme une rose endormie à côté de moi. Je l'ai enlacée, j'ai caressé son visage, puis je lui ai enlevé sa bague pour la passer à mon doigt. Je ne te cache pas que j'ai failli l'embrasser sur les lèvres, mais je me suis retenu, non par vertu, ni par chasteté, mais par gêne – j'étais persuadé que tu étais caché quelque part à observer ce que je lui faisais. Au matin, je ne l'ai pas trouvée. J'ai demandé au garde où elle était passée, mais il a nié obstinément être au courant de quoi que ce soit, alors je me suis emporté et je l'ai malmené pour qu'il avoue.

Qamar al-Zamân ôta de son auriculaire la bague de la jeune femme et la tendit à son père, qui l'examina attentivement, avant de dire :

— Je crois chacun des mots que tu viens de prononcer. Ton histoire est bien étrange, mais je t'assure que je ne sais rien de cette jeune femme. J'ignore d'où elle est venue et où elle est repartie. Quoi qu'il en soit, prends patience, nous allons éclaircir ce mystère. Et laisse-moi te dire que je suis drôlement heureux de voir que ta tête se porte bien et que ton raisonnement est plus sain que jamais.

— Je t'en prie, mon père, fit Qamar al-Zamân, aide-moi à retrouver la fille à qui appartient cette bague, sinon la mort m'emportera. Je me sens dévasté et inconsolable.

Il se mit à pleurer et à gémir, à gémir et à pleurer, et quand son père insista pour qu'il retourne avec lui au palais, il refusa.

— Je dois rester ici au cas où la jeune femme reviendrait dans la nuit.

Le roi finit par le laisser là, après lui avoir assuré qu'il ferait tout pour l'aider à la retrouver.

Cette nuit-là, Qamar al-Zamân ne dormit pas : refusant de manger et de boire, il resta à attendre de voir apparaître la fille. Dans le silence de la nuit, il cria à la fenêtre :

Reviens, mon amour
Même si tu es une fée
Ou un être enchanté
Reviens, je t'en prie
Mes yeux ne sont rien
Sans ton apparition
Mes lèvres ne sont rien
Sans le goût de ta bouche.

Ses mots parvinrent à Maymouna, la femme djinn, qui avait suivi toute l'histoire du fond de son puits – elle s'y trouvait quand le prince y avait fait descendre le garde. À présent, comme il faisait nuit, elle pouvait en sortir pour venir en aide au prince. Elle commença par chercher Dahnâsh, mais elle eut beau fouiller partout, elle ne le trouva pas. Elle envoya mille djinns à sa recherche, sans plus de succès. Soudain, elle entendit la voix de Qamar al-Zamân retentir à nouveau dans la tour :

Viens avant que j'exhale mon dernier souffle
Viens recueillir mon dernier murmure.

Alors, sans plus attendre, Maymouna s'envola pour la Chine. Mais arrivée dans la chambre de la princesse, elle fut saisie d'horreur. La belle jeune femme avait dépéri et les veines de son visage et de son cou étaient toutes gonflées. Une épée à la main, elle menaçait les eunuques, les servantes et les ministres de son père qui tentaient de s'approcher d'elle.

— Où est mon jeune homme, hurla-t-elle tout à coup, le beau chevalier qui a dormi dans mes bras jusqu'à l'aube ?

Sa nourrice lui répondit :

— Princesse Boudour, ne vous a-t-on pas conseillé de vous abstenir de dire des choses aussi indécentes ? Pour la dixième fois, je vous répète qu'aucun homme n'est entré dans votre chambre.

Mais la princesse continua à se lamenter :

— Où est cet éphèbe aux yeux de gazelle, dont le corps était si chaud et si gracile cette nuit dans mon lit ?

— Cessez de dire n'importe quoi, princesse. Si votre père vous entend, il va tout saccager. Vous ne vous rendez pas compte que vous jouez à un jeu très dangereux.

Mais les pleurs et les gémissements de Boudour ne firent que redoubler. Tremblant de détresse, elle cria :

— Amenez-moi ce jeune homme aux lèvres de miel, dont la saveur est encore dans ma bouche…

— Ma chère princesse, déclara la nourrice, vous êtes devenue folle. Je crois qu'un esprit maléfique est venu se loger dans votre corps et a fait naître en vous un désir de fornication !

Alors Boudour brandit son épée devant la nourrice. C'est là qu'elle aperçut la bague du prince à son doigt. Elle lança :

— Et cette bague, hein, à qui est-elle ?

Et elle planta son épée dans le corps de la nourrice, qui tomba morte. Tout le monde prit ses jambes à son cou en poussant des hurlements de terreur, avant d'aller trouver le roi Ghayyour pour lui dire que sa fille avait perdu la raison. Le roi se rua dans sa chambre. Boudour bondit sur ses pieds en s'exclamant :

— Mon cher père, pourquoi m'as-tu repris ce jeune homme ? Où l'as-tu emmené ? Toute la nuit, il a dormi dans mes bras, et son souffle caressait mon cou comme une brise d'été. Tu me l'as envoyé pour me faire changer d'avis sur le mariage ? Eh bien, voici, mon père : parfaitement saine d'esprit, je t'annonce que je suis prête à l'épouser.

— Vas-tu cesser de dire des bêtises ? cria son père. Les gens vont finir par penser que tu es folle.

Boudour n'en croyait pas ses oreilles : même son père doutait de son récit ! Tendant ses bras en avant, elle lui dit :

— Je ne suis pas folle, ce sont ceux qui ne me croient pas qui le sont ! Regarde cette bague, mon père. Peux-tu me dire à qui elle appartient ? Et qui a pu prendre la mienne, à part le jeune homme qui était dans ma chambre hier soir ?

Affligé, son père lui répondit :

— Peut-être que cette bague est à toi, mais que tu avais oublié son existence... Quoi qu'il en soit, je vais t'amener les meilleurs médecins et les meilleurs astrologues pour qu'ils te guérissent au plus vite.

Boudour hurla à pleins poumons, déchira sa robe dans toute la longueur et se mit à chercher le jeune homme sous les sièges et les tapis.

— Où l'avez-vous caché, répétait-elle, où l'avez-vous caché ?

Le roi ordonna qu'on lui arrache son épée et qu'on lui enchaîne les chevilles. Boudour se débattit sauvagement et bourra de coups de pied les esclaves qui cherchaient à la maîtriser. À la fin, n'en pouvant plus, elle lâcha l'épée. Quand tout le monde s'en alla, assise par terre dans sa chambre, elle chanta :

Je n'ai pas teint mes mains au henné
Non, ce sont mes larmes qui coulent
Rouges comme des ruisseaux de lave
Si vous pensez que je suis folle
Amenez-moi mon amour
Et vous verrez que je serai sauvée.

Devant un tel désastre, Maymouna se mit à pleurer et se mordit les doigts d'avoir commis ce crime abominable. Elle voulait se mesurer à Dahnâsh, lui prouver que son prince était plus beau que sa princesse... Quelle vanité ! Quelle bêtise ! Par sa faute, tous les deux souffraient maintenant le martyre, et le désespoir les avait fait sombrer dans la folie."

ZOUMOURROUD ET NOUR AL-DÎN

La femme battue demanda à sa sœur, la maîtresse des lieux, si elle voulait bien raconter l'histoire de Zoumourroud et Nour al-Dîn, mais, en lui tapotant l'épaule avec tendresse, celle-ci lui dit :

— Je préfère que ce soit toi qui la racontes.

La femme battue se leva et s'adressa au calife :

— Quand je suis rentrée à la maison anéantie, mes sœurs ont veillé sur moi et m'ont encouragée à prendre ma vie en main sans compter sur les hommes. Je me souviens qu'à ce propos la maîtresse des lieux m'a raconté l'histoire de Zoumourroud et de Nour al-Dîn. Si vous y consentez, seigneur, j'aimerais vous la conter à mon tour.

— J'ai très envie d'entendre cette histoire, madame, fit le calife.

Alors la femme battue entama son récit :

“Il y avait au Caire un jeune homme appelé Nour al-Dîn, fils d'un grand marchand de la ville, qui ne sortait jamais de chez lui ni du magasin de son père sans lui en demander la permission. Un soir, d'autres fils de marchands l'invitèrent à pique-niquer dans un jardin.

Nour al-Dîn demanda à son père s'il était d'accord ; il accepta et lui donna un peu d'argent.

En entrant dans ce jardin par un portail de la couleur du ciel, telle la porte du paradis, les jeunes gens eurent le souffle coupé par toutes les vignes qu'il y avait là, et tous les pêchers, les pommiers, les figuiers et les amandiers chargés de fruits. L'un d'eux s'exclama :

Mes amis, regardez
Ces grappes de raisin
Qui pendent des treilles
Comme les mamelons rubis
Des belles demoiselles
Et voyez ces grenades
Lourdes et fermes
Comme les seins des nymphes.

Un autre enchaîna :

Mes amis, avez-vous déjà vu
Des pommes de deux couleurs
Comme les joues des amants
L'une rouge de gêne et de désir
L'autre pâlissant d'amour pur ?

Un troisième fila la métaphore :

Regardez cela : deux amandes dans une coque !
Comme deux cœurs enlacés en secret.

Un quatrième déclama :

Ce sont les figues que je préfère
Elles sont si différentes
Je ne les partage pas
Je les mange seul
Comme ma bien-aimée.

Puis ils ôtèrent leurs turbans et leurs manteaux, cependant que des esclaves leur servaient des mets succulents – pigeons, cailles, oies, poissons. Ils dégustèrent tout cela au milieu des senteurs de jasmin, de roses, de henné et de myrte, et quand ils furent rassasiés, un jardinier apparut, un panier de roses à la main.

— J'offre mon panier à celui qui me déclamera les plus beaux vers sur le thème de la rose, dit-il.

Chacun y alla de sa verve, sauf Nour al-Dîn, qui resta silencieux. Comme le jardinier insistait pour qu'il tente au moins un vers ou deux, il finit par dire :

N'est-il pas étrange, mon ami,
Qu'un buisson abreuvé
Par un col d'argent
Donne des fleurs d'or pur ?

Le jardinier décida que Nour al-Dîn avait gagné. Tout le monde applaudit, et l'homme lui remit le panier de roses, avant de lui servir un verre de vin. Nour al-Dîn s'excusa : il n'en avait jamais bu une goutte, et n'en boirait jamais. Le jardinier lui demanda pourquoi.

— Parce que c'est un grand péché, répondit-il.

— Mais Dieu est indulgent, insista le jardinier. Il n'y a que deux péchés qu'Il ne saurait tolérer : adorer d'autres divinités que Lui et faire du mal aux gens.

Alors Nour al-Dîn accepta d'avaler une gorgée de ce vin, mais il la trouva si amère qu'il la recracha aussitôt.

— Les médicaments n'ont-ils pas un goût amer ? fit le jardinier. Eh bien, le vin en est un : il purifie le sang, libère les flatulences, aide à la digestion, et surtout, il incite à la copulation.

Tout le monde rit, même Nour al-Dîn, qui finit son verre, puis en but un autre, puis un troisième. Il en était au quatrième, quand le jardinier fit venir une belle fille aux yeux noirs et aux cheveux si longs qu'ils traînaient derrière elle comme une cape. Elle avait à la main un sac de satin contenant trente-deux pièces de bois qu'elle assembla en un luth indien dont elle se mit à jouer, tout en chantant d'une voix de rossignol :

N'oublie pas, mon amour,
Que les plaisirs s'envolent
Alors cueille-les vite
Avant qu'ils ne soient plus
Qu'histoires et souvenirs.

Nour al-Dîn tomba sous le charme de la fille, mais quand l'aube pointa, sentant qu'il était déjà bien tard pour rentrer chez lui, il se leva pour partir. La fille se remit alors à chanter :

Tu t'enfuis, mon amour ?
Saisis ta chance, reste avec moi…

Nour al-Dîn se ravisa et resta avec la fille jusque vers midi. Ils s'embrassèrent longuement, sur la bouche, les yeux, les joues. Quand il finit par se lever, elle lui demanda où il allait.

— Chez mes parents, répondit-il.

Elle se mit à rire.

— Es-tu un homme, ou un garçon ?

Quand il arriva chez lui, sa mère l'accueillit fraîchement.

— Nous nous sommes fait du souci, mon fils. Ton père se mord les doigts de t'avoir laissé sortir avec tes amis.

Sentant son haleine avinée, elle s'écria :

— Te serais-tu mis à boire et à désobéir au Tout-Puissant ?

Nour al-Dîn ne lui répondit pas ; il alla dans sa chambre, se jeta sur son lit et s'endormit comme une souche. Ayant entendu du bruit, le père, qui n'avait pas fermé l'œil de la nuit, vint aux nouvelles.

— Pourquoi notre fils rentre-t-il à cette heure ? demanda-t-il à sa femme.

Elle prétendit que les lourds parfums des fleurs lui avaient donné la migraine, et qu'il s'était endormi dans le jardin. Seulement, le père n'en resta pas là : il alla voir son fils dans sa chambre, qui empestait le vin. Il hurla :

— Maudit sois-tu, Nour al-Dîn ! As-tu oublié que ton prénom veut dire « lumière de la religion », imbécile ?

Nour al-Dîn, qui était encore ivre, décocha à son père un coup de poing qui lui creva l'œil droit. Le sang gicla sur sa joue, et il s'évanouit. La mère accourut avec un flacon d'eau de fleur d'oranger, dont elle aspergea son mari en pleurant. Retrouvant ses esprits, il jura de couper la main droite de ce vaurien dès le lendemain matin, puis se retira dans sa chambre. La mère tenta désespérément de le raisonner, mais il persista à vouloir châtier son fils de la plus horrible des façons. Elle réussit néanmoins à le convaincre de s'endormir et alla s'asseoir au chevet de Nour al-Dîn. Quand il finit par dessoûler, elle lui donna mille dinars et lui dit de prendre la fuite.

— Pourquoi donc ? s'étonna-t-il.

Elle lui raconta ce qui s'était passé. Nour al-Dîn ne voulait pas y croire. Elle le pressa :

— Allons, file avant que ton père se réveille et vienne te couper la main. Tu essaieras de m'envoyer de tes nouvelles en secret.

Le fils tomba dans les bras de sa mère, et tous deux pleurèrent à gros sanglots.

Nour al-Dîn marcha jusqu'au Nil. Un bateau amarré faisait monter des passagers. Il demanda aux matelots quelle était leur destination. Ils dirent qu'ils partaient pour Alexandrie. Il monta aussitôt. Quand le bateau quitta Le Caire, il fondit en larmes. Mais une fois arrivé à Alexandrie, en voyant ses murailles, que l'on fermait chaque soir, et ses beaux jardins, il se sentit en sécurité. Il se trouva une mansarde dans la boutique d'un apothicaire et y passa la nuit. Le lendemain matin, il alla au souk et acheta des marchandises pour les revendre. Déambulant dans les ruelles, il vit descendre d'un mulet une jeune femme dont on ne voyait que les yeux ensorceleurs. Dès qu'elle eut fait quelques pas, avec ses formes sveltes et sa belle chute de reins, les marchands du souk s'attroupèrent autour d'elle. L'homme qui l'accompagnait ne semblait pas s'en offusquer. Il lui apporta une chaise et la fit asseoir ; Nour al-Dîn comprit que la fille était une esclave qu'il allait vendre aux enchères. En effet, le courtier lui ôta son voile – toute l'assistance lâcha un cri d'ébahissement –, avant de clamer :

— Gens de fortune, gens de pouvoir, marchands, approchez ! Voici une femme belle comme la lune et les étoiles, un vrai diamant ! Mise à prix, cinq cents dinars. Qui dit mieux ?

Les hommes surenchérirent. La meilleure offre, à neuf cent cinquante dinars, venait d'un vieil homme. Le courtier lui dit :

— Monsieur, je dois d'abord demander l'avis de cette jeune femme, car il se trouve que, pendant notre voyage, je suis tombé malade, et je dois dire qu'elle s'est occupée de moi comme si j'étais son père ; alors je lui ai promis de ne pas la vendre sans son consentement.

Mais la fille s'exclama :

— Quoi ? Me vendre à ce vieux croulant ? Je parie que son sexe est mou comme de la pâte à beignets !

Tout le monde s'esclaffa, sauf le vieil homme, furibond, qui s'emporta contre le courtier.

— Vas-tu cesser d'insulter les gens comme ça ? cria ce dernier à la fille.

C'est là qu'un autre vieillard surenchérit en offrant mille dinars.

— Dis donc, qu'est-ce que tu as à me balader de vieux en vieux ? Et celui-là, en plus, il a quelque chose de faux !

— Sois polie, malotrue, fit le courtier. Et puis comment peux-tu dire ça, tu ne le connais même pas !

La fille se frappa une paume contre l'autre en ricanant :

— Il ne faut pas être sorcier pour repérer un mur qui menace ruine, même s'il est peint de la façon la plus clinquante. Ce type se teint les cheveux et la barbe ; le parfait tricheur ! C'est ça, l'imposture, ça mijote dans le cœur, ça ressort dans les cheveux.

Le courtier lui rétorqua :

— Teints ou pas, qu'est-ce que ça peut faire qu'il ait les cheveux blancs ? N'est-ce pas un signe de dignité et de maturité ?

— Tu voudrais que je me bourre la bouche avec du coton, comme les morts ? riposta l'effrontée.

En entendant cela, le vieillard sortit de ses gonds.

— Cette esclave que tu nous as amenée ne sait rien faire d'autre que nous abreuver d'insultes. Emmène-la, qu'on ne la revoie plus, sinon je dirai au *wali* de t'interdire de vendre des esclaves !

Effondré, le courtier se tourna vers la fille :

— Tu te rends compte de ce que tu viens de faire ? Tu m'as ruiné ! Filons d'ici avant qu'on me passe à tabac.

Ils se mettaient en route, quand un tout petit jeune homme les arrêta et demanda au courtier de lui vendre l'esclave au prix qu'il voudrait.

— Comme vous voyez, dit-il, je ne suis pas un vieillard, j'ai à peu près le même âge qu'elle.

Mais la fille lui répondit aussi sec :

— Écoutez, si j'avais un élevage de poules, j'aurais volontiers accepté que vous me preniez comme esclave. Car avec vous, on est tranquille : si vous faites tomber un œuf, on peut être sûr qu'il ne se cassera pas, parce que vous avez les mains à ras du sol.

Furieux, le courtier l'attrapa par le poignet en criant :

— Ça suffit maintenant ! Tu as tout fait rater. Je vais te ramener en Perse et te rendre à l'homme de chez qui tu t'es enfuie.

Brusquement, l'esclave – qui s'appelait Zoumourroud – fut prise de terreur. Elle supplia le courtier de lui accorder une dernière chance, tout en regardant autour d'elle d'un air désespéré. Elle aperçut Nour al-Dîn. Il était grand, il était beau, il avait un large front et des dents comme deux rangées de perles. Se dégageant de la poigne du courtier, elle lui dit :

— Pourquoi ne pas demander à ce jeune homme de nous faire une offre ?

— S'il voulait une esclave, répliqua l'autre, il se serait déjà manifesté.

Zoumourroud ôta de son doigt une bague ornée d'un gros saphir qu'elle tendit au courtier.

— S'il veut bien m'acheter, je te laisserai cette bague pour me faire pardonner tous les embêtements que je t'ai causés.

Le courtier l'emmena aussitôt voir Nour al-Dîn. C'est elle qui l'aborda :

— Ne suis-je pas belle, monsieur ? Si vous pensez le contraire, dites-le-moi !

— Vous êtes la beauté incarnée, vous êtes la plus belle des femmes ! s'écria Nour al-Dîn. Vous êtes une de ces nymphes que Dieu promet aux croyants dans l'au-delà.

— Mais alors, fit Zoumourroud avec un sourire mutin, pourquoi ne pas avoir songé à m'acheter ? J'aurais été heureuse que vous renchérissiez ne serait-ce que d'un petit dirham…

— Si j'étais dans mon pays, j'aurais donné tous mes biens pour vous avoir !

— Approchez-vous donc, monsieur, et regardez-moi bien. On ne sait jamais, je suis peut-être un faux.

Nour al-Dîn se mit à rire et s'avança vers Zoumourroud, qui discrètement lui glissa mille dinars dans la main. Sentant sa gêne, elle lança :

— Allons, monsieur, faites votre offre.

Nour al-Dîn s'enhardit :

— Mille dinars pour cette charmante esclave ! À moins, bien sûr, que quelque chose chez moi ne soit pas à son goût.

Le courtier lui demanda :

— Alors, qu'est-ce que tu en dis ? Mais attention, pas d'insultes, hein…

— La beauté de cet acheteur n'a d'égale que celle de la lune et des gazelles, fit Zoumourroud.

En un clin d'œil, le courtier alla chercher le *qadi* et son greffier, et Zoumourroud devint l'esclave de Nour al-Dîn. Ils attendirent impatiemment la tombée de la nuit pour se retrouver seuls dans la mansarde de l'apothicaire. La pièce était quasiment nue ; Zoumourroud ne comprenait pas qu'il puisse vivre sans meubles. Alors il lui raconta toute son histoire, puis il lui demanda de lui raconter la sienne à son tour.

— Le passé n'est qu'une bulle de savon, se contenta-t-elle de dire. Va donc m'acheter de l'agneau et du riz.

Il courut au marché, et à son retour, elle prépara un délicieux repas. Après qu'ils eurent dîné, elle s'allongea à ses côtés. Ils s'embrassèrent, puis, comme par surprise, chacun ôta à l'autre sa virginité. Ils s'endormirent enlacés, telles deux abeilles avides de nectar.

Le lendemain, Nour al-Dîn lui dit qu'il n'avait plus un dirham en poche, et qu'il allait devoir vendre des affaires au marché pour qu'ils puissent survivre. Elle lui tendit un peu d'argent qu'elle avait caché entre ses seins.

— Achète-moi pour vingt dirhams de fils de soie de cinq couleurs, dit-elle.

Il revint avec ce qu'elle lui avait demandé. Après le déjeuner, il s'assit à côté d'elle et la caressa en fermant les yeux.

— Est-ce la soie que je viens d'acheter ? murmura-t-il. Je ne crois pas, ce que je touche me semble encore plus doux.

Puis il repartit au marché pour vendre ses quelques affaires, et la jeune femme resta dans la mansarde à tisser les fils de soie. Elle ne bougea pas avant d'avoir fini son ouvrage, une magnifique ceinture, que le lendemain elle lui demanda d'aller vendre au marché persan.

— N'accepte pas moins de vingt dinars, précisa-t-elle.

Incrédule, Nour al-Dîn bredouilla :

— Comment pourrais-je la vendre à un prix pareil, alors qu'elle nous est revenue à vingt dirhams ?

— Tu n'as pas idée de la valeur de cette ceinture, fit Zoumourroud.

Et elle avait raison ; la ceinture se vendit à vingt dinars. Nour al-Dîn rentra à la maison tout enjoué et lui demanda de lui apprendre à faire des ceintures de soie.

— Au diable mon petit commerce, voilà qui est bien plus rentable ! s'exclama-t-il.

Une année durant, Zoumourroud s'employa à confectionner ces ceintures, que Nour al-Dîn allait vendre au marché persan. Ils glanèrent ainsi assez d'argent pour s'acheter une petite maison et s'y installer. Un jour, elle lui demanda de lui apporter une plus grande quantité de fil que d'habitude, et elle lui fit une grande écharpe. Le lendemain, il descendit aux souks les épaules drapées dans son écharpe, tout fier que ce soit l'ouvrage de sa bien-aimée, et tous les marchands qui le croisèrent lui firent des compliments. Mais à peine quelques jours plus tard, alors qu'il s'apprêtait à sortir pour aller vendre des ceintures, il remarqua que Zoumourroud pleurait.

— Qu'as-tu donc, ma chérie ? lui demanda-t-il.

— Je suis triste de devoir te quitter, fit-elle.

Nour al-Dîn resta pantois.

— Pourquoi veux-tu partir, après les beaux jours que nous avons passés ensemble ? et maintenant que tu m'es plus chère que mon âme ?

— Les nuages s'amoncellent dans les ciels les plus bleus, et si le fond de la mer est émaillé de perles, ses vagues recrachent chaque jour des cadavres. La vie m'a appris que les hommes sont malsains et source des pires malheurs.

Nour al-Dîn la supplia de lui expliquer ce qui se passait.

— J'ai dû quitter la Perse parce que, comme tu as pu le constater, je ne peux m'empêcher d'insulter les hommes qui veulent m'acheter. Un jour, un Persan est devenu fou de rage parce que je refusais de devenir son esclave. Il a juré de me retrouver, même si je me cachais dans une coque de noix, et de m'asservir par la force. Voilà pourquoi je me suis enfuie à Alexandrie. Mais hier, à mon grand effroi, je l'ai aperçu en sortant du bain maure ; je me suis vite cachée derrière la porte en attendant qu'il disparaisse. Maintenant, écoute-moi bien, mon maître, mon amour : fais très attention à cet homme démoniaque. Il boîte de la jambe gauche et il a une grosse barbe de bélier. Je suis sûre qu'il est venu ici pour me retrouver.

Plein de colère et d'angoisse, Nour al-Dîn s'écria :

— Je le tuerai si le vois !

— Non, non, fit-elle, ne le tue pas. Mais ne lui parle pas et surtout ne lui vends rien, même s'il te supplie. Ne lui dis même pas bonjour.

Le lendemain, Nour al-Dîn était assis au marché à prendre le soleil, quand le fameux Persan vint se planter devant lui.

— Où as-tu trouvé cette écharpe ? fit-il.

Nour al-Dîn lui répondit froidement :

— C'est ma mère qui me l'a faite.

Le Persan dit qu'il voulait l'acheter ; il lui répliqua qu'elle n'était pas à vendre. L'autre insista, lui offrant des sommes de plus en plus grosses, et finissant par se déclarer prêt à payer six cents dinars.

— Je ne te la vendrai pas, fit Nour al-Dîn, ni à personne d'autre, parce que ma mère me l'a tissée de ses mains ; un point, c'est tout.

Le Persan continua à proposer plus d'argent, jusqu'à mille dinars, sans succès. Un vieux marchand s'en mêla, encourageant Nour al-Dîn à vendre cette écharpe qui ne valait pas cent dinars. Il insista tellement qu'il réussit à embarrasser le jeune homme. Alors il finit par céder : il prit l'argent et tendit son écharpe au Persan. Il s'apprêtait à filer pour aller raconter à Zoumourroud ce qui venait de lui arriver, quand l'homme clama à la cantonade qu'il invitait tout le monde à dîner. Il dit qu'il avait préparé un méchoui d'agneau, du vin et des fruits. Nour al-Dîn déclina l'invitation, mais les autres marchands insistèrent pour qu'il se joigne à eux, jurant de répudier leurs femmes s'il ne venait pas. Alors, de mauvaise grâce, il accepta de les accompagner.

Le Persan attendit que Nour al-Dîn ait avalé quelques verres de vin, puis, de but en blanc, il lui demanda de lui vendre son esclave – celle qu'il avait achetée un an plus tôt pour mille dinars. Il lui proposa cinq mille dinars.

— Tu peux m'offrir tous les trésors du monde, je ne la vendrai pas ! s'écria le jeune homme.

Seulement le fripon continua à l'allécher avec des sommes de plus en plus élevées, tout en lui servant toujours plus de vin, et en arriva à lui proposer dix mille dinars. À ce moment-là, Nour al-Dîn, qui était parfaitement ivre, articula :

— C'est d'accord, je te la vends pour dix mille dinars. Montre-moi juste l'argent.

Et il s'endormit.

Le lendemain matin, quand il retrouva ses esprits, le Persan lui mit les dix mille dinars devant les yeux.

— La peste soit de toi ! cria Nour al-Dîn, je ne t'ai rien vendu ! D'ailleurs, je n'ai pas d'esclave chez moi, je vis avec ma mère !

L'autre le traita de menteur et prit les marchands à témoin ; tous attestèrent que Nour al-Dîn avait vendu son esclave au Persan et entreprirent de le convaincre de conclure l'affaire, arguant qu'avec les dix mille dinars il pouvait s'acheter une autre esclave, encore plus belle que celle-là. Ils proposèrent même de lui donner une de leurs filles en mariage, s'il voulait. Alors, de guerre lasse, il accepta de la vendre, et le Persan courut chercher le *qadi*, qui établit les papiers certifiant que Nour al-Dîn lui cédait son esclave.

Après avoir empoché l'argent, le jeune homme s'assit, la tête entre les mains, songeant à la pauvre Zoumourroud, qui entre-temps, ne l'ayant pas vu rentrer, ni la nuit, ni le matin, s'était mise à pleurer très fort, si fort que la voisine était venue voir ce qui se passait.

— Mon maître n'est pas rentré, gémit-elle, j'ai très peur qu'on lui ait joué un tour pour le forcer à me vendre.

L'autre tenta de la consoler :

— Enfin, puisqu'il te voit comme le soleil, comment pourrait-il se priver de tes rayons ?

Elle se tenait à la fenêtre, quand soudain elle vit s'avancer Nour al-Dîn, avec le Persan et une troupe de marchands à sa suite. Elle hurla :

— Pauvre de moi ! Amère douleur ! Voici venue l'heure de notre séparation…

Nour al-Dîn entra dans la maison en tremblant.

— La détresse se lit sur ton visage, mon maître. Tu m'as vendue ! s'écria-t-elle en se frappant les joues à deux mains.

— Je ne suis qu'un imbécile, fit Nour al-Dîn. De te voir partir, je me sens comme amputé. Mais je suis sûr que Dieu nous réunira un jour.

Zoumourroud se jeta dans ses bras et le serra très fort contre elle en murmurant :

— Ne t'avais-je pas mis en garde, mon amour ?

Puis, l'embrassant entre les yeux, elle ajouta :

— Comment vais-je pouvoir vivre sans mon cœur, que je laisse avec toi ?

Le Persan s'approcha d'elle.

— Bas les pattes ! cria-t-elle. Que mille malédictions te frappent !

— Tu ferais mieux de t'en prendre à ton maître, qui t'a vendue de son plein gré, alors que moi, qui t'aime vraiment, j'ai payé cher pour te récupérer.

Nour al-Dîn se frappa la tête contre le mur, tandis que le Persan, aidé des marchands, traînait Zoumourroud, qui poussait des lamentations éplorées, hors de la maison.

— Prends mes os, hurla le jeune homme, et enterre-les près de toi !

Il courut dans la rue et chercha à la rattraper. Arrivé au port, il vit qu'on la faisait monter sur un bateau en partance pour la Perse. Il se dit qu'il prendrait le prochain bateau et la retrouverait là-bas – il savait où vivait le Persan.

Mais Nour al-Dîn ne s'embarqua pas pour la Perse, car, aidée par un matelot qu'elle gratifia d'un beau rubis, Zoumourroud réussit à s'échapper du bateau juste avant qu'il parte. Par prudence, elle ne rentra pas chez elle, mais se cacha dans le bain maure et envoya un message à Nour al-Dîn par le biais d'un eunuque : « À minuit, tu te présenteras à la porte du hammam et tu siffleras. » Là, elle viendrait le rejoindre et ils s'enfuiraient ensemble vers des terres lointaines.

Nour al-Dîn était fou de joie. Il décida que dès qu'ils seraient réunis, il rentrerait au Caire, ferait la paix avec son père, puis épouserait Zoumourroud. Incapable de patienter une minute de plus, il se dirigea vers le bain maure et tenta vainement de dormir sur un banc en comptant les secondes qui lui restaient à attendre.

Hélas, il advint qu'un voleur s'apprêtant à cambrioler une maison attenante au hammam était planté dans la ruelle à étudier comment il allait pouvoir escalader la façade. Regardant par la fenêtre pour surveiller l'arrivée de Nour al-Dîn, Zoumourroud entrevit cette silhouette et crut tout naturellement que son maître était arrivé en avance. Allongé sur son banc, Nour al-Dîn l'entendit siffler ; il siffla en retour. Alors elle se hâta de descendre avec une besace dans laquelle elle avait fourré ses affaires et courut se jeter dans les bras du voleur, qui, sans chercher à comprendre, mais vif comme un illusionniste, l'attrapa, la cala sur le dos de son mulet et fila comme une flèche. Abasourdi, Nour al-Dîn bondit, puis galopa derrière eux en poussant des cris, mais c'était trop tard… Il continua à courir en suivant le cliquetis des sabots du mulet, jusqu'à ce qu'il n'entende plus rien. Alors, maudissant sa malchance, il retourna au marché, sans savoir quoi faire, à part rester assis à pleurer jusqu'au matin. Voyant passer par là le vieux marchand qui l'avait convaincu de vendre son écharpe au Persan, il l'apostropha :

— Regarde ce qui m'est arrivé ! Mon cœur est brisé à jamais. Laisse-moi te dire que ces dix mille dinars que vous m'avez tous encouragé à accepter en l'échange de ma bien-aimée ne valent rien pour moi !

Navré de le voir dans cet état, le marchand s'excusa et lui proposa la main de sa fille.

— N'aimes-tu pas ta fille ? répliqua Nour al-Dîn. Tu voudrais qu'elle gâche sa vie avec un guignard comme moi ?

Et il lui raconta comment il avait perdu son esclave une seconde fois. Le marchand, qui était un homme averti, s'écria :

— Eh bien, mon fils, tu as de la chance que ton esclave soit partie à dos de mulet ! Il ne te reste plus qu'à suivre les traces de pas de la bête pour savoir où ce brigand l'a emmenée.

Nour al-Dîn remercia le marchand et partit inspecter le chemin, espérant retrouver sa belle et, cette fois, rester avec elle pour l'éternité.

Pendant ce temps, Zoumourroud s'était rendu compte que l'homme avec lequel elle s'était enfuie n'était pas son maître, mais un horrible voleur. Car quand elle lui avait dit : « Nous voilà enfin réunis, mon amour. Quelle bonne idée d'avoir amené un mulet ! », l'autre lui avait répondu :

— Sale pute ! Tu me prends pour un minet ? On ne me parle pas d'amour, moi, je ne m'encombre pas de ces histoires ! J'appartiens à une bande. On est quarante, et je peux te dire que demain matin, quand on va se réunir, on va tous cogner contre ton utérus pour te souhaiter la bienvenue.

Épouvantée, Zoumourroud s'était frappé le visage en gémissant :

— Pourquoi faut-il que je me tire d'un pétrin pour tomber dans un autre ?

Puis elle s'était tue, réfléchissant à un moyen de sauver sa peau.

Plus tard dans la nuit, ils arrivèrent devant une caverne où l'abominable voleur la traîna comme un sac. Là, Zoumourroud trouva la mère de son ravisseur – d'une certaine manière, cela la rassura. La vieille ne semblait pas particulièrement heureuse de voir son fils, qui repartit aussitôt en lui disant de surveiller la captive jusqu'à ce qu'il revienne le matin avec sa bande.

Zoumourroud ne ferma pas l'œil de la nuit. Quand l'aube se leva, elle réveilla la vieille en lui disant :

— Vous vous êtes gratté la tête toute la nuit, ma tante. Voulez-vous que je vous débarrasse de cette vermine ?

— Volontiers, mon enfant. Je ne me suis pas lavée depuis des mois, avec mon cochon de fils et sa bande de crapules qui n'arrêtent pas de me trimballer d'un endroit à l'autre.

La vieille la fit sortir de la caverne par un passage secret. Zoumourroud s'assit pour l'épouiller ; elle lui tua ainsi plus d'une centaine de poux. Puis, laissant la vieille s'assoupir béatement au soleil, elle rentra dans la caverne, enfila des vêtements d'homme qu'elle choisit dans un tas, s'enroula un turban autour de la tête et fixa une épée à sa ceinture. Sur ce, piochant à pleines mains dans l'or qui était caché dans la caverne, elle en fourra dans sa besace et, enfourchant un des deux chevaux qui se trouvaient là, elle prit la fuite à travers champs.

Elle trotta ainsi dix jours durant, mangeant ce qu'elle pouvait grappiller sur son chemin, buvant aux sources et aux ruisseaux, jusqu'à ce qu'elle arrive à l'orée d'une ville. Pénétrant à l'intérieur de ses murailles, elle vit une foule immense l'entourer, avec des princes et des notables à l'avant. Les soldats s'inclinèrent pour baiser le sol sur son passage, et quand elle mit pied à terre, un vizir s'approcha d'elle en disant :

— Roi des siècles, que Dieu vous adresse victoire et prospérité ! Souhaitons que votre arrivée parmi nous nous comble d'aisance et de bienfaits.

Zoumourroud regardait autour d'elle d'un air médusé.

— Sire, Dieu vous a envoyé pour que vous soyez notre souverain, dit un chambellan. Notre ville a en effet une vieille tradition : quand notre roi vient à mourir, nous attendons trois jours, puis nous nous postons aux portes de la ville ; le premier homme que nous voyons s'approcher devient notre roi. Rendons grâce à Dieu de nous avoir envoyé un beau jeune homme comme vous cette fois-ci. Mais même si vous étiez un pauvre vieillard, nous vous aurions pris pour roi.

En entendant cela, Zoumourroud fit d'une voix grave :

— Je ne suis pas n'importe qui : je suis né d'une très noble famille. Mais je me suis brouillé avec mon père, alors je suis parti, et la chance m'a conduit jusqu'à vous.

Des prières en l'honneur du souverain s'élevèrent dans la foule, puis un prince s'exclama :

— C'est nous qui avons la chance de vous avoir, Sire !

— Je suis si heureux d'être devenu votre roi, répondit Zoumourroud.

Elle fit son entrée dans la ville à la tête d'une grande procession, escortée par les officiels qui la conduisirent au palais et la firent asseoir sur le trône. À la nuit tombée, elle gagna sa chambre et congédia tous les esclaves et les eunuques pour que personne ne la voie ôter son turban et ses vêtements masculins. Elle fit sa prière, puis murmura :

— Merci, mon Dieu, d'avoir fait de moi un roi. J'espère qu'un jour, mon maître et moi serons réunis.

Au fil des jours, Zoumourroud prouva à son peuple qu'elle était le meilleur des rois. Elle fit ouvrir les coffres du Trésor pour distribuer de l'argent aux pauvres et aux nécessiteux ; tout le monde lui obéissait et l'aimait pour son équité et sa vertu. Quand la rumeur se répandit que le roi n'était toujours pas marié et ne rendait jamais visite à ses concubines, Zoumourroud déclara :

— Le roi se mariera et aura des enfants quand il aura accompli tous ses devoirs envers son peuple.

Au centre de la ville, elle fit aménager une grande esplanade où l'on dressa des tables avec toutes sortes de victuailles. Le premier jour de chaque semaine, le peuple y venait boire et manger à volonté. Elle émit un décret selon lequel quiconque resterait chez soi ce jour-là serait pendu ; et quiconque toucherait aux plats de riz au lait serait pendu aussi. La première fois, les gens affluèrent de partout, petits et grands, pour manger aux tables du roi. Zoumourroud resta assise toute la journée à les regarder se régaler, jusqu'à ce qu'ils s'en aillent, repus, en priant le Seigneur de lui prêter longue vie.

Rentrée au palais, elle implora le bon Dieu de lui envoyer Nour al-Dîn et se mit à pleurer de détresse. Elle continua à assister chaque semaine à ces déjeuners sur la grande esplanade. Les gens pensaient que leur roi faisait cela par pure générosité ; en réalité, Zoumourroud cherchait ainsi à repérer chaque étranger qui pénétrait dans la ville, espérant qu'un jour un miracle ferait surgir son maître à son banquet.

Son plan finit par marcher, mais, hélas, c'est l'horrible voleur qu'elle vit apparaître – celui qu'elle avait fui en s'emparant de son or et de son cheval. À peine arrivé sur l'esplanade, il se jeta sur le plat de riz au lait posé au centre de la table et demanda un supplément de sucre. Zoumourroud dit aux soldats de lui amener cet homme qui avait enfreint ses ordres.

— Je vais te demander ton nom, ta profession et la raison de ta venue dans notre ville, lui dit-elle. Tu as intérêt à dire la vérité à chaque mot, sans quoi tu seras pendu.

Il répondit qu'il s'appelait Ahmed, qu'il était médecin et qu'il était venu dans cette ville pour soigner les malades qui avaient besoin de son aide.

— Apporte-moi la table de divination et le crayon de cuivre, fit Zoumourroud à l'un de ses serviteurs.

Elle secoua une poignée de sable, la jeta sur la table et y dessina un voleur portant son larcin sur son dos, avec quarante petits points tout autour. Puis, fixant l'homme d'un regard perçant, elle lui dit :

— Ne serais-tu pas plutôt un malfaiteur sévissant aux abords d'Alexandrie avec une bande de quarante voleurs ? Je vais te dire, moi, ce que tu fais dans la vie : tu pilles les biens, l'argent et le bétail des honnêtes gens, et par-dessus le marché, tu les terrorises et tu les tues. Est-ce la vérité, misérable ?

Naturellement, elle ne lui dit pas qu'il était venu là pour retrouver sa trace et récupérer l'or qu'elle avait dérobé dans sa caverne. Le voleur eut un instant d'hésitation, mais sentant la colère qui s'était emparée du roi, il lâcha :

— Oui, Sire, c'est la vérité.

— Emmenez-le, cria Zoumourroud, et coupez-lui la tête ! Le sort nous l'a envoyé pour que nous mettions fin à ses ravages.

Tous les sujets du roi, princes, ministres, hommes ordinaires, murmurèrent : « Notre roi est donc aussi un grand géomancien... Gloire à Dieu qui l'a gratifié de ce don magique. »

De ce moment-là, plus personne n'osa goûter au riz au lait hebdomadaire, jusqu'à ce qu'un jour un homme se rue sur l'esplanade, choisisse la meilleure place et se mette à dévorer tout ce qu'il y avait devant lui, avant de tendre la main vers le riz au lait. Les soldats le conduisirent aussitôt auprès de Zoumourroud, qui lui posa les mêmes questions qu'à l'autre : son nom, sa profession, la raison de sa venue. Il répondit :

— Je m'appelle « Grain ». Je ne fais rien d'autre que me remplir le ventre. Je viens de derrière ces montagnes. Je suis si glouton que je suis capable d'arracher la nourriture de la main de mes enfants, alors ma femme m'a suggéré de venir dans cette ville où un roi fort généreux nourrit les gens gracieusement.

Zoumourroud fit semblant de consulter la table de divination. Les gens attroupés là s'attendaient au pire, mais voilà qu'elle déclara :

— Tu es un honnête homme. Mange tout ton soûl et emporte ce que tu veux pour ta femme et tes enfants.

Des mois passèrent. Zoumourroud commençait à perdre espoir de revoir un jour son amant. Le troisième étranger qui entra dans la ville n'était autre que le Persan. Il avala tout ce qu'il trouva à portée de sa main. Il s'approchait du riz au lait quand son voisin de table le mit en garde :

— N'y touche pas, sans quoi tu seras pendu.

— Tu veux me faire peur pour pouvoir le manger tout seul, répliqua le Persan.

Et il s'en servit une part.

Zoumourroud dit à ses soldats de le saisir et de le lui amener.

— Homme, fit-elle, si tu ne veux pas que je te coupe la tête, réponds sincèrement à ces trois questions : quel est ton nom, quelle est ta profession et qu'es-tu venu faire dans notre ville ?

— Je m'appelle Othmân et je suis jardinier. Je suis venu dans votre contrée parce que j'ai entendu dire que je pourrais y trouver de la manne de frêne pour soigner ma mère qui est à l'agonie.

— Quel bon fils ! s'écria Zoumourroud. Mais voyons d'abord si tout cela est vrai.

Elle secoua une poignée de sable qu'elle jeta sur la table, fit mine de scruter le résultat, puis y dessina des choses, avant de s'exclamer :

— Chien, comment oses-tu désobéir et mentir à un roi ? On t'appelle le « Persan ». Ta vie consiste à enlever des femmes, à les prendre par la force, à leur infliger les pires souffrances et à les mener au désespoir. Hideux individu ! Monstre ! Et quand elles prennent la fuite, tu as recours aux stratagèmes les plus vils pour les ramener dans tes filets. N'est-ce pas la vérité ?

— Si, dit le Persan, c'est la vérité. Sa Majesté est aussi clairvoyante que les prophètes ! Mais pardonnez mon mensonge, Sire, je ne faisais que passer dans votre ville, et je vous promets qu'à l'avenir, je serai un modèle de vertu et de piété…

— Je doute que tu connaisses le sens du mot « promettre », répliqua Zoumourroud.

Puis, se tournant vers ses soldats, elle leur ordonna de lui trancher la tête.

— Ça apprendra aux criminels à marcher sur le droit chemin.

Et le Persan fut conduit à la mort.

Zoumourroud gagna ainsi encore plus d'amour et de respect. Cependant on commençait à jaser sérieusement sur son célibat, qui s'éternisait, bien que ses conseillers aient tenté à maintes reprises d'aborder la question.

Un jour, un vieux prince vint la trouver.

— Précieux roi, comme vous le savez, fit-il sur le ton de la confidence, les coutumes de notre ville veulent que nos rois se marient. Puisque vous avez promis aux gens de votre cour de le faire quand le moment serait venu, permettez-moi de vous suggérer de choisir ma fille. Elle est belle et, comme vous, elle craint Dieu et est d'une grande vertu. Ne vaut-il pas mieux que Sa Majesté fasse le pas elle-même, plutôt que d'attendre que les princes et les hommes de la cour remettent la chose sur le tapis ?

La sueur se mit à goutter du front de Zoumourroud. Elle songea : « Combien de temps vais-je encore pouvoir louvoyer ? Mais comment pourrais-je épouser une femme alors que j'en suis une ? »

Soudain, elle s'entendit dire au vieil homme :

— D'accord, je veux bien prendre ta fille pour épouse.

Tout en pensant au fond d'elle-même : « Peut-être que cela précipitera ma disgrâce, mais si je veux rester roi, je n'ai pas d'autre choix. »

À l'annonce de la nouvelle, toute la ville fut en liesse. Tous les arbres furent décorés, et chacun des princes, des ministres et des grands de la cour vint féliciter le roi et lui présenter ses hommages.

— Maintenant que notre souverain a accompli tous ses devoirs, prions pour que son règne ne cesse jamais.

Après la cérémonie, on conduisit la promise jusqu'à la chambre du roi et l'on ferma la porte derrière eux. Les rideaux étaient tirés et le lit, jonché de fleurs de toutes sortes. Zoumourroud s'assit près de sa promise, qui s'appelait Hayât, la prit dans ses bras et l'embrassa sur la bouche. Mais soudain, elle fit semblant d'avoir une quinte de toux à cause des fleurs, et ne s'arrêta de tousser que lorsque Hayât les eut toutes enlevées. Puis la jeune femme resta assise à attendre que le roi veuille bien revenir vers elle, et comme il n'en faisait rien, elle finit par s'endormir.

Le lendemain matin, quand le vieux prince et son épouse vinrent prendre des nouvelles de leur fille, elle leur raconta ce qui s'était passé. Ils lui dirent de garder patience, mais quand vint le soir et que Zoumourroud s'assit avec Hayât, elle se contenta de lui tapoter les épaules et de pousser des soupirs, les yeux baignés de larmes. Puis elle apposa un baiser entre ses yeux, poussa encore un soupir et se releva pour aller faire ses ablutions et sa prière. Hayât resta là à attendre que le roi ait fini de prier, seulement chaque fois qu'elle croyait qu'il avait fini, il se remettait à prier, et ainsi de suite.

Lorsque ses parents revinrent la voir le lendemain, elle leur dit :

— Mon époux, le roi, est un vrai joyau. Il est pur, bon, intelligent, mais, pour une raison que j'ignore, il ne fait que prier, pousser des soupirs et verser des larmes en silence.

— Arme-toi de patience, ma fille, lui dit son père. Attends la tombée de la nuit ; s'il se comporte toujours de la même façon, j'irai lui parler.

Ce soir-là, quand Zoumourroud vint retrouver Hayât et vit les chandelles qu'elle avait allumées un peu partout dans la chambre, elle soupira, l'embrassa sur le front et se mit à pleurer. Mais au moment où elle se levait pour aller faire sa prière, Hayât l'attrapa par le pan de sa toge et lui dit :

— Seigneur, voilà trois nuits que vous me délaissez. Que vais-je dire à mes parents demain matin ? Je ne comprends pas pourquoi vous me refusez ainsi. Serait-ce que vous êtes si beau et si imbu de vous-même que les autres vous répugnent ?

— Mais que dis-tu, ma chérie ? fit Zoumourroud.

— Ce que je veux dire, Sire, c'est que j'aimerais bien que vous veniez dormir à mes côtés et que vous me défloriez, pour qu'enfin nous devenions mari et femme.

Les yeux de Zoumourroud s'embuèrent de larmes. Elle se dit : « Je n'ai pas d'autre endroit où aller, et cette ville est le lieu idéal où rencontrer Nour al-Dîn – si tant est qu'il cherche encore ma trace. Mais je ne peux pas continuer à me dérober ainsi, sans quoi le père de ma promise ira répéter aux princes et aux ministres ce qui se passe, et ils découvriront que leur roi n'est pas aussi accompli qu'ils le croyaient. »

Penchant la tête, elle fit :

— Je m'en remets à Dieu, le grand ordonnateur, et à toi. Je vais être honnête avec toi : je ne peux pas te déflorer, parce que je ne suis pas un homme. Laisse-moi te raconter mon histoire...

Elle lui raconta tout. Hayât fut aussi abasourdie qu'attendrie.

— Je te promets de garder ton secret dans une chambre close, ma femme-roi, dit-elle en mettant sa main sur son cœur.

Les deux femmes s'enlacèrent et s'embrassèrent sur les lèvres, puis se cajolèrent dans le lit et s'endormirent heureuses. Le lendemain matin, Hayât réussit à attraper un pigeon sur le rebord de la fenêtre. Elle l'égorgea et barbouilla sa chemise de nuit et son caleçon de son sang, avant de pousser un grand cri.

Sa mère, qui attendait derrière la porte avec les servantes, se mit à lancer des youyous retentissants. Enfin le mariage avait été consommé ! Les jours suivants, les deux jeunes femmes firent semblant de filer le parfait amour, et personne ne se rendit compte de la supercherie.

Un jour, un jeune homme se présenta avec un peu de retard sur la grande esplanade. Il s'assit sur la dernière chaise libre, juste en face du plat de riz au lait. Le cœur de Zoumourroud se mit à battre la chamade... Elle le regarda avec attention : c'était bien lui. Son maître, son amour. Elle retint un cri de jubilation et s'efforça d'étouffer les sentiments qui bouillonnaient dans sa poitrine. Quand Nour al-Dîn, qui avait une faim de loup, tendit la main vers le riz au lait parsemé d'amandes, de noix et de filets de miel, son voisin de table l'arrêta :

— Attention, si tu y touches, tu le regretteras.

Mais il ne l'écouta pas et se jeta sur le dessert. Le voyant si pâle, si amaigri, Zoumourroud eut pitié de lui et le laissa l'engloutir jusqu'à la dernière cuillerée. Puis elle dit à un eunuque :

— Va dire gentiment à cet étranger que le roi veut le voir.

Il se présenta devant Zoumourroud, la salua et baisa le sol à ses pieds. S'adressant à lui avec beaucoup de respect, elle lui posa ses trois questions, en lui demandant de ne dire que la vérité, sans quoi elle serait forcée de lui couper la tête.

— Je m'appelle Nour al-Dîn, Sire. Je suis issu d'une famille de marchands cairotes. Je suis à la recherche d'une esclave que j'ai perdue par faiblesse et par cupidité. Je la chercherai jusqu'à ma mort, parce qu'elle m'est plus chère que la prunelle de mes yeux. Certes, je l'ai perdue, mais elle reste maître de mon âme.

Là, il éclata en sanglots et perdit connaissance. Zoumourroud dut se retenir de le réveiller avec un baiser. Elle ordonna qu'on lui asperge le visage d'eau de rose, et quand il revint à lui, elle s'affaira comme d'habitude à sa petite mise en scène divinatoire, avant de déclarer :

— Tu dis la vérité. Je souhaite que tu retrouves bientôt ton esclave.

Elle demanda à l'un de ses serviteurs de l'accompagner au bain maure, puis de le ramener au palais. Sur ces entrefaites, elle se hâta d'aller raconter à Hayât que son amant avait réapparu. La jeune femme s'en réjouit et lui dit en plaisantant qu'elle resterait avec eux toute la nuit, qu'elle ne les laisserait pas seuls un instant. Zoumourroud s'assit devant un miroir. Elle tua l'attente en se faisant belle et en peignant ses longs cheveux, avant de les cacher à nouveau sous son turban. Ensuite elle alluma des chandelles aux quatre coins de la chambre, puis, s'asseyant sur un divan, elle ordonna qu'on aille lui chercher Nour al-Dîn.

La rumeur se répandit dans le palais comme une traînée de poudre : le roi était tombé amoureux du jeune marchand… « Et cette pauvre reine innocente qui ignore tout de ce qui se trame dans son dos », chuchotait-on.

En réalité, Hayât était cachée dans la pièce d'à côté. Quand Nour al-Dîn fut introduit dans la chambre du roi, il s'inclina et baisa le sol à ses pieds.

— Mange un morceau de ce poulet, lui dit Zoumourroud, et bois un peu de vin. Et quand tu auras fini, viens t'asseoir ici.

— Vos désirs sont des ordres, répondit-il.

Après avoir mangé et bu, il s'approcha du divan mais resta debout.

— Assieds-toi donc, fit-elle, et masse-moi les pieds.

Il obéit, tout en s'étonnant de les trouver si doux.

— Plus haut, ordonna-t-elle.

Nour al-Dîn se mit à lui masser les jambes. « Se peut-il que, dans ce pays, les rois s'épilent les jambes ? songea-t-il. Celles-ci sont douces comme du velours. »

— Plus haut, plus haut, insista Zoumourroud.

Nour al-Dîn se troubla.

— Pardonnez-moi, Sire, mais je ne puis aller plus haut que vos genoux.

— Si tu ne m'obéis pas, dis-toi que cette nuit va mal se passer pour toi. Allons, fais ce que je te dis, et je te nommerai prince.

— Que voulez-vous que je fasse, Sire ? demanda Nour al-Dîn.

— Enlève ton sarouel et couche-toi sur le ventre.

Mais Nour al-Dîn se rebiffa :

— Sire, laissez-moi quitter votre ville en paix. Vous me demandez quelque chose que je n'ai jamais fait et ne ferai jamais. Si vous m'y obligez, Dieu en sera témoin et s'en souviendra le jour du Jugement.

— Enlève ton sarouel et couche-toi sur le ventre, répéta Zoumourroud, sinon je te décapite.

Nour al-Dîn s'exécuta en sanglotant, et elle s'assit sur son dos. Il sentit son corps souple et léger comme un papillon. Comme elle restait là sans bouger, Nour al-Dîn finit par se dire : « Grâce à Dieu, le roi n'arrive pas à avoir d'érection. » Mais sa joie s'éteignit quand Zoumourroud lui dit :

— Nour al-Dîn, je ne peux avoir d'érection que si l'on me masse le sexe. Allons, fais ce que je te dis, sinon je te tue.

Elle se laissa rouler sur le dos, et Nour al-Dîn tendit sa main vers elle.

« Comme c'est curieux, se dit-il, ce roi a une vulve, comme les femmes ! »

Soudain, son désir s'éveilla. Voyant son pénis se tendre comme autrefois, Zoumourroud se mit à rire.

— Maître, fit-elle, ne me reconnais-tu pas ?

— Non. Qui êtes-vous donc, Sire ?

— Je suis ton esclave, Zoumourroud !

Il fondit sur elle, l'enlaçant et la couvrant de baisers, et tous deux transformèrent le divan en un volcan bouillonnant de désir, d'extase, d'amour et de bonheur. Ils montaient et descendaient comme des vagues, en hurlant si fort leur plaisir que les eunuques se bousculaient pour coller leur œil contre le trou de la serrure.

Le lendemain matin, Zoumourroud présenta Nour al-Dîn à Hayât et lui dit qu'elle allait partir avec lui pour Le Caire. Hayât lui demanda si par hasard il n'avait pas un frère aussi beau que lui.

— J'ai un cousin qui est comme mon frère, fit Nour al-Dîn. Je suis sûr qu'il tombera amoureux de vous et vous épousera sans attendre.

Zoumourroud fit venir les princes, les grands de la cour et ses soldats. Quand tous furent réunis devant elle, elle leur annonça :

— Je pars avec ma femme visiter la province de ce jeune homme. Trouvez quelqu'un pour régner à ma place en attendant que je revienne.

Tous trois se mirent en route pour Le Caire, chargés de présents et de trésors. La joie de Nour al-Dîn et de Zoumourroud était sans bornes. Ils vécurent ensemble une vie douce et heureuse, jusqu'au jour où celle qui abolit les plaisirs et sépare les amants vint frapper à leur porte."

SINDBAD LE MARIN

L'assistance avait remarqué que le portefaix poussait des cris d'aise et de jubilation après chaque histoire, qu'elle fût en faveur des femmes ou en leur défaveur. Quand la femme battue eut fini de raconter celle de la princesse Zoumourroud et du prince Nour al-Dîn, il se dressa en disant :

— M'accordez-vous, commandeur des croyants, de vous conter moi aussi une histoire ?

— Oui, fit le calife, mais tu as intérêt à ce qu'elle soit aussi bonne que les autres.

Le portefaix s'inclina.

— Je vous assure qu'elle est bien meilleure que toutes celles que vous avez entendues jusque-là.

Le calife sourit, et le portefaix entama son récit.

"On dit que *le mariage est le cimetière de l'amour*. Mais que mon seigneur le calife, monsieur le vizir et ces messieurs et dames n'aillent pas s'imaginer que je suis d'accord avec ce dicton. Que nenni, j'ai très envie de me marier et d'avoir des enfants ! Seulement, comme vous étiez tous là à vous disputer sur la valeur de l'homme et de la femme, et à égrener chacun des histoires pour appuyer votre point de vue, j'ai cru bon de me mêler à la bataille, alors qu'en réalité, tout ce que je veux, c'est vous raconter quelque chose, comme tout le monde. Mais avant de commencer, laissez-moi vous répéter que je crois au mariage et que je suis follement amoureux de la maîtresse des lieux…"

Le calife l'interrompit :

— Nous avons compris, raconte-nous ton histoire.

"Pour tout le monde, messieurs et mesdames, je suis le « portefaix », mais mon nom est Sindbad", fit-il avant de marquer une pause.

Toute l'assistance fit silence et se suspendit à ses lèvres.

"Oui, je m'appelle Sindbad le portefaix. Un jour pas comme les autres, un de ces jours extrêmement chauds et humides qui vous engourdissent le corps et l'esprit, je sortis malgré tout travailler. Ployant sous le fardeau que j'avais sur la tête, il me semblait porter la ville entière, avec ses souks, ses mules, ses maisons, les meubles de ses maisons… Je vins à passer devant le portail d'une immense demeure appartenant à quelque grand marchand. Le sol y était aspergé d'eau et, d'un côté du portail, il y avait un banc. Je déposai mon fardeau et m'assis là, à goûter la brise qui flottait sous les grands arbres entourant la maison et séchait ma sueur. J'entendais chanter des rossignols et roucouler des tourterelles, et je sentais une appétissante odeur de cuisine, que je m'imaginais mitonnée par des dizaines de cuisiniers et de commis. Je me pris à chanter :

Je suis une pauvre mule
Qui cuit sous le soleil
Et lèche le sel de sa sueur
Trois pas me séparent de cette demeure
Comme j'envie le bonheur
De l'homme qui chaque jour
Y vit dans l'opulence
Moi, toute l'année
Je trime et je m'échine
Nous sommes tous nés
De la même semence
Mais entre lui et moi
Comme du vin au vinaigre
Il y a un monde.

Fermant les yeux, je m'assoupis quelques instants en rêvant de bien-être. Quand je me réveillai, je trouvai devant moi un jeune domestique, très bien vêtu, qui me prit par la main.

— Mon maître vous invite à entrer, dit-il. Il aimerait vous parler.

Dans un premier temps, ne pouvant m'imaginer dans ce coin de paradis, je refusai. Mais je finis par laisser mon fardeau aux soins du concierge et passai le seuil de la demeure. Des dignitaires et des notables étaient assis autour d'une impressionnante table de banquet couverte de mets et de vins délicieux. Au fond du salon, des femmes esclaves jouaient de la musique.

Je restai pétrifié, éberlué par tout ce que découvraient mes yeux, mes oreilles et mon nez. Puis, me ressaisissant, je me souvins des codes de bienséance et inclinai la tête devant l'homme assis à la place d'honneur, que je supposais être le maître du logis, ou plutôt le prince ou le sultan du palais. Il m'indiqua une place libre à côté de lui. Je m'installai et le remerciai pour son invitation. Il me souhaita la bienvenue, me demandant comment je m'appelais et ce que je faisais dans la vie. Je lui dis que mon nom était Sindbad et que j'étais portefaix. Il se mit à sourire.

— Nous avons le même nom, portefaix : je m'appelle Sindbad le marin. Je t'ai entendu chanter quand je donnais à manger à mes gazelles dans le jardin.

Je m'empressai de m'excuser de cette chanson irrévérencieuse, pleine de fiel et de jalousie. Mais une fois de plus, il me sourit en disant :

— Au contraire, mon ami, ta chanson m'a beaucoup plu ! Maintenant, sers-toi quelque chose à manger.

Je dévorai la nourriture comme si je n'avais pas mangé depuis des semaines. Tout était tellement délicieux !"

Là, le portefaix s'arrêta un instant et regarda la maîtresse des lieux.

— Mais pas autant que la cuisine de ces nobles dames, bien sûr…

Puis il reprit son récit.

"Quand j'eus fini de manger, Sindbad le marin se pencha vers moi pour me dire que ma chanson l'avait transporté dans le temps, lui rappelant ses années de misère et de détresse, quand sa mère lui répétait : *Mieux vaut un chien vivant qu'un lion mort.*

Il me raconta comment lui et sa mère s'étaient mis à ramasser les restes de laine accrochés aux rochers du fleuve où les lavandières venaient faire leur lessive, pour que sa mère en fasse de petits tapis de prière. Quand elle en eut fait dix, il monta à bord d'un bateau et partit les vendre avec d'autres marchands. Sachez, mon calife, mon vizir, mon poète, mes trois derviches et mes vénérables dames, que Sindbad le marin accomplit ainsi sept voyages. Quant à moi, j'aurais pu rester sept ans assis sur mon siège à l'écouter me relater ses aventures, non pas sept jours comme je le fis. Chaque jour, il me contait un voyage plus extraordinaire et plus palpitant que le précédent. J'étais saisi d'effroi quand il me décrivait les horribles créatures humaines et animales qu'il avait rencontrées – j'en aurais fait dans mon sarouel. Je me retenais de pleurer à l'évocation de tous les périls qu'il avait traversés, tous les tourments qu'il avait endurés, et mes yeux brillaient de joie quand il en venait à un épisode où, la chance lui souriant, il concluait des affaires fructueuses et amassait une immense fortune. Je soupirais enfin de soulagement et de bonheur lorsque, son périple s'achevant, il rentrait à Bagdad et retrouvait sa petite vie tranquille, sa famille, ses amis, se promettant de ne plus jamais remettre un pied sur un bateau. Mais un jour, cela le reprenait… L'appel du large, la fougue, l'envie irrésistible de rencontrer des marchands de toutes races et d'explorer des terres nouvelles aux quatre coins du monde. Il oubliait que, plus d'une fois, lors de ses périples en mer, l'ange de la mort avait manqué le croquer, avant de le recracher *in extremis* dans l'arène de la vie."

Abou Nuwas l'interrompit :

— J'espère que Sindbad le portefaix n'a pas prévu de nous faire entendre une histoire qui dure sept heures…

Le portefaix eut un petit sourire.

"Pour être honnête, j'ai oublié une bonne partie des aventures de Sindbad le marin. Mais il est un épisode que je ne peux oublier : celui où il faillit être avalé par une baleine. Laissant le bateau au mouillage, lui et les autres passagers étaient montés dans un canot pour rejoindre une belle île boisée au rivage parsemé de coquillages. Là, ils décidèrent de faire rôtir un mouton. Mais à peine eurent-ils ramassé quelques branchages et allumé un feu que l'île fut prise d'horribles tremblements. Le capitaine s'écria alors avec effroi que cette île n'était autre qu'une baleine paresseuse qui n'avait pas bougé depuis tant d'années que des arbres et des algues avaient poussé sur sa peau, où s'étaient posés toutes sortes de galets. Mordue par le feu, elle s'était mise en furie, donnant de violents coups de queue et créant un immense remous qui fracassa le bateau. Les passagers furent éjectés dans la mer ; la baleine en avala quelques-uns, d'autres périrent au fond de l'eau. D'un seul coup, Sindbad se retrouva au milieu des flots déchaînés. Il s'accrocha à une planche et s'y coucha de tout son long, poussant l'eau des mains et battant des pieds, jusqu'à ce que, à bout de forces, il se laisse dériver au gré du courant. Il finit par approcher d'une terre, où des paysans perchés sur de grands arbres pour cueillir du poivre noir l'aperçurent. Ils mirent à l'eau une petite barque de bois pour aller à sa rescousse. Ils lui donnèrent un abri, lui apportèrent à manger, puis lui demandèrent ce qui lui était arrivé ; il leur raconta l'histoire de cette baleine que lui et ses compagnons avaient prise pour une île. Médusés, les paysans le présentèrent à leur roi, qui lui souhaita la bienvenue et se plut à écouter ses aventures.

Sindbad s'enquit des bateaux qui abordaient les rives de la ville et de celui qui pourrait le ramener à Bagdad. Personne ne put lui donner une réponse claire. Curieusement, bien que leur ville fût au bord de la mer, ces gens semblaient coupés du monde.

En attendant l'arrivée d'un bateau, Sindbad tua le temps en leur apprenant à commercer entre eux. Puis, remarquant que tous, petits et grands, riches et pauvres, même le roi, montaient leurs chevaux à cru, il se dit qu'il allait leur apprendre l'usage de la selle. Un soir où le roi l'invita à dîner, il lui expliqua en quoi une selle améliorait le confort du cavalier et lui donnait plus de contrôle sur son cheval. Perplexe, le roi ne comprenait pas ce que son hôte lui disait. Alors Sindbad lui demanda la permission de lui en fabriquer une.

Il acheta le meilleur bois et alla trouver un menuisier auquel il expliqua comment confectionner l'objet. Ensuite il acheta de la laine, en fit de la bourre pour matelasser la selle, puis la recouvrit d'une pièce de cuir et y attacha une sangle et des étrivières. Sa selle dans les bras, Sindbad retourna au palais, choisit le meilleur étalon de l'écurie, le sella, le brida, puis le conduisit au roi, qui se hâta de le monter. L'expérience l'enchanta. Il fit venir son vizir, qui essaya le cheval à son tour, avant de le prêter aux grands personnages de l'État. Tous s'émerveillèrent de cette invention. De ce jour, Sindbad et le menuisier fabriquèrent des selles pour tous les gens de la ville ; ils gagnèrent beaucoup d'argent, et Sindbad acquit une grande renommée.

Le roi ne tarda pas à vouloir le marier ; il lui choisit une jeune fille de la meilleure famille du royaume. Sindbad tenta de se dérober, répéta qu'il attendait le premier bateau qui s'approcherait pour rentrer chez lui, mais le roi insista, disant qu'il ne fallait pas qu'il reste sans femme et qu'il lui avait trouvé la meilleure des promises. Embarrassé, Sindbad se tut et céda au désir du roi.

Il épousa ainsi une jeune fille belle, riche et de noble rang, et se résigna à l'emmener à Bagdad dès qu'un bateau aborderait la ville. Les jours et les mois passant, il tomba réellement amoureux de sa femme. Ils vécurent en parfaite harmonie, dans l'aisance que leur procuraient le roi et sa belle-famille. Mais le destin vint mettre fin au bonheur de Sindbad : sa femme tomba gravement malade et mourut. Il se lamenta et pleura sa beauté quand les laveuses vinrent laver son corps. Elles l'habillèrent de sa robe de mariée incrustée de diamants étincelants et la parèrent de tous ses bijoux avant de la déposer dans un cercueil. Les gens affluèrent pour lui présenter leurs condoléances. Le roi lui-même se présenta, profondément affecté. Le serrant très fort dans ses bras, il lui dit en pleurant :

— Nous nous retrouverons au paradis. Adieu, cher ami.

« Nous nous retrouverons au paradis » ? Sindbad ne comprenait pas… Était-ce une façon de lui demander de quitter son royaume ?

Le cercueil de sa femme fut hissé sur les épaules des hommes, et le cortège se dirigea vers l'extérieur de la ville. Sindbad monta avec le roi dans un carrosse tiré par quatre chevaux. Ils arrivèrent au pied d'une falaise qui surplombait la mer. Là, les hommes soulevèrent une énorme pierre pour dégager l'ouverture d'une fosse. Puis ils ouvrirent le cercueil et, au grand effroi de Sindbad, ils jetèrent le corps de sa femme dans cet abîme. Là-dessus, l'un d'eux s'approcha de Sindbad – qui était là, à pleurer sur le sort de sa femme, tandis que le roi lui tapotait l'épaule – et lui noua une corde autour de la taille. Perplexe, Sindbad balbutia :

— Qu'est-ce que tu fais ?

Un autre, qui tenait dans les mains une cruche d'eau douce et sept galettes de pain, lui répondit :

— Ne sais-tu pas que tu ne seras jamais séparé de ta femme, parce que tu vas être enterré vivant avec elle ?

Le pauvre Sindbad sentit son cœur choir dans ses tibias. Il implora le roi :

— Ce n'est pas vrai, n'est-ce pas, Sire ?

Le roi lui pressa l'épaule.

— Hélas, si.

Sindbad fut saisi d'une épouvante encore plus grande que celle que lui avait inspirée la baleine qui avait failli l'engloutir.

— Roi des siècles, gémit-il, oubliez-vous que je suis un étranger et que les coutumes de mon peuple diffèrent des vôtres ? Pourquoi ne pas m'épargner, comme ces paysans qui m'ont sauvé la vie la première fois, pour que je puisse rentrer dans mon pays et retrouver les miens ?

— C'est un rite ancestral que nous perpétuons depuis des milliers d'années, fit le roi, afin que personne, ni homme ni femme, ne puisse jouir de la vie après la mort de son conjoint. Nul ne saurait enfreindre cette tradition sacrée, pas même le roi.

Il serra notre pauvre ami dans ses bras et s'en alla. Sindbad crut sentir sa vésicule éclater comme un miroir qui se brise. Les hommes le rattrapèrent alors qu'il courait derrière le roi en criant :

— Je suis étranger, maître, je n'ai rien à voir avec vos traditions !

Le plaquant au sol, ils attachèrent la cruche et les sept galettes de pain à la corde qu'il avait à la taille, tandis qu'il se débattait tant qu'il pouvait et leur donnait des coups de pied désespérés en hurlant comme un fou. On le fit descendre dans le trou, qui n'était autre qu'une immense grotte sous la falaise. Quand ils eurent remis la grosse pierre à sa place, la grotte sombra dans les ténèbres. Sindbad défit la corde serrée autour de sa taille et se fraya un chemin entre les ossements et les cadavres qui jonchaient le sol, se promettant de ne pas mourir de cette atroce façon. Il ne toucha pas au pain ni à l'eau avant d'être violemment tenaillé par la faim et la soif. Explorant les lieux à tâtons, dans cette nuit noire émaillée çà et là par l'éclat des bijoux et des gemmes ornant les corps des épouses, il fut horrifié de n'y rien trouver d'autre que des os vermoulus, des cadavres décomposés et ces bijoux scintillant dans ce charnier à l'odeur pestilentielle.

Bientôt, ses provisions furent réduites à quelques bouchées de pain et de petites gorgées d'eau. Fermant les yeux, il se vit mourir au sommet d'une falaise ou sombrer dans la mer. Mais soudain, il entendit du vacarme et aperçut une lueur. Un homme fut jeté dans la grotte, puis il vit glisser une femme attachée à une corde, exactement comme on l'avait descendu lui-même. Aussitôt que le gros rocher fut replacé sur l'ouverture, il se jeta sur la femme et la tua d'un coup de pierre sur la tête. Il demanda pardon au bon Dieu, lui expliquant que s'il avait commis ce crime, c'était pour pouvoir rentrer dans sa famille, alors que celle de cette femme l'avait envoyée à la mort la conscience tranquille – et peut-être même en se réjouissant de son sort. Sur ces entrefaites, il prit l'eau et les sept galettes de pain de la femme.

De ce jour, Sindbad tua toutes les femmes et tous les hommes que l'on enterrait là, vivants, avec leurs morts. Il réussit ainsi à survivre un temps qu'il n'arrivait pas à déterminer, car il avait perdu toute notion du jour et de la nuit. Un jour, désespérant de trouver un moyen de sortir de cet enfer, il s'en remit à Dieu et Lui abandonna son sort. Tout à coup, il entendit comme un grattement dans un coin de la grotte. Attrapant un os de mâchoire, il suivit le bruit et finit par apercevoir une faible lueur. Il courut. Il trouva une petite fente qui s'ouvrait sur une galerie, sans doute creusée par quelque bête sauvage qui s'y faufilait pour venir dévorer les cadavres. Sindbad fondit en larmes et remercia le Seigneur. Se glissant dans la galerie, il l'élargit avec son os de mâchoire pour s'y frayer un passage, jusqu'au moment où il entendit la rumeur de la mer et déboucha sur la plage. Il fit des bonds et poussa des cris de joie. La vie était redevenue belle ! Mais soudain, il songea que la fortune et la réussite étaient à portée de main…

Se glissant de nouveau dans la galerie, il retourna dans la grotte, ramassa tous les bijoux qu'il put y trouver et les fourra dans sa bourse. Puis il enfila des vêtements empruntés aux hommes morts et s'enfuit comme il était venu. Patiemment, pendant des jours et des semaines, il attendit près de la mer, se nourrissant d'algues et de menu fretin et buvant de l'eau salée, jusqu'à ce qu'un bateau surgisse à l'horizon. Hurlant de joie, il noua un vêtement blanc à un bâton et se mit à courir de long en large sur la plage. On finit par l'apercevoir. Un homme de l'équipage vint le chercher dans une petite barque. Quand Sindbad grimpa à bord du bateau, le capitaine lui dit d'un air époustouflé que depuis quarante ans qu'il naviguait, c'était la première fois qu'il voyait un être humain au pied de cette falaise. Sindbad lui répondit tout simplement qu'il était commerçant, que son bateau avait fait naufrage lors d'une tempête, qu'il s'était accroché à une planche, avec ses effets à la main, et qu'après une lutte acharnée contre les flots, il avait réussi à atteindre ce rivage. Il ne dit pas un mot de ce qui s'était réellement passé, de crainte qu'un des marins se trouvât être originaire de cette ville. Il offrit quelques bijoux au capitaine et à son équipage pour les remercier de l'avoir arraché à cette effroyable falaise. Chevaleresque, le capitaine refusa de prendre quoi que ce soit. Lui et ses marins, dit-il, avaient l'habitude de sauver des hommes en péril. Ils leur donnaient à boire, à manger, leur offraient des vêtements, un abri, et même des cadeaux quand ils quittaient le bateau. Leur générosité n'était qu'un reflet de la charité divine. Quand le bateau finit par arriver à Bassora, le capitaine donna à Sindbad un gros coquillage où l'on entendait le fracas des vagues et le grondement de la mer."

Le portefaix suspendit un instant son récit, avant de reprendre :

"Ce jour-là, Sindbad le marin approcha le coquillage de mon oreille. Mon Dieu, quel bonheur ! J'entendis même les sirènes se chanter des mélopées."

Il plongea dans un silence rêveur.

Abou Nuwas lui dit :

— Mais dis-nous, portefaix, euh, pardon, Sindbad le portefaix, rends-tu toujours visite à Sindbad le marin ?

— Oui, fit Sindbad, de temps en temps. Une chose est sûre, c'est que la prochaine fois, je vais pouvoir lui dire : "Sindbad le marin, je t'en prie, une fois n'est pas coutume, laisse Sindbad le portefaix te conter ses propres aventures ! Voilà, cela commença un matin au marché, quand une belle jeune femme me demanda de lui porter ses emplettes… Et il advint qu'en une seule nuit, je visitai Bassora, la Chine, l'Inde, la Perse, sans jamais monter sur aucun bateau.

TOUT A UNE FIN

Quand le portefaix se fut rassis à sa place, Haroun al-Rachid s'exclama :

— Tu es un formidable conteur, portefaix ! Mais maintenant, votre calife a encore une histoire à vous raconter.

"Un matin où je me promenais dans mes jardins, j'entendis un Bédouin crier à mes gardes qu'il voulait absolument me voir. Ils lui dirent qu'il était encore tôt et qu'il fallait qu'il revienne plus tard, mais je me vis courir jusqu'à la salle du conseil et sommer les gardes de faire entrer cet homme sans attendre. Vous vous demandez sans doute pourquoi. Eh bien, parce que j'avais senti une grande urgence dans sa voix chevrotante et ses soupirs accablés.

Je ne m'étais pas trompé. Entrant pieds nus dans la salle, l'homme me dit :

— Commandeur des croyants, je m'adresse à vous pour que vous me fassiez justice face à celui qui m'a enlevé Souad.

Je lui demandai qui était Souad et qui la lui avait enlevée. Le Bédouin me répondit :

— Souad est mon cœur, Souad est ma femme. Quant au ravisseur, c'est Hicham Ibn Marwan, votre gouverneur pour la province d'Al-Jazira.

Là, il me décrivit le brasier qui flambait dans son cœur en jetant des étincelles, et les affres dans lesquelles l'avait plongé son beau-père quand il était venu reprendre sa fille, sous prétexte que, une grande sécheresse ayant anéanti les chameaux et les chevaux du Bédouin, il n'était plus en mesure de lui assurer une vie décente. Le Bédouin était allé trouver le gouverneur de la province et l'avait supplié de faire quelque chose. Le gouverneur avait convoqué le beau-père et lui avait demandé de s'expliquer. Mais l'autre avait prétendu qu'il n'avait jamais vu ce Bédouin… Suffoqué, ce dernier avait supplié le gouverneur de faire venir sa femme pour la confronter avec son père. Et c'est ainsi qu'il en fut. Seulement, quand Souad se présenta dans la salle, le gouverneur fut tellement frappé par sa beauté qu'il classa l'affaire et jeta le Bédouin en prison !

Quelques jours plus tard, il le fit venir, le menaça comme un tigre en furie et lui intima l'ordre de répudier sa femme sur-le-champ. Le Bédouin le défia, jurant que, de son vivant, jamais il ne se séparerait de sa femme. Alors le gouverneur ordonna à ses serviteurs de le passer à tabac. À la fin, n'en pouvant plus, il consentit à la répudier. On le ramena en prison, où on le laissa croupir jusqu'à l'expiration du délai de viduité. Là, le gouverneur se hâta d'épouser la belle Souad après avoir gratifié son père de mille dinars.

Ce que je venais d'entendre me mit en rage. J'écrivis à Hicham Ibn Marwan, lui demandant de répudier immédiatement cette femme. Dès que mon messager lui eut remis ma lettre, il obtempéra et m'en adressa une en retour où il se confondait en excuses, implorait mon pardon et m'expliquait qu'il avait perdu la tête en voyant cette beauté sans égale parmi les créatures de Dieu."

Le calife eut un instant d'hésitation, puis il reprit :

"Je fus pris d'une telle curiosité de voir cette beauté du désert que j'ordonnai qu'on me l'amenât. Un peu plus tard, le soleil entra, dardant ses rayons sur ma salle du conseil et sur mon cœur, et se posa là. L'épouse de ce Bédouin était en effet d'une rare beauté. Le souffle coupé, je m'entendis dire au Bédouin :

— Que dirais-tu, Bédouin, si je te donnais trois fois plus de chameaux et de chevaux que tu n'en avais autrefois, et que je te versais chaque mois mille dinars de rente, outre une allocation annuelle pour tes vivres et tes dépenses courantes, afin de te consoler de la perte de ta femme ?

Si vous aviez entendu la plainte qu'il laissa échapper… Je crus qu'il allait tomber raide. Il fit :

— Je vous ai demandé de me faire justice face à votre odieux gouverneur, seigneur. À qui pourrai-je à présent me plaindre de l'injustice que me fait le calife ?

Je me sentis honteux, mais l'éclat des yeux de cette femme ne cessait d'affoler les palpitations de mon cœur.

— Commandeur des croyants, continua le Bédouin, quand bien même vous me céderiez tous vos biens, et même votre califat, je ne voudrais rien d'autre que Souad, car elle est toute ma vie.

À ce moment-là, il me sembla que la femme me regarda d'un œil effronté, avec comme un sourire aux lèvres. Je me pris à dire au Bédouin :

— Eh bien, laissons-la choisir elle-même entre nous trois. Je te promets de faire en sorte qu'elle reparte avec l'élu de son cœur.

Désarmé, le Bédouin dodelina de la tête en signe d'acquiescement. Alors, me tournant vers la femme, je lui demandai :

— Souad, qui préfères-tu ? Le noble et vénérable commandeur des croyants, avec tous ses palais ? L'odieux, l'inique Hicham Ibn Marwan ? Ou bien ce Bédouin miséreux auquel tu étais mariée ?

Si vous aviez entendu la tendresse qu'il y avait dans sa voix quand elle me répondit :

Ni or, ni argent, ni palais de marbre
Ne plaisent à mon cœur
Je veux mon pauvre homme démuni
Celui que le sort a trahi
Lui ôtant ses chameaux
Je resterai avec lui
Me souvenant des jours heureux
Endurant gêne et soucis
Jusqu'à ce que la chance nous sourie.

Je me souviens encore de la stupéfaction que je ressentis devant la fidélité et l'amour-propre de cette femme. Je la remis ainsi au Bédouin, qui s'en alla avec elle."

Abou Nuwas ne put se retenir de commenter :

— Quelle magnifique histoire, commandeur des croyants ! Et cette Souad, quelle femme !

Le silence se fit dans l'assistance ; mais les regards parlaient. Le calife gardait les yeux baissés. Le vizir Jaafar avait les siens rivés sur son maître. Ceux d'Abou Nuwas sautaient d'un visage à l'autre comme des yeux de moineau. Les trois dames fixaient le sol, comme pour dire leur refus de se marier sans offenser personne. Quant au portefaix, son cœur avait bondi entre ses yeux, qui imploraient la maîtresse des lieux et toute l'assemblée de lui dire ce qui allait se passer.

Mais là, un coq se mit à chanter dans le voisinage et les premières lueurs de l'aube filtrèrent dans la pièce. La chalande se dressa en disant :

— Puis-je vous conter à mon tour une histoire ?

Le calife lui sourit.

— Naturellement, fit-il. Conte-nous une histoire, et même deux !

La chalande commença :

“Il se trouve que jadis, au temps du roi Shahrayâr et de la merveilleuse et intrépide Schéhérazade, ce coq que vous venez d'entendre avait des ancêtres dans les lointaines contrées de l'Inde et de l'Indus.

Schéhérazade avait fait le choix d'épouser le roi Shahrayâr tout en sachant qu'elle risquait la mort, comme des dizaines de vierges avant elle, filles de princes, de marchands et de chefs militaires. Car chaque nuit, le roi déflorait une jeune fille qu'il faisait mettre à mort au matin pour se venger des femmes, après avoir surpris la sienne en pleine orgie avec ses esclaves.

La colère du peuple montait en silence. Les gens priaient Dieu de les venger du roi Shahrayâr en le frappant d'une maladie mortelle…

Schéhérazade, qui n'était autre que la fille du vizir chargé de mener les jeunes vierges à la mort, décida qu'elle pouvait arrêter ce bain de sang. Au grand effroi de son père, elle lui annonça qu'elle serait la prochaine épouse du roi. Elle avait un plan : chaque nuit, elle lui conterait une histoire qui s'arrêterait à l'aube à un point crucial et palpitant du récit, de sorte que, brûlant d'entendre la suite, le roi la laisserait vivre jusqu'à la nuit suivante. Fort heureusement, le plan paisible et subtil de Schéhérazade réussit. Le premier soir, elle lui conta l'histoire du pêcheur et du génie. Peu à peu, les histoires se multiplièrent et s'amoncelèrent jusqu'à faire un grand tas, comme un noyau de datte se transforme en un immense palmier, avec des centaines de fruits pendant en grappes à ses branches. Les mots de Schéhérazade devinrent son bouclier face au sabre suspendu au-dessus de sa nuque, à chaque aube naissante, tel un augure funeste. Hypnotisé par ses récits, le roi ne pouvait plus s'en passer. La violence de ses sentiments s'apaisa, son humeur se radoucit, et un jour…"

TABLE

OUVRAGE RÉALISÉ
PAR CURSIVES À PARIS
ACHEVÉ D'IMPRIMER
SUR ROTO-PAGE
EN MAI 2014
PAR L'IMPRIMERIE FLOCH
À MAYENNE
POUR LE COMPTE DES ÉDITIONS
ACTES SUD
LE MÉJAN
PLACE NINA-BERBEROVA
13200 ARLES

Dépôt légal
1re édition : septembre 2014
N° impr. : 86946
(Imprimé en France)